陳墨 著

武俠品賞

憶念金庸
重溫武俠

修訂金庸（上）

金庸小說新版評析

金庸想的和你大不同

評析金庸小說新版（上）

金庸想的和你大不同

目錄

自序

陳墨

愚生也晚，不能像香港一些長輩一樣，有幸親眼見證金庸小說的出世，而是到現在也沒看到過金庸小說連載的原始模樣。和許多大陸金庸迷一樣，我所看到的金庸小說，全都是經過作者修訂的流行版。所以，之前我所寫的所有有關金庸小說評析和研究文章和著作，都只是針對金庸小說的流行版而言。

因此，我一直有一個心願，那就是希望有機會看到金庸小說的不同版本。金庸小說研究要想繼續深入，少不了要對金庸小說的不同版本進行比較研究。我一直相信，從連載版或原始結集版與修訂後的流行版的比較之中，或有可能看到這位武俠小說大宗師天才思路的一些雪泥鴻爪。

幾年之前，金庸先生決定對他的全部小說進行再一次修訂，很快就推出了第二次大規模修訂版。爲了與第一次修訂版，即流行版相區別，作者將這次修訂版稱爲新修版。如此，想看不同版本的金庸小說的願望居然得以實現。在新修版的閱讀過程中，習慣性地作了一些筆記，這本書就是由我的部分閱讀筆記整理出來的。

在正文開始之前，有些話我想在此說說。

首先，當金庸小說新修版問世之初，就有不少的猜測和議論，焦點是：金庸爲何要花費精力重新修訂自己成名已久的全部小說？對此問題，我的想法是，作者之所以要對自己的全部小說作品再一次進行大規模的修訂，最根本的原因，應該是金庸先生對自己的作品精益求精，對廣大金庸迷認真負責，具體說，就是作者希望更進一步提高小說的藝術品質，或者說，是進一步提高小說的經典成色。這種認真負責和精益求精的作風，正是金庸先生和其他的武俠小說家不同的地方。沒有任何一個武俠小說家曾修訂過自己的全部作品，而金庸先生對自己作品的修訂則已經一而再，甚至再而三，他的成就傑出並與衆不同處，由此可見一斑。

其次，金庸先生之所以要修訂全部作品，當然也因爲這些作品還有修訂的餘地和修訂的必要。我們都知道，這些作品最初都是在報紙上連載的，它們的寫作方式和過程，與通常的小說創作不同。它們都不是先有完整構思然後進行集中的寫作，最後經過修改潤色之後才發表，而是有一個大致的思路，邊構思邊寫作邊發表，每天一段，這一獨特的寫作過程，往往要延續一年以上的時間，有些小說甚至要延續數年之久。

這樣的寫作方式和過程，當然不便於作者對小說情節、細節和人物等各方面的整體把握，難免會留下這樣或那樣的缺陷和漏洞。雖然作者已經大規模修訂過一次，但仍然存在一些問題，需要修補或訂正。

再次，金庸成名已久，他的小說也經歷了數十年時間的考驗。從整體上說，金庸小說作品成就卓著，這是我們談論它的基本前提。也就是說，無論有多少缺點和弱點，無論流行版中有哪些漏洞，新修版中又增加了哪些瑕疵，都不能掩蓋這些想像奇特的天才巨著的思想和藝術光芒。按照武俠小說的特點，或按照武俠小說的通常標準，其中的有些問題，實際上完全可以忽略不計。只不過，金庸小說已經大大超出了武俠小說的尋常境界，許多作品大可進入中國文學經典殿堂，評論和研究也就應該按照高標準來嚴要求。

又次，按照高標準和嚴要求，我不得不說，新修版並未全部達到完美的程度。這一次修訂固然彌補了流行版的許多缺陷和漏洞，成績不容忽視。但新修版在取得成績的同時，我們也必須看到，增訂的部分也出現了這樣或那樣的新問題，有些修訂不過是畫蛇添足，有些則更加嚴重，破壞了小說原有的肌理和韻味。無論是作者或者是讀者，當然都不願意看到這樣的情況。但這些問題畢竟存在，我們無法、也不應該視而不見。

產生這些問題的原因很多，諸如修訂工程浩大，作者精力有限；作品問世已經數十年之久，作者已經很難像當年那樣熟悉作品的整體肌理乃至每一條毛細血管，從而在修訂過程中雖然沒有傷筋動骨，但卻難免不小心傷害那些血管，尤其是傷害一些無形但卻十分重要的經絡。還有一些原因，可能是出自作者的雜念，有時候是固執，有時候甚至是情緒化的自相矛盾。例如在《天龍八部》的新修版後記中寫道：

「中國讀者們讀小說的習慣，不喜歡自己憑空虛想，定要作者寫得確確實實，於是放心了……我把原來留下的空白盡可能的塡得清清楚楚，或許愛好空靈的人覺得這樣寫相當『笨拙』，那只好請求你們的原諒了。因爲我性格之中，也是笨拙與穩實的成分多於聰明與空靈。」

而在《飛狐外傳》的新修版後記中卻又說「然而從這位編劇先生的宏論推想，他是完全不懂武俠小說的，他不懂中國小說，不懂小說，不懂戲劇，不懂藝術中必須省略的道理……正如有人批評齊白石的畫，說他只畫了畫紙的一部分，留下了大片空白，未免懶惰……」實際上，小說藝術，如同一切藝術一樣，當繁則繁，當簡則簡，總之，是要按照各自自身的藝術規律和藝術原則辦事。

又次，這部書號稱新修版評析，但其中只包含了對《書劍恩仇錄》、《碧血劍》、《射鵰英雄傳》和《天龍八部》四部書的新修版的掃描和評析。另外還有兩篇文章，都與《射鵰英雄傳》有關，其一是對新修版中黃藥師和梅超風情感關係改寫部分的分析；另一篇文章則是《射鵰英雄傳》原始版本與流行版的比較分析——這是我擁有的第一部金庸小說的原始版本。此外，並增錄了兩篇：「屠龍刀、聖火令、畫眉筆——《倚天屠龍記》新修版中三大問題研究」及「傳奇視野中的人性表現問題——《神鵰俠侶》新修版評析」。之所以只選擇這幾篇文章，一是因爲這本書的篇幅有限，不能再多；二是因爲時間和精力有限，很難在短期內將所有的閱讀筆記全都整理出來。

最後，在後面的閱讀札記中，我將自己的觀點和意見毫無保留地說出，改得好的地方就說改得好，改得不好的地方就說改得不好。但我自己明白，我想所有的讀者也都明白，對於任何藝術的評價和分析都很難完全避免個人的局限。所謂蘿蔔青菜各有所愛，很可能，我說好的地方，有些讀者覺得並不好；或者相反，我說改得不好的地方，而有些讀者覺得很好。更重要的是，有些地方，很難說好還是不好，甚至很難說恰當或是不恰當，要條分縷析，清楚明白，有時候反而會自找麻煩。最重要的是，我知道，幾十年來，我一直閱讀流行版，對流行版雖非情有獨鍾，至少會感到熟悉和親切，甚至難免是流行版之所是、非流行版之所非。儘管，這並不是我故意如此，且我一直努力注意不要這樣。

《碧血劍》新修版閱讀札記

《碧血劍》是金庸先生的第二部小說，在這部小說中，我們可以看到作者在傳奇和歷史兩個方向上的進一步拓展。因爲在傳奇和歷史兩個方向上都有所拓展，而要保持小說的張力結構，自然比第一部小說更難。所以，在這部小說中，我們也能看到作者更多的選擇和探索的痕跡。

我這樣說，證據是作者在此書流行版「後記」中說：「《碧血劍》曾作了兩次頗大的修改，增加了五分之一左右的篇幅。修訂的心力，在這部書上付出最多。」＊在最近的新修版中，作者的說法稍有改動：「《碧血劍》以前曾作過兩次頗大修改，增加了四分之一左右的篇幅，這一次修訂，改動及增刪的地方仍很多。修訂的心力，在

＊見《碧血劍》「後記」，北京三聯書店一九九四年五月第一版。本文涉及流行版的內容，全部採用這一版本，下同。

這部書上付出最多。初版與目前的三版，簡直是面目全非。」＊前兩次增加的篇幅到底是四分之一還是五分之一，不在本文討論的範圍。

本文只討論這部小說的最新修訂情況，即比對、分析和評論流行版到新修版的變化。從此次改動情況看，作者此次修訂工作的大方向，仍是要努力將虛構的江湖傳奇納入歷史和人性的描寫框架，對一些爲傳奇而傳奇的內容，即不符合歷史常理或人性常情的情節和細節進行了清理或改寫。

本文將從細節、情節、結局三大方面去掃描討論。具體分爲：一、刪除部分掃描，二、改得好的細節舉證分析，三、改得不好的細節舉證分析，四、應該改但卻沒改的細節舉證分析，五、宛兒的情感線索，六、有關惠王的情節線索，七、何鐵手的形象設計，八、阿九和袁承志的情感線索，九、小說的結局部分等九個方面。最後，將有一個非常簡短的結語，總說我對這部書的新修版的看法。

＊見《碧血劍》「後記」，廣州出版社和花城出版社二〇〇二年十一月第一版。本文涉及新修版的內容，將全部採用這一版本。下面引文注釋中簡稱為「新修版」者，即是這一版本。

一、新修版刪除的部分

首先我們要看新修版刪除的內容。新修版中，刪除的內容較多，但情況卻有所不同，有些內容被刪除了，有些則是被替換，即刪除一部分內容，用改寫的新內容替換掉刪除的部分。這裏所舉證的刪除部分，是只刪不改的部分。

新修版第一回中，刪除了流行版的一段：

「暹旺王奏稱：小國後山，頗有神異，乞皇上賜封，表爲一國之鎮。成祖便封其山名爲『長寧鎮國山』，親製碑文，並題詩一首，詩曰：

炎海之墟，渤泥所處。煦仁漸義，有順無忤……王德克昭，王國攸寧。於斯萬年，仰我大明。

成祖皇帝的御製詩文，便刻在渤泥國長寧鎮國山的一塊大石碑上。」*

---

*成祖御製詩較長，沒有全引，中間有刪節，詳見原文。

當年作者要寫這一段，是想多介紹渤泥國與中國明朝之間的外交史料，讓人瞭解更多的歷史背景。但這裏所引述的明成祖詩文，一來與小說的敘事關係不大，二來多少有些爲明朝皇帝歌功頌德之嫌，與小說主題不合，所以在新修版中刪除了這一段。現在我們看到，刪除上述一段後，非但絲毫不影響小說敘事，相反，使得小說的敘事顯得更加簡潔。所以，這一修訂大有必要。

再如，在新修版第一回中，作者還刪除了袁承志打虎的段落，從流行版的「說聲未畢，忽然一陣狂風吹來，樹枝呼呼作響，門窗俱動，隨即聽到虎嘯連聲，甚是猛惡，接著門外牛馬驚嘶起來。姓應的道：『說到曹操，曹操就到。』姓倪的站起身來，從門後取出一柄鋼叉，倉啷啷一抖，說道：『今兒不能讓牠逃走了。承志，你也去。』……」直到打虎結束之後：「……楊鵬舉見這兩人這般輕而易舉的殺了這一頭大老虎，心下惴惴，看來這批人路道著實不對，多半是喬裝的大盜，自己和張氏主僕糊裏糊塗的自投盜窟，這番可當真糟了。張朝唐卻不以爲意，極力稱讚小牧童的英勇，撫著他的手問道：『小兄弟姓什麼？你名叫承志，是不是？』那牧童笑而不答。」

應該說，流行版中的這一段，寫得相當精彩，具有傳奇性，給人留下了深刻的印象。小說的主角這樣出場，可以說是一個非常精彩的亮相。

只不過，這樣的亮相雖然精彩，卻也有幾點讓人疑慮的地方：一、袁承志年齡很小，此時還不會多少武功，是否有參與打虎的能力？二、應、倪、羅等人是否會讓這樣的一個小孩子去冒此打虎風險？袁承志可是他們的老上司袁崇煥唯一的骨血啊。三、他們即使要打虎，是否偏要在這一天？他們隱居在此，不欲讓人知道，那就不該隨意顯露自己的任何異常之處，以免別人懷疑。綜上所述，刪除這一大段雖然有些可惜，但還是得多於失。沒有這一打虎傳奇段落，反而使得小說的情節敘事更合乎常理。

又，新修版第九回書中，刪除了流行版中的一段情節，即青青說：「大哥，有人陪你捉迷藏，你倒快活，可沒人陪我玩耍，我不如作一篇文章，也免得閒著無聊。」然後就作了一篇題爲《金蛇使者劍戲兩傻記》的文章，配合袁承志與閔子華、洞玄的打鬥。僅從情節上看，這一段十分生動，文章和武功配合巧妙，相得益彰，且妙趣橫生，令人噴飯。問題是，這一段雖然好玩，但對閔子華師兄弟卻是最大的侮辱，武林中人最講面子，這樣的侮辱往往比殺了他們還要令人難以接受，勢必會留下無法消弭的深仇大恨。進而，袁承志和青青插手此事，並不是要幫一邊打另一邊，而是要充當和事佬，即並不是要得罪閔子華，而是要拯救焦公禮。如此，就不應該對閔子華如此侮辱。最後，即使青青性格偏激，不怕得罪人，袁承志的性格卻並非如此，所以不可能與青青如此配合。所以，新修版刪除這一段，實際上是消除了流行版中的一塊硬傷。

又，第十回書中，袁承志帶領青青、啞巴、洪勝海等人押運十車財寶上路，來到山東地界。新修版中刪除了袁承志和青青等人在禹城歇宿和探訪盜蹤等十四個自然段，即從「這天到了禹城，投了客店，青青便邀袁承志出去玩耍……」到「沙寨主道：『既是如此，明兒就動手。咱們在張莊開扒，大夥兒率領兄弟去張莊吧！』眾人轟然答應，紛紛出廟。」

刪除了這一大段情節，不僅對小說敘事沒有什麼影響，反而消除了一些不應有的漏洞。例如，一、青青爲何要上街去玩耍？她明明知道有不少強盜匪人盯住了這十大車財寶，她的江湖經驗要比袁承志豐富得多，且對袁承志鍾情已深，無論如何都會選擇和袁承志在一起保護財寶，並給袁承志提供意見和建議，而不應該獨自上街遊玩。二、青青雖然年輕，卻是一個老江湖，從小就幹盜賊勾當，不僅精明過人，且又富有江湖經驗，如何會如此大意無能，讓山東的一些小毛賊在自己的身上作了記號而不知？三、山東盜賊爲何要在青青身上作記號？他們的目標既然是財寶，而不是青青這個人，只要派人盯緊了財寶也就是了，根本不必派人盯梢上街遊玩的青青，更不應該在青青身上作記號，打草驚蛇。四、袁承志開始拒絕與青青一起出去，後來竟然又主動和青青一起出去抓毛賊，這就有些自相矛盾：若覺得客店裏比較安全，則開始的時候，就不應該拒絕青青一同出遊的請求；若覺得客店裏不安全，那就後來也不應該和青青一起出去。五、山東盜賊要開會，哪裡不能開會，偏偏要跑到三光寺來？六、更重要的是，所有的這些情節安排，無非是要讓袁承志出去尋找盜賊的蹤影。實際上，這一情節完全沒有必要，因爲只要十大車財寶上路，必然會有盜賊跟隨，根本不必費心去尋找盜賊的蹤跡。而流行版中，讓袁承志發現沙寨主等人商量如何分配財寶的消息，非但對後面的情節敘事沒有任何幫助，反而提前洩露機關，減弱了小說情節的緊張懸念，完全得不償失。袁承志忙活了半天，啥也沒做，啥也沒有改變，爲何還要保留這段情節呢？

刪除了這一大段情節，作者在新修版中重寫了一段，包括兩大自然段，即從「袁承志卻自沉思卻敵之計，雖盼能引得群盜爲了爭寶而自相殘殺，但想萬事不可托大，倘若盜首中竟有焦公禮一般的老成智士，或能避過自相殘殺，那便如何應付？……」

這一自然段，和「青青白他一眼，說道：『那有什麼客氣，自然伸手便搶啊！』袁承志道：『要是我跟你討交情呢？分一些財寶給你，你肯跟我做好朋友嗎？肯聽我話嗎？』青青道：『你不用分財寶給我，我不但跟你做好朋友，還跟你結拜，叫你做大哥。我不但聽你話，而且死死活活都跟著你，永遠不分開了。』她……」這一自然段。

這一修訂，消除了上述情節敘事的漏洞，而增加了兩個閃光點，第一，是袁承志主動設想對策，運籌帷幄，使得袁承志這個人物的主體性得到加強。第二，是青青借袁承志商量對策之機，再一次強調了自己的情感態度和立場，這不僅表達了自己心中的濃烈情意，也是對袁承志的一種情感約束。

又，第十一回書，群雄聚會選盟主，流行版中，沙天廣推薦袁承志，說：「我說的就是這位袁相公……我聲明在先，兄弟與袁相公還是最近相識，跟他既非同門，又非舊交……」新修版將後面的「既非同門，又非舊交」幾個字刪除了，避免了同意反覆，前面說了「最近相識」，當然也就意味著「既非同門、又非舊交」，後面的解釋就變成了多此一舉，刪除這句，理所當然。

又，第十二回書中，寫到袁承志發現胡老三，新修版中刪除了兩個自然段，即：「只聽一人道：『這裏怎麼走得開，要是出了點兒亂子，哥兒們還有命嗎？』另一人道：『安大人這件事也很要緊啊。眼前擺著一件奇功，白白放過，豈不可惜？』……袁承志心想：『他們在這裏有什麼大事走不開？又有什麼安大人和奇功，這倒怪了。』」這一段沒有任何對小說敘事有實際意義的內容，只是讓袁承志偷聽到一些無關緊要的例如抽籤決定誰去執行任務之類的消息。新修版刪除這一段，只說袁承志和青青「兩人矮著身子，到每間店房下側耳傾聽，來到一間大房後面，果然聽到有人在談論，正要竊聽，房門推開，有人出來……」這一修改，對小說的情節發展毫無影響，而且還再次減少了袁承志偷聽的機會，使得小說敘事減少一次不必要的人爲痕跡。

又，第十三回書，寫到袁承志問安大娘是否還記得自己，新修版刪除了「這時是崇禎十六年六月，離袁承志在安大娘家避難時已有十年」一句。這一來，上下文顯得更加緊湊，而且，刪除了具體的年代，更符合武俠小說模糊時空的寫作習慣，若是嚴格按照歷史時間書寫，會給小說寫作帶來許多不必要麻煩。

第十三回書中，流行版中說：「經過這一場小小風波，兩人言歸於好，情意卻又深了一層。」新修版將上述最後一句話刪除了，即只說兩人言歸於好，卻不再說「情意卻又深了一層」。這可以說是一個重大的修改，刪除了這句話，當然是因爲袁承志對阿九有了想法，情感態度開始恍惚，因而很難說他和青青兩人的情感深了一層；與此同時，也表明作者對這兩人的情感深度的描寫開始加以控制，不讓他們兩人的情感深入一層。真實的情況當然是，青青對袁承志的情感肯定會深入一層，但袁承志卻未必有與之相應的情感專注，遑論深入一層？

又，新修版的第十四回的結尾和第十五回的開頭部分，刪除了有關五毒教長老齊雲璈耍蛇的大段情節。其中包括十四回結尾的六個自然段。即從「坐了半日，眼見天色將晚，兩人收拾了食盒回家。經過一座涼亭，只見一個乞丐臥在一張草蓆上……」直到最後的「兩人不再上前，隨著他眼光向雪地裏一看，原來是條小蛇，長僅半尺，通體金色，在白雪中燦然生光。」還包括流行版第十五回開頭的六個頁碼二十七個自然段，即從「只見那金色小蛇慢慢在雪地中游走，那乞丐屏息凝氣……」到「單鐵生提起鐵尺，發足追去，喝道……那乞丐猝然收招，反身一個筋斗，躍出丈餘，隨著兩名紅衣童子去了。」所刪除的部分，包括袁承志贈酒，齊雲璈捉蛇，齊雲璈奪冰蟾，單鐵生追贓，齊雲璈掩護盜銀童子等情節。

作者設計這一情節段落，主要的目的，是要爲五毒教與袁承志等人的進一步衝突進行鋪墊，新修版中突出了「金蛇營」名聲的影響，使得五毒教不斷找袁承志等人的麻煩有了更加合理的基礎，從而不必使用齊雲璈覬覦冰蟾這一線索。庫銀的追蹤也另有安排，齊雲璈的接應也就可以省去。畢竟，有關齊雲璈的這段情節非常離奇，雖然看起來比較匪夷所思，符合傳奇的敘述路線，但其中還有不少人為的痕跡。刪除這一段情節，對小說敘事沒有多少損失，那就是最好的理由了。至於修訂部分仍然有這樣或那樣的缺陷，那是另外一回事。

新修版第十八回書中，還刪除了齊雲璈「九刀穿洞，爲奴盡忠」向何鐵手請罪形式的大段情節。即「袁承志快步出堂，搶出門去，只見一個人赤了上身，下身穿著一條破褲，雙手按地，頭下腳上的倒立在門口……只見他肩頭、背上、雙臂一共插了九柄明晃晃的尺來長尖刀，每把刀都深入肉裏，卻無鮮血流出……」及其後的若干自然段。在流行版中，齊雲璈「九刀穿洞」的把戲玩了好多天，看起來確實十分傳奇，甚至匪夷所思。新修版將「九刀穿洞」這一傳奇情節設計刪除了，因而只剩下了何鐵手與齊雲璈的對話，以及最後的結局：「何鐵手嘻嘻一笑，道：『你既誠心悔過，便饒了你這遭，死罪可免，活罪難饒……』伸手正要去拿圓筒，身上劇毒初清，突然間雙足發軟，身子一下搖晃。」緊接著的下一個自然段，就是何紅藥殺死了齊雲璈。

新修版的修訂，是按照前述原則，即儘量往歷史真實和人情物理真實的路線上走，對純粹的爲傳奇而傳奇情節則儘量減少和刪除。這一敘事路線的選擇和整頓，自有道理，這也正是金庸小說的與眾不同處。在這部小說中，齊雲璈這一人物本來是一個相對次要的人物，只不過因爲他玩金蛇、玩穿洞，才給人留下了深刻印象，細想起來，這些情節只是爲傳奇而傳奇，並無多大的審美價值，所以將它們刪除，讓齊雲璈還原成次要人物，留出篇幅寫好其他人和故事。

又，新修版中還刪除了何鐵手自殺的段落。何鐵手不再愛戀女扮男裝的青青，當然也就不會有發現青青真實性別後的絕望和自殺的衝動，這一情節的刪除就是理所當然。不過，流行版中，何鐵手借此獲救機會來要脅袁承志傳授武功，能夠體現何鐵手的特殊性格，刪除了多少有點可惜。

最後，新修版第十九回中，刪除了流行版中金蛇郎君骨灰爆炸的情節。即「眼見拉著兩人將到山頂，突然峭壁洞穴內震天價一陣巨響，煙霧瀰漫，山石橫飛……這時峭壁中爆炸聲一陣接著一陣，不知山洞之中怎會藏有這許多火藥，又不知誰在內中搗鬼，各人面面相覷，茫然不解……」流行版中解釋說，是金蛇郎君的骨頭變成了炸藥。作者修訂時大概想到了，金蛇郎君雖然聰明，但恐怕也沒有學會這種超高科技技術，所以將這一設計刪除掉，以保持小說敘事的情理脈絡。

二、成功改寫部分的舉證分析

作者刪除的部分，幾乎全都是成功的修訂。在刪除部分情節或細節的同時，作者當然也會有相應或不相應的增加。這一部分，情況要複雜得多。在改寫中，有些非常成功，而有些則弊多利少，得不償失；還有一些本來應該修改的地方，但作者卻沒有注意到。這裏，我們先看成功的例子。

如：第一回書中，有李自成派來的三個使者前來參加山宗聚會，流行版中說是「李闖將軍派了人來求見。」新修版改成了：「山西三十六營王將軍派了人來求見。」後面還增加了一段：「楊鵬舉已久聞三十六營的名頭，知道山西二十餘萬起義民軍結成同盟，稱爲『三十六營』。以『紫金梁』王自用爲盟主，這幾年來殺官造反，聲勢極大，三十六營之中以闖王高迎祥最爲出名，他麾下外甥李自成稱爲闖將，英雄了得，威震晉陝。」

流行版的寫法並沒有明顯的錯誤，當時李自成並未成爲闖王，還是闖王高迎祥手下的闖將，即「李闖將軍」。問題是，當時李自成上面有高迎祥，高迎祥上面還有三十六營的盟主王自用，李自成是否有足夠的身分地位和如此高明的戰略遠見，會不會私自派人到廣東聯絡袁崇煥的舊部？進而，闖將李自成雖然小有名氣，但是否有足夠的身分引起山宗諸將的重視？權衡之下，作者在新修版中還是作出了修訂，將李闖將軍派人，改成了三十六營盟主王自用派人。所派之人，依然是李自成的屬下，而且還借機會介紹了三十六營，這一改動當然很好。

又，第三回書中，木桑道長說金蛇郎君的偽書與鐵盒多半是早就造好了，用來對付敵人的，臨死之時料來也無暇再幹這些害人勾當，新修版又增加了一句：「山洞之中，手邊也不會有這些工具機括。」道理無須多說。

又，第三回書中，在袁承志即將藝成下山之際，小說交代十年間的歷史變化，流行版中寫道：「崇禎八年正月，造反民軍十三家七十二營大會河南滎陽，李自成聲威大振，次年即稱『闖王』，攻城掠地，連敗官軍。」新修版改為：「起義軍首領王自用、高迎祥等先後戰死。闖將李自成時勝時敗，屢遇危難，他多謀善戰，往往反敗為勝，群雄歸心，部屬漸增。其後造反民軍十三家七十二營大會河南滎陽，李自成聲威大震，隱然為眾軍首腦，不久即稱『闖王』……」這一改動，好處是，首先，將具體的歷史紀年改掉，顯得更加從容，且不會出錯；其次，將王自用、高迎祥等人的結局交代清楚，然後再說李自成，如此更符合歷史實際；最後，這一改動，對李自成的經歷介紹也較爲客觀，並不是只說勝利光彩，而不說他多次失利。

又，新修版第四回書中，在袁承志閱讀《金蛇秘笈》的過程中，增加了一大段有關「五行陣」的內容：「後來十餘頁的功夫，都是用來對付一個叫做『五行陣』的陣法，要他先熟習八卦方位，諸般生剋變化。這陣法變幻多端，組成陣法的對手五人此來彼去，互補互救，金蛇郎君以極巧妙方法將之一舉摧破，其中包含了不少高明武功。袁承志心想，這『五行陣』日後未必真會遇上，但諸般破陣的功夫，用途甚廣，學了卻大有用處，於是花了幾日苦功，一一學會。秘笈中記載其他武功，大都心平氣和，析其優劣，但這十餘頁講述『五行陣』，語氣中頗含怨毒，對此敵手五人敵意甚盛，所用武功也均狠辣強勁，每一招均欲殺敵而後快。承志習練之時暗暗搖頭……」＊

＊這一段很長，後面沒有引述，詳見原文。

增加這一段，更加合情合理，若金蛇郎君沒有找到破解「五行陣」的方法，恐怕會死不瞑目；若找到了方法，決不會不記在《金蛇秘笈》上。加上這一段，使得金蛇郎君的故事更加完整，心理鋪墊也更加豐實，且對以後袁承志破陣的講述也是一種很好的鋪墊。

又，新修版第四回書中，還增加了一句：「劍鋒插入石壁上原有一條深縫，否則金蛇郎君插劍時如已無多大力氣，未必能將劍插入石壁。」多了這一句，小說敘事便少了一個明顯的漏洞。這句話不僅交代了細節，而且還解釋了理由，修訂的好處不必多說。

又，關於金蛇郎君的《金蛇秘笈》，新修版第四回書中還增加了兩個自然段。即：「再讀下去，只見許多招式的名稱甚爲古怪，『去年別君時』、『忍淚佯低面』、『含羞半斂眉』、『柔腸百結』、『粉淚千行』、『半羞還半喜』……等等，皆是男女歡愛之詞，似是一個少女傷心情郎別去，苦思苦憶的心情。袁承志其時不明兒女情懷，又沒讀過多少詩詞，直覺這些招式名稱纏綿悱惻，甚是無聊……」以及「待看到一招『意假情真』，見《秘笈》中以墨筆詳述這一招如何似真似幻，說道：『人間假意多而真情罕見。種種試探，欲明對方真意所在，而真意殊不易知，此所以惆悵長夜而柔腸百轉欲斷也。』這一招中包含了無數虛招，最後說道：『別道人家有無真情，即令自己，此招終歸何處，自家亦總不知。』……但這招不知擊向何處，任何擋隔可能均錯，自是招架不來。」＊緊接著，作者在下一自然段的最後又增加了一句：「一招招式連自己也不知擊向何處，心意不定，那算是什麼武功招數？不過這招『意假情真』，也委實巧妙之至。」在新修版的同一頁，「重寶之圖」的留言之後，又增加了一句：「小字之下，斑斑點點，沾有不少淚痕，凝思半晌，不明其意。」

上述這些，都是寫金蛇郎君以武說情，雖然此時袁承志莫名其妙，但卻爲後來講述金蛇郎君的故事進行了很好的鋪墊。上述種種，詳細生動地寫出了此時此刻金蛇郎君的情感心理。只不過，讓袁承志斷定重寶之圖上的斑斑點點就一定是「沾滿淚痕」，恐怕有點勉爲其難。而「意假情真」的招式用於打鬥，也讓人難以置信，在後文中，這一招式搞出了問題，不妨到時再說。

＊引文均有省略。

又，新修版第四回書中，將原來的「龍遊幫」改成了「遊龍幫」，將「石梁派」改成了「棋仙派」，將溫家所在的石梁鎮改爲了靜岩鎮。改動的原因很簡單，因爲龍遊、石梁都是浙江的真實地名，而小說中的這幾個幫派卻都不是正路幫派，對地方聲譽怕有不好的影響，所以要改。在新修版第七回書中，作者專門有一個解釋：「遊龍幫人眾都是衢州附近龍遊縣人，將『龍遊』兩字倒轉來，稱爲『遊龍幫』。龍遊人大多方正端嚴，遊龍幫將兩字倒轉，人品便不怎麼規矩了。」這一解釋，正好說明了作者要改寫幫派名稱的原因或理由。

又，新修版第五回書中，在寫到李自成派人送軍餉到江南來的時候，透過袁承志的心理活動，增加了一句話：「……何況闖王千里迢迢地送黃金到江南來，定有重大用途。**說是軍餉，當為供軍中糧餉之用，抑或拉攏幫手，或賄賂貪官，均有正途大用。」**＊這一修訂，是爲了解釋這樣一個問題：李自成一向在北方活動，他的勢力還沒有來得及發展到江南，如何會有軍餉送到江南來？加上了這句話，讀者就不會有這樣的疑問。

＊黑體字是新修版增加的部分。

又，第六回書中，夏雪宜寫信給溫家五老。流行版的開頭是：「石梁派溫氏兄弟共鑒」，結尾是「金蛇郎君夏雪宜白」，新修版的開頭改為：「棋仙派溫氏兄弟聽了」，結尾改成了「金蛇郎君夏雪宜宣示」。相比之下，新修版的改動更加符合夏雪宜的性格和口氣。前者顯得溫和客氣，夏雪宜的性格和心情不很突出。

又，第六回書中，袁承志聽到溫儀說及「五行陣」，新修版中增加了一段袁承志的心理活動：「承志聽到『五行陣』三字，陡然想起《金蛇秘笈》中詳述『五行陣』及其破法的記載，恍然大悟：『原來如此！』」既然新修版的《金蛇秘笈》中增加了「五行陣」的破解方法，袁承志看到了有關內容，此刻聽到溫儀說及，當然會有這樣的聯想，並且明白金蛇郎君要對付的人就是溫家五老。這裏增加這一筆，使得情節敘事更加滴水不漏。

溫家五老迫使袁承志對付「五行陣」，袁承志有些猶豫，流行版中寫的是：「初次較量時，雙方並無冤仇，手下互相容情，現下自己已知他們隱私，而他們又認定自己與金蛇郎君頗有淵源，這種人什麼陰狠毒辣的手段都使得出，一不留神，慘禍立至，自己卻又不欲對他們痛下殺手，一時不禁頗為躊躇。」新修版改為：「『五行陣』的陣法和破法，自習了《金蛇秘笈》後，早已了然於胸，無所畏懼。但她五老是青青的尊長，以金蛇郎君所傳之法對付，下手過於狠毒，非己所願，一時頗為躊躇。」這一改動，不僅在情節上天衣無縫，而且在人物個性和心理上也更加合情合理。

又，第七回書中寫到袁承志在五行陣中俯臥誘敵，「……黃真先見他坐下臥倒，已悟出了他對敵的方略，不禁佩服他聰明大膽，這時見他肆無忌憚的翻身而臥，暗叫不妙，**覺得大減價減得未免過了分**，五老若向他背後突襲，卻又如何閃避？招徠生意，**不妨甜言蜜語，自吹自擂，王婆賣瓜，無瓜不甜，可以虛言浮誇**，卻不能用苦肉計。」這一修訂，符合黃真的語言和思維習慣，使得這一段心理活動的敘述更加幽默生動。

又，第七回書中，溫方施殺了溫儀，流行版中，溫方施躲入家中，關上大門，躲了起來。新修版改為：「……袁承志見他肆惡殺害親人，大怒之下，疾縱而前，在他後心重重踹了一腳。這一腳用上了混元功，功力非凡。溫方施哼也不哼，摔進門去，鮮血狂噴。袁承志踹這一腳，雖沒傷了他性命，但功透要穴，溫方施就此成為廢人，終生不能治癒，武功全失。」

這一改動，首先是彌補了流行版的一個小小漏洞，溫方施若沒有受傷，肯定要和他的其他兄弟一起去參加北京的宮廷政變，但小說中對溫方施的受傷沒有交代清楚。

其次，這樣寫，作爲一個敘事段落結束，有一個明顯的標誌。最後，溫方施這個人比較討厭，袁承志踹他一腳，只廢了他的武功而沒有傷害他的性命，顯得比較解氣而又把握了分寸。若袁承志對此無所作爲，那就不好玩了。

又，第七回書中，溫儀臨終遺言沒有說完，流行版是：「……我……世上的親人，只有……只有這個女兒，你……你們……你們……」新修版改爲：「……我……世上的親人，只有……只有這個女兒，**請你……一生一世……照看著她**……」＊流行版的寫法已經很好，「你們……你們」之說，言未盡而意無窮，誰都知道溫儀是希望袁承志與青青結合，只是在未徵求袁承志及其師長的意見之前，作爲女方的母親，無論如何也不好意思將這點心意表明，所以最終也只能這樣含糊其辭，好在袁承志和所有旁聽者、讀者都心領神會。

新修版中改成了「請你一生一世照看著她」，好處是：

一、更符合溫儀的心境，溫儀臨死，一定要把自己的最大心願更加明確地表現出來，雖然不能直接爲女兒許婚或讓袁承志向女兒求婚，但請求袁承志一生一世照看自

＊黑體字均是新修版增加的部分。

己的女兒，這總是可以直接說出來的。這種說法，實際上還是含糊其辭，即並沒有迫使袁承志與青青結婚，只是要袁承志照看青青，但其中的意思，卻要比「你們……」之說更加明確，這也更符合溫儀的心境和心願。

二、這樣寫，還有一個更大的好處，是爲袁承志增加一個道德緊箍咒，即無論如何都必須照看青青一生一世。袁承志一句承諾，勢必要以自己的一生來踐諾。雖然，袁承志並沒有允諾一定要娶青青爲妻，道德的承諾總不能等同於情感的承諾，但袁承志和青青都沒有意識到其間的區別，從而後面的情節中，袁承志也沒有在情感傾向和道德責任的矛盾衝突中充分顯示出他的主體性來。但這裏的改動，畢竟爲這一主體選擇的矛盾留下了一個很好的端口。

又，新修版第九回的結尾，袁承志與洪勝海談及太監曹化淳爲何裏通外國，聽說不過是因爲多爾袞答應攻破北京後不殺他，並讓他保有家產，作者對袁承志的心理活動進行了小小修訂：「有些人什麼都有了，便就怕死，**怕失了家產。榮華富貴沒有了，那無可奈何。但性命家產卻必須保全**，便什麼都肯幹。」＊這一修訂，不僅回應

＊黑體字是新修版增加的部分。

了前面的不殺頭、保有家產的說法，顯得更加周全，而且，也對這類人的心性特徵有更全面的把握，雖然看起來顯得有點囉嗦，但卻更加周密。

又，第十回書中，青青在穆人清面前替袁承志辯護、說孫仲君的壞話之後，新修版增加了一句：「低聲對承志道：『啞巴說話了，對不起。』」這一增加，是與前面的約定有關，袁承志之所以答應青青隨行，是因爲青青答應他不說話、不惹事扮作啞巴，如今啞巴說話，當然要做說明。更重要的是，青青的這句話非常幽默生動，與其說是道歉，不如說是表功，符合有情的青年男女間的情感心態。

又，第十回書中，新修版增加了一句話：「歸辛樹明知師弟有意讓招，但受了師父責罵，卻也不領他的情。」沒有這句說明，當然也沒有多大問題。但有了這句說明，卻有兩個好處，第一，是表明歸辛樹的武功見識，完全應該看得出袁承志有意讓招，若非如此，就算不上超級高手了。第二，明明知道師弟有意讓招，但還是不願領師弟的情，則進一步表明了歸辛樹心胸的狹隘。增加了這一句話，使得作者對歸辛樹這個人物的性格敘述更加縝密準確。

又，第十一回書中，袁承志征服了強盜和官兵，決定在泰山大會群雄，流行版中說是約定端午節在泰山頂上取旗，新修版則改爲約定七月二十日，並且在「又請孫仲壽、朱安國等山宗舊部，會同水總兵帶領投降的官兵，在荒僻險峻之地起造山寨紮營」的後面，增加了一句「大家就稱之為『山宗營』。」時間上的修改，看起來無關緊要，但考慮到要通知東部七省的武林同道，且要讓他們有足夠的時間從四面八方趕到泰山，那就不是小段時間了。推遲兩個多月，就顯得更加合情合理了。最後增加一句「山宗營」，顯得順理成章。

又，新修版第十一回的結尾，增加了一頁多的篇幅，包括三大自然段，即從「袁承志當下與孫仲壽、程青竹、沙天廣、水總兵等商議，將魯直群豪、明軍降兵、山宗舊侶、各地英豪分成三營，由朱安國、水鑒、羅大千三位懂得佈陣打仗的舊將分統，孫仲壽則總其成……」直到本回的最後：「……袁承志雖為百姓求生而造反，卻決不敢公然舉旗反明，他本不喜『金蛇王』的稱號，但用以掩飾『袁崇煥之子』，倒也可行，也就任由江湖朋友隨口亂叫。」＊

＊兩段引文都有省略。

增加這幾個自然段，完全必要。流行版中幾乎沒有交代聚會群雄及其投向官兵的去向，完全按照武俠小說的路子，只講述袁承志單身冒險的經歷，雖然當上了七省武林盟主，但卻基本上不管這大隊人馬的安排。增加這一大段情節，第一個好處，是使得袁承志這一盟主變得名副其實，還特別交代了袁承志不大同意馬上將這批人馬派往與官軍相抗的戰場，而只是讓他們覓地安營和訓練，待時而動。第二，順便交代了袁承志等人劫了朝廷百餘萬糧餉、又殲滅滿州軍阿巴泰麾下的一批精銳這兩件事所引起的震動。在流行版中，完全沒有涉及這兩件事的反應和後果，彷彿這兩件本該朝野震動、天下傳揚的大事，只不過如同民間武林的兩場私自爭鬥。修訂版增加了這一句段，點明這兩件事引起了天下震動，又長話短說，所以既彌補了漏洞，又沒有花費多少篇幅。第三，更重要的是，最後一個自然段中，專門講述了「金蛇營」的由來，掩蓋了「山宗營」的真相，且由焦公禮出面解釋，顯得合情合理。

最後，「金蛇營」之說，不僅是爲了交代這批人的影響和稱號，而且爲後面五毒教聞「金蛇營」之名號而來找程青竹、袁承志等人的麻煩進行了鋪墊。若無金蛇營之說，五毒教要找程青竹的麻煩就沒有充足理由了。

又，第十二回書中，袁承志奪了歸辛樹的孩子，揭破了董鏢頭壽桃中藏藥的秘密，流行版中寫袁承志：「他一面說，一面走近桌邊。青青也過來相助。兩人把壽桃都掰開來，將餡裏所藏的四十顆丸藥盡數取出……他叫青青取來一杯清水，將丸藥調了，餵入孩子口中……」新修版改成了：「袁承志怕歸氏夫婦來奪孩子，仍高高站在桌上，左手高舉利劍，以阻人來奪孩子，叫道：『青弟、勝海、胡桂南胡兄，請你們去掰開壽桃，取出藥丸來。』……」直到第三和第四個自然段：「……承志將劍交給她，空出手來接過一顆藥丸，說道：『請去拿杯清水來，要溫的，別太熱太涼！』孟家僕人聽到，即刻轉身去端了杯水來，交給青青。」這樣的修訂，理由在文中已經說到，袁承志自己沒有參與拿藥，是「怕歸氏夫婦來奪孩子」，流行版對此注意得不夠，新修版如此寫來，當然更加嚴謹縝密。最後，袁承志讓孟家僕人去拿溫水，也比流行版中讓青青去取水更加合理。

又，新修版第十二回書中，歸辛樹夫婦孩子得救後，加上了一句：「還分了三顆茯苓首烏丸給孟錚，以資傷後調補。」這一修訂，顯得更加縝密，茯苓首烏丸既然是如此神效的良藥，對傷者勢必有效，袁承志和歸辛樹夫婦都沒想到要送幾顆給孟錚療傷補身，實際上是一個漏洞。現在改爲歸氏夫婦主動送藥，不僅補上了漏洞，而且還在一定的程度上扭轉了歸辛樹夫婦不通人情的怪物形象。他們在兒子得救之後，也變得有點人情味了。

又，新修版第十二回結尾處增加了一句話：「是安大娘！原來這安大人是她丈夫、是小慧的父親。**當年胡老三就是奉安大人之命來捉小慧的。**」＊新增加的這一句，乃是袁承志完成推理的一個重要環節：他並沒有見過安劍清，也不知道這個人，只認識胡老三，只有想到胡老三奉安劍清之命捉安小慧這個環節，才能完成安劍清就是安小慧的父親這個判斷。加上這句話，看起來似乎有些囉嗦，但卻使得這個推理更加縝密。作者如此寫，自有道理。

又，新修版第十三回書中，在袁承志率人毀壞紅夷大炮之後，增加了一個自然段，說：「袁部三營初出茅廬，便建奇勳。其後闖軍進攻潼關，明朝兵部尚書督師孫傳庭戰死，麾下大將高傑棄關逃赴西安，闖軍攻破潼關，得西安，再取北京，袁部毀炮挫敵之功甚巨。『金蛇營』的名聲大振。」增加這一段，在敘事上有多種重要作用，首先是不斷將袁承志與他的部隊聯繫起來；其次是將袁承志的行動與天下大勢聯繫起來；再次是對「金蛇營」的名聲進行再一次鋪墊；最後是對袁承志幫助李自成造

＊黑體字是新增加的。

反的大功勞進行必要的鋪墊——流行版對此鋪墊不夠，從而與最後的結局反差不大，敘事張力也就不如新修版這樣十足強勁。

同一回同一頁中，交代袁承志先到北京然後再去盛京，流行版中只是說：「一行人先到北京，將鐵箱安頓好了，派青竹幫的幾名得力頭目留守，當即出京……」新修版改為：「一行人先到北京順天府，租到住所後將鐵箱埋入地下，由程青竹率領青竹幫的幾名得力頭目留守，承志等出京向北進發……」這一修改，比原先要嚴謹得多，首先是按照歷史改了北京順天府的名稱，其次是說明將鐵箱埋入地下，再次讓程青竹本人率人看守，表明袁承志等人對這筆財富十分重視，而沒有像以前那樣草率處理。

又，第十四回書，流行版寫到袁承志的心理活動，最後是：「再想到玉真子武功之強，滿州武士之勇，多爾袞手段的狠辣，范文程等人的深謀遠慮，只覺世事多艱，來日大難，心中一片空蕩蕩地，竟無著落處。」新修版改為：「再想到皇太極見識高超深遠，多爾袞手段狠辣，范文程等人眼光遠大，玉真子武功之強，滿州武士之勇，大明朝廷多有不及。只覺世事多艱，來日大難，心中一片空蕩蕩的，竟無著落處。」看似改動不大，但卻非常關鍵，雖然皇太極死了，但他的深遠見識對袁承志的震撼依然不息，對滿州政治的影響也勢必依然存在，所以，將此人排在第一位，大有道理。

其次，新修版將袁承志思索的順序從皇太極說到多爾袞、說到范文程，最後才說玉真子的武功和滿州武士的勇敢，這樣的順序更符合袁承志的困惑心態，因爲他不懂得政治，政治人物及其政治謀略的壓力和困惑才是他最大的困惑。

再次，新修版提及「大明朝廷，多有不及」這八個字，其實也是袁承志的重大困惑，他知道真正對付滿州人的，其實還是大明朝廷。大明朝廷在滿州軍隊和李自成軍隊的夾攻之中，雙線作戰，才如此捉襟見肘。幫助李自成是否等於間接幫助了滿州人，這才是袁承志內心最深處的困惑。進而，玉真子這些人的武功如何，在袁承志的心中，分量其實有限。他不會因爲玉真子的武功高超而感到世事多艱或來日大難，更不會由此心中空蕩蕩的無著落處。所以，要將此人的重要性放在最後。

新修版同一頁中，還增加了一大自然段：「袁承志將鐵箱中的珍玩、金磚等物慢慢兌成銀兩，有時差洪勝海到天津、保定、張家口等處兌換，以免引人注目……袁承志曾乘間輕騎前往馬谷山……清兵若再來攻，當可與之決一死戰。袁承志心想：『那時才不枉了我名字中的承志兩字。』」＊增加這一段，大有道理。首先是將鐵箱中的

＊引文中間有省略。

珍寶不斷派上用場；其次是寫到袁承志不斷與山宗營聯繫，從而使得這個「金蛇王」名副其實；最後，最重要的一點是，袁承志的內心深處最大的憂患乃是滿洲之敵，而不是大明王朝，如此，不僅上接前文，而且也提高了袁承志的精神境界。

又，第十五回書中，五毒教何紅藥毒害程青竹，有了一個紮實的理由，那就是如程青竹所回憶的「……這老乞婆森然問道：『程青竹，你是金蛇王的手下麼？』我說：『是又怎樣？』她說：『那就要取你性命！』……」這是一個新的設計，這一設計具有合理性，何紅藥對金蛇郎君愛得刻骨也恨得刻骨，所以凡是有關「金蛇」等等事物，都有可能引起她的關注和仇恨，她來找程青竹的麻煩，也就合情合理。流行版中，沒有對何紅藥的行動給出充足的理由，甚至沒有設計出「金蛇營」的理念和影響，讓人質疑。新修版的這一點，就無可置疑了。

又，新修版第十七回書中，何紅藥誤會何鐵手要維護青青的原因，說：「你爲什麼護著她？哼，你定是想勾引那姓袁的少年。我教你個乖，你要那姓袁的喜歡你，你就得讓我殺了這女娃子。蜈蚣要成王，先得咬死青蛇，懂不懂，傻女孩兒。」此時她根本就聽不進何鐵手的解釋，而是堅持己見：「你跟那姓袁少年動手之時，眉花眼笑，嬌聲嗲氣，哪裡是生死搏鬥，倒似是打情罵俏、勾勾搭搭一般，可讓人瞧得直生氣。」這幾段話，符合何紅藥的心理邏輯，而且也因誤會而產生情趣。實際上，還有助於矛盾衝突和情節的發展。

同一回書中，何紅藥回憶往事，開始的段落比流行版更加自然：「我在從前可不是醜老太婆呢，你爹爹現下在哪裡，我要去見他……」進而，作者對何紅藥的心理也解釋得更加生動：「何紅藥全不明白何鐵手想拜袁承志爲師以學上乘武功的熱切心情，以己度人，只道何鐵手看中了袁承志，這些事情她也不放在心上，二十年來遍尋夏郎不得，終於見到他的女兒，一線的機會，全繫於此，不由得心中熱切異常……」更重要的是，在何紅藥的回憶中，還解釋了金蛇郎君的真假秘笈、大小鐵盒的由來，從而彌補了流行版中的一個漏洞：金蛇郎君既然手上經脈全斷，且山洞中沒有任何工具，如何還能夠製造出浸毒的秘笈和帶箭頭的鐵盒之類東西？有了何紅藥的這一解釋，就變得合情合理了。

新修版第十八回書中，袁承志給何鐵手取名「何惕守」的情節中增加了一小段：「……何鐵手喜道：『好好，不過惕守兩字太規矩了。師父，我學了你的武藝之後，我好比多添了一隻手，我自己就叫添手，夏師叔，你就叫我添守吧。』青青笑道：『你添一隻手，變成了三隻手，那是在咱們的聖手神偷胡大哥……』」這一小小細節，既增加了閱讀趣味，也讓何鐵手保持了特立獨行的性格特徵。

順便說一句，新修版將五毒教的毒龍洞從雲南大理改到了雲南麗江玉龍雪山上。這一改動無所謂好壞，或許是因爲作者覺得玉龍雪山有一個「龍」字，與毒龍洞的「龍」字相關聯，或許是因爲作者覺得麗江更適合五毒教的生存和發展，或許僅僅是因爲作者要在小說中出現麗江這個地名。

又，第十八回書中，新修版增加了一小段：「消息報來，闖軍革裏眼、橫天王、改世王等已分別統兵入城。胡桂南等也打起『金蛇營』旗號，率令眾好漢乘勢立功。」既增加了歷史細節，也烘托了亂世氛圍，同時將袁承志等虛構人物與歷史聯繫起來，並且爲後面新增加的歷史故事情節和細節進行了鋪墊。

又，新修版第十九回中增加了：「李自成……眼光從袁承志臉上瞧到李岩臉上，又轉眼瞧到劉宗敏，說道：『咱們雖然得了天下，卻不可虐待百姓，宗敏，你傳下令去，北京城內，不得劫掠財物，強佔婦女。』劉宗敏應道：『是！』又道：『大王，北京城裏有的是貪官汙吏，富豪財主，沒一個好人，她們家裏的財物婦女，都是從百姓家裏搶來的，弟兄們奪他們回來，也不算理虧吧！』李自成默然不語。」其後，在新修版增加了將近十個頁碼，講述李自成新朝廷上的有關要不要在城內搶劫、要不要顧及天下未定的現實、要不要加強紀律性等觀點衝突，或曰路線鬥爭的具體情形。其中還有一個段落專門講述李自成殺害羅汝才的歷史，與眼前現實相互映襯，將李自成軍隊進京之後的腐敗根源作了更加清晰的描述和較爲深刻的挖掘。其中大部分都是歷史事實。

最後，第二十回中，新修版增加了一段：「玉真子先前一瞥之間，已見到阿九清麗絕俗，從所未見，這時見她出手，不忍辣手相傷，有意容讓……」這裏的重點，不是寫玉真子突然改性，而是寫阿九讓人愛憐。當然，在玉真子的妖魔形象中，也因此而增添了一絲人性的光彩。

三、改寫不成功的舉證分析

下面專說修訂不成功的例子。

例如，小說第四回書中，袁承志與李岩第一次見面，流行版中說「……袁承志除武功一門之外，見識甚淺，李岩和紅娘子跟他縱談天下大勢，袁承志當真茅塞頓開。在李岩營中留了三日，直至闖軍要拔營北上，這才依依作別。」新修版中改成了：

「……李岩熟識古今史事、天下興亡之理，跟他縱談天下大勢，袁承志聽了有如茅塞頓開，對李岩甚爲欽佩。兩人意氣相投，於是相互八拜，結成了義兄弟。」相比之下，新修版說到李岩與袁承志結拜兄弟，多少顯得有些突兀，不合情理。因爲這兩個人初次見面，袁承志對李岩固然是五體投地，但李岩對袁承志卻沒有相應的觀感，更無兄弟情誼可言。袁承志會武功，李岩不會；李岩懂政治，袁承志與他無法對話，這個時候就結拜兄弟，時機並不成熟。總之，不如等到他們的第二次見面再讓他們結拜。

緊接著，對夏青青第一次出場的描寫，流行版中說她——在袁承志眼中——「……皮色白膩，一張臉白裏透紅，俊秀異常。」本來已經很好，但新修版卻要改成：「……皮膚白膩，一張臉白裏透紅，說得上是雪白粉嫩。」這一修改，不僅在一段話中接連用了三個「白」字，而且，若是袁承志當真看出夏青青「雪白粉嫩」，那就應該產生這是女孩還是男孩的疑心；若沒有疑心，顯然還是「俊秀異常」的說法比較好，因爲這樣的說法比較中性。

又，新修版第十一回書中，作者將七省武林聚會的時間從端午節改爲七月二十日，前面寫到「七月二十日清晨絕早」，隔一個自然段之後卻又另起花頭，變成了

「次日凌晨」，這顯然是一次修訂失誤。因爲前面多次提及聚會的時間是七月二十日，且前面寫到了這日清晨絕早，後面的一個自然段中，正說到泰山頂上群雄聚會，英賢畢至，接下來啥事沒有，就莫名其妙地來一個「次日凌晨」，這等於是說群雄聚會的時間不是二十日，而是次日，即二十一日，毫無道理。實際上，流行版中並沒有錯，寫的是「這時山谷間忽吐白雲一縷」，指的是當日，而不是、也毫無必要是「次日」。

又，新修版第十二回中，說「丁甲神丁游是孟錚的至交好友……」明顯改出了問題：這個丁甲神丁游乃是孟伯飛的徒弟，*也就是孟錚的師兄弟，不是尋常的「至交好友」，這裏增加這一句，不僅不能明白二人之間的關係，反而容易將明明白白的關係弄得含糊紊亂。作者的意思，可能是想說，這兩個人之間情誼深重，即強調二人之間的情感深度，但卻誤用了「至交好友」這樣一個人際關係詞，結果是這句話反而變得很不恰當。

*第十一回書中，丁游上泰山的時候，洪勝海已經向袁承志和讀者交代過，說丁游是孟伯飛的大弟子。

又，第十三回書中，青青責問袁承志與安大娘說了一夜話，是不是全都在說安小慧？然後寫道：「袁承志恍然大悟，原來她生氣為的是這個……」這句話在流行版中本來毫無問題，但在新修版中卻成了問題。原因是，新修版中，在這一句話之前，增加了許多有關阿九的對話，恰好在新修版中，袁承志對阿九心中有明顯好感和愛慕之心，所以青青生氣的主要原因乃是因為阿九，而不再是因為安小慧。＊所以，在這裏再說袁承志「恍然大悟」，就變成了不貼切。在新修版中，非但袁承志搞不清楚這一段時間青青究竟為何生氣，資深的《碧血劍》讀者恐怕也搞不清楚青青究竟是因為阿九而生氣，還是因為安小慧而生氣。

又，第十七回中寫到何鐵手殺死呂七先生，這在敘事的邏輯上似乎沒有什麼問題，因為新修版寫到了何鐵手在宮廷政變之前就已經拜袁承志為師，當然就要幫助袁承志，清除呂七等人。但，這樣的一段情節，在敘事功能和效果上，卻沒有流行版的寫法那樣好，就算袁承志要收何鐵手為徒，也應該等到最關鍵的時刻；就算何鐵手要

＊有關袁承志對阿九的情感態度變化，以及青青對此的反應，後面會有專門篇幅分析，所以在這裏不作任何實際引證，讀者在新修版中不難找到有關青青議論袁承志偏向阿九的段落。

殺死呂七，也該等到懸念的最後，現在的寫法，沒有半點懸念，也即失去了應有的敘事張力。

緊接著，還有一段：「何紅藥大爲驚奇，問道：『教主，曹公公的事，咱們不一起幹了嗎？』何鐵手道：『咱們五仙教獨來獨往，怎能讓這太監頭兒呼來喝去？』何紅藥應道：『正是！』她見教主大事臨頭忽然變卦，雖十分詫異，但急於查明青青的身世，謀朝篡位雖是天大的大事，與她卻渾不在意，只當是小事一樁。」

這一段有幾個毛病，第一是忘卻了五毒教並非曹公公約來，而是惠王爺約來的。第二是忘卻了參與惠王爺的大事，對五毒教的發展有著莫大的好處，至少得到了二十萬兩銀子，還有從國庫盜竊庫銀的准許，所以，參與政變並非無利益的幫忙。第三是忽視了何紅藥與何鐵手之間的矛盾分歧，何紅藥雖然要查明青青的身世，但也要關心五毒教的發展，因爲她已經爲自己的情愛付出了極大的代價，這樣的人對自己的教派會更加忠心耿耿，不會像現在的小說中所說的那樣單純，只管自己，而不管教內的大事，否則，她爲何還要帶頭發動五毒教政變呢？

又，第十八回書中，袁承志回華山前告別李岩的話，流行版中是：「大哥你多多保重。如有危難，小弟雖在萬里之外，一得訊息，也必星夜趕來。」這本來很好，言簡意賅，情意深長。但新修版卻改成：「大哥你多多保重，千萬小心。田見秀、谷大成、劉芳亮他們幾位，顧全大局，明白事理，緩急之際，可跟他們商量。請你勸告大王，要約束眾兄弟不可欺侮百姓，也不要對付劉希堯、賀錦這些自家兄弟……」新修版中增加的袁承志的這些話，幾乎全都是廢話，在政治上，袁承志當李岩的弟子恐怕都不夠格，哪有必要、又怎麼可能如此班門弄斧？

又，第十九回最後，袁承志救出青青後，新修版增加了一段：「崔希敏進洞後不久即出回上……青青點頭道：『她跟我爹爹、媽媽同葬一穴，她如死後有知，心中也必歡喜。但盼他們三人不要吵架才好。』承志道：『你放心，你爹爹一定幫你媽媽。』青青怒道：『我媽比她美貌，所以我爹爹一定幫我媽媽。將來你也這樣，是不是？』承志奇道：『什麼將來我也這樣？』青青反掌打去，承志和她乍見重逢，正自大喜，見她反掌打來，便不閃避……青青哭道：『將來你只幫阿九不幫我，我還是死了的好！』」

新增加的這一段，看起來似乎有點好玩，實際上卻相當無聊，因爲並不符合青青的性格：若青青能夠接受阿九，只擔心袁承志幫誰這個問題，那就不是青青了；若青青無法接受阿九，那就不會和袁承志說這話，真的寧可死去。更重要的是，爲了這段對話，作者不惜破壞原有的敘事肌理，讓青青昏迷後醒過來，說了這番話後再昏過去，其實遠不如流行版那樣，青青始終處於昏迷狀態，並且在昏迷中大罵袁承志負心忘情爲好。

又，第二十回中，新修版增加了一段青青和袁承志的彆扭：「青青上氣不接下氣地哭道：『你答應了我媽……要……要一生……一世照應我的……你騙了我……又……又……騙我媽……』袁承志拉著她手，說道：『我不騙你，我自然一生一世照應你！』」這一段修訂莫名其妙，毫無道理，青青責備袁承志毫無道理，因爲袁承志並沒有不照應她，只是情不自禁地愛上了別人；袁承志的回答言不由衷，當面撒謊，他明明知道所謂「照應」乃是相愛與結合的意思，如今他如何能夠說出這樣的話來？更重要的是，爲何要讓青青醒來說上這一番無聊的話呢？流行版中，青青生命垂危，讓人憐惜，現在這樣說，卻又讓人討厭了。同時，正因爲青青昏迷不醒，生命垂危，袁承志、黃真、歸辛樹夫婦等華山高手才都留在此處，不能出去應敵；若青青能夠說話，表明還沒有到生命垂危之時，這幾大高手還用得著停留在這裏而不出去？

又，第二十回中阿九與袁承志的見面，流行版中，阿九將金蛇劍遞給袁承志，只說了「你……你……」兩個字，就退下。新修版中增加了一大段文字，阿九主動上前，說了一通，袁承志又交代何鐵手照顧她，何鐵手又故意問師父要她照顧誰？青青還是阿九？最後弄得玉真子不耐煩：「師父徒弟，打情罵俏，成什麼樣子！」這一段不僅無聊，而且不符合常情與常理，作者似乎完全忘了這是在對敵情勢之中，這是在華山，且是在華山派掌門人穆人清以及黃真、歸辛樹等所有華山派弟子面前，這些人的表現豈能如此目中無人？袁承志在打鬥之前，又怎會有這些廢話？

進而，作者又增加一段袁承志的心理活動：「就算我打他不過，二師哥接上，也能勢均力敵，我師父、木桑道長、惕守他們三個源源而上，若再不勝，我和二師哥再上，每人鬥一個時辰，車輪大戰下來，非累死這惡賊不可……這些日子他參與闖王兵陣，多言兵法，深究勝敗之機，已明大勝大負，並非決於朝夕……」更加無聊的是，在袁承志想出車輪戰的「高明」主意之後，面帶微笑，作者又加了一段：「青青見到他笑，問何惕守道：『他……他為什麼笑？有什麼好笑？』何惕守也不明白，只得道：『他知道你在他身邊，心裏就挺開心。』青青白了她一眼，道：『假的！』」這一段問題更多：

一、歷數華山派高手，居然將何鐵手算在其中，而將大師兄黃真排除在外，莫非黃真還不如何鐵手？

二、作者似乎完全忘記了，武林高手之間的決戰不興車輪戰，而袁承志出手，乃是替師父出面，為華山派爭得榮譽，若是依靠車輪戰打敗對方，必將是華山派的大恥辱！袁承志在華山門下受教十年，如何連這一點武林常識都會忘記？

三、作者說袁承志親歷戰陣，增長了見識，首先一個錯誤是將武林規則與戰爭規則混為一談，其次一個錯誤，是後面卻又保留了流行版中關於袁承志「年紀輕，閱歷少，並無多大應變之能，乍逢難事，一時間彷徨失措」之說，從而明顯地前後自相矛盾。

進而，更加令人匪夷所思的是，在袁承志與玉真子這樣的超級高手打鬥過程中，作者不斷增加袁承志的心理活動量，例如：「承志一瞥眼間見到青青，又見到阿九，心念忽動：『這兩個姑娘對我都是一片真情，並非假意。到底我心中對誰更加好些？我識得青弟在先，曾說過終生對她愛護，原不該移情別戀，可是一見到阿九之後，我這顆心就轉到這小妹妹身上了。整日裏總是想著她多，想著青弟少。我內心盼望的，其實是想跟阿九一生一世的在一起，永不離開。到底如何是好？』」一進而「凝望」著阿九的「玉容麗色」，後面還有一大段心理活動！任何一個武俠小說讀者都難以置信：袁承志在與玉真子的打鬥中如此心不在焉，居然還沒有被打死，甚至沒有被打敗?!

更有甚者，接著還有更加莫名其妙的場面：袁承志在打鬥過程中，居然不斷靠近阿九，以至於慌忙遇險，還要靠阿九伸出胳膊來阻擋——阿九先前沒有將金蛇劍交給袁承志，原來是將金蛇劍藏在短臂衣袖之中!這一細節，只能說是荒唐的設想。可是還有更加荒唐的情形：「袁承志……左臂將阿九摟住，忙問：『沒受傷嗎？』阿九心情激蕩，右臂翻上，摟住承志的頭頸，低聲道：『嚇死我啦!你沒傷到麼？』」最後，還是要拼命的對手玉真子大罵「卿卿我我，夠了嗎？」這才甘休。這與其說是高手拼命，不如說是中小學生的胡鬧。

作者要袁承志這樣不顧常情地荒唐表演，出於一個莫名其妙的設計，那就是金蛇郎君創造的「意假情真」的招式：「這一招中蘊蓄了男女間相思繾綣之時，兩情真真假假、變幻百端、患得患失、纏綿斷腸的諸般心意，其中忽真忽假，似實似虛，到底拳勢擊向何處，連自己也是瞬息生變，心意不定，旁人又如何得知?……」看起來，作者創造出這一套武功似乎很有道理，但卻沒有想到，在前面的例證中，袁承志的如此搞法，違背了比武打鬥以及任何搏擊之術都必須集中注意力的基本原理。違背了這一原理，而要新奇創作，都會荒腔走板。但在新修版小說中，袁承志硬是靠這種三心二意、精力根本不集中的所謂「意假情真」，將玉真子這位超一流高手打敗並殺死！真是豈有此理！

最後，第二十回中，紅娘子上華山報訊，流行版中是說：「吳三桂勾結滿清韃子，攻進了山海關，闖王接戰不利，帶隊退出北京，現今是在西安……」思路明晰，語言簡潔，只要修改個別字句即可，但新修版卻改成了：「闖王帶兵跟吳三桂吳賊在山海關外一片石大戰，未分勝敗，不料吳賊暗中勾結滿清韃子，辮子兵突然從旁殺出，我軍出乎不意，就此潰敗，闖王此後接戰不利……」作者似乎忘記了，紅娘子此來主要是求救，所以對訊息的選擇必有自己的特點，而作者卻讓她做了自己的傳聲筒。問題是，這裏話多了一倍，訊息卻反而變得混亂，不知道她要強調什麼，而且其中關於一片石大戰的訊息還與後文重複。

四、該改但卻未改的例子舉證

流行版中還有一些問題，本應在新修版中修訂，但作者在修訂時卻沒有注意到這些問題，從而使得這些缺點和遺憾繼續保留了下來。

例如，第二回書中，寫到山宗群體的政治態度和政治路線，書中說：「眾人雖然憎恨崇禎皇帝，決意暗中行刺，殺官誅奸之事也已做了不少，但人人本來都是大明命官，要他們造反，卻是不願，只求刺死崇禎後，另立宗室明君。」這一設定基本上是準確的，符合山宗群體即袁崇煥舊部的思想觀點。問題是，這樣的政治觀點，在那樣的時代中並沒有實際的可操作性：大罵皇帝本身就是一種忤逆行爲；而刺殺皇帝，更是大逆不道，完全等於造反。

更大的問題是，在第一回書中，他們在祭奠袁崇煥的祭文中「後面越來越兇，把崇禎皇帝的列祖列宗也罵了個痛快，什麼『功勳蓋世則魏公被毒，底定中原而青田受鴆』，那是說明太祖殺害徐達、劉基等功臣之事；後來又罵神宗亂徵礦稅，荼毒百姓；熹宗任用閹黨，朝中清流君子不是殺頭，便是下獄，如熊廷弼等守土抗敵大臣，都慘遭殺害。」既然祭文中已經將崇禎的列祖列宗都罵了，卻還要指望從明朝宗室中選立明君，這不僅不現實，也不符合一般思維邏輯。

所以，上述分別在第一回和第二回中的兩段，有些自相矛盾。要麼就別罵崇禎的列祖列宗，要麼就別說山宗只恨崇禎而不恨明朝宗室。

又，小說第四回書中，夏青青發現袁承志用自己的兩根手指拈住了近處飛來的透骨釘，心裏一怔：「這手功夫可俊得很哪！原來他武功著實了得。」這兩句話語義稍有差別，基本上屬於同義反覆。只要說了前一句，大家都明白袁承志的武功著實了得；或者，從袁承志的動作中，夏青青可以直接推斷出第二句，當時情勢十分緊張，周圍都是敵人，夏青青的心裏活動沒有必要這樣囉嗦。

又，第六回書中，溫儀回憶金蛇郎君夏雪宜與她的合歡之夜：「……一天晚上，忽然聽得窗下有人唱歌，一聽聲音我就知道是他到了，忙打開窗子讓他進來。我們見了很是歡喜。這天晚上我就和他好了，有了你這孩子……」情郎在少女的窗下唱歌，雖然十分浪漫，但在這裏則顯得有些不合情理。第一，漢族大部分地方都沒有這樣美好自然的習俗，若有男青年在女家窗外唱歌，家中父老多半要起來將這個青年大罵一頓，不客氣地趕走。第二，金蛇郎君和溫家有血海深仇，夏雪宜本人是否會這樣浪漫而魯莽地在溫儀的閨房中銷魂，這是一個值得考慮的問題。第三，溫氏五老聽到牆外或窗外有人唱歌，肯定要有人查問干涉，但小說中，夏雪宜和溫儀的幽會如此輕鬆寫意毫無阻礙，顯然不合情理。更重要的是，他們一直在防備夏雪宜，必然充滿警惕性，夏雪宜如此大模大樣地來到他家，他們居然不知道，或知道了而不採取行動，這就更加不合情理。

又，新修版第六回中，袁承志在破陣之前的一段敘述還有問題：「當時照本研習，除覺手法太過狠毒之外，又始終不明白武功何以要搞得如此繁複，有許多招數顯然頗爲蛇足。接戰之計，敵人武功再高，人數再多，也決不能從四面八方同時進攻，不露絲毫空隙，而這套武功明明是爲了應付多方同時進攻而創。此刻身處困境，終於醒悟，原來金蛇郎君當日誤中奸計，手足俱損，逃脫之後，殫竭心智，創出這套功夫來，卻是專爲破這五行陣而用……」

這一段在流行版中當然沒有問題。因爲流行版中的設計是，《金蛇秘笈》中寫到了這一套武功，但並沒有說明這是專門對付「五行陣」的武功，所以袁承志在閱讀此書之初不知道五行陣的存在，所以會有「不明白武功何以要搞得如此繁複」之說；後面的猜想和推測也自然成立。問題是，新修版已經說《金蛇秘笈》中明確寫明了這套武功是專門破解「五行陣」的武功，則袁承志再不明白爲何要搞得這樣繁複之說，就顯得十分牽強了。後面的「終於醒悟……創出這套功夫來，卻是專爲破這五行陣而用」之說，就更成了蛇足。金蛇郎君既然寫明是對付五行陣，袁承志哪裡還有「終於醒悟」的必要？

又，小說第八回書中，青青將馬公子等人帶到一個墳場上，然後將他們殺害；繼而在這荒野墳場中無意聽到了閔子華和前來助拳的人的聚會。新修版對此情節未加任何修改，完全保留了。看起來，這段情節沒有明顯的漏洞，只不過是將武俠小說的傳奇和巧合運用到了極端。這一段情節的精彩好看程度，毋庸置疑。但事後想來，這一段情節多少有些牽強之處，有點爲傳奇而傳奇的味道，要點是，忽視了人物心態和事理的必然性。

第一，南京城內是否有墳場？回答必然是否定的，有墳場的地方必然在城外，而且有墳場的地方多半會黑燈瞎火，沒有人家，青青要帶馬公子等人來到這樣的地方，如何可能？

第二，這樣的地方是否還會有青青所說的客棧，馬公子固然欲令智昏，不知究竟，但他的隨從楊景亭長期在南京廝混，如何能不知道哪裡有客棧、哪裡沒有客棧？其實，青青要殺馬公子一行，只要是偏僻的地方就行，不必一定要到荒郊野外的墳場之中。之所以要到墳場中來，目的還是爲了另一個巧合，那就是要讓袁承志和青青聽到閔子華與助拳者秘密聚會的消息。

這一巧合看起來沒啥問題，想起來卻並非真的合理：閔子華等人爲何要這樣鬼鬼祟祟呢？

第一，他邀請天下武林英雄助拳，原本是一件光明正大的事情，因為閔子華並不知道自己的兄長閔子葉為何被焦公禮殺死，會覺得自己的報仇行為乃是理所當然之事。

第二，若說閔子華邀請人們來此荒郊墳場是為了避開焦公禮及其金龍幫的耳目，且別說被邀請的那些江湖好漢是否願意這樣鬼祟，其實，在城裏的客棧裏、會館裏、寺廟裏等地秘密聚會，照樣能夠達到避人耳目的目的。

第三，更重要的是，閔子華如此做作，最後還要到自己的大房子裏去再次相聚，還是被焦公禮的人發現，莫如從一開始聚會就商討如何對付焦公禮，而不必在荒郊墳場開這樣一個預備會，然後再召開一個招待會。說到底，閔子華要如此費力，不過是作者要讓袁承志和青青有此巧遇，從而得到閔子華找焦公禮復仇的消息。武俠小說當然離不開傳奇和巧合，但若離開了人情物理，那就不是金庸小說應有的風度了。

又，第八回書中，焦公禮對自己的弟子們說：「……哪知史家兄弟竟是狼心狗肺，非但不去向閔子華解釋，反而從中挑撥，大舉約人，整整籌畫了半年，我可全給蒙在鼓裏，半點也沒得到風聲……」這段話的毛病幾乎一眼就能看出：既然焦公禮說自己「全給蒙在鼓裏，半點也沒得到風聲」，又如何知道對方「整整籌畫了半年」呢？

又，第八回書中，青青和袁承志發現「魏國公府」的細節：二人來閔子華的宅邸中從太白三英處盜取文件，被人發現，為躲避追蹤而蹲在牆角。「青青忽然低聲道：『這是什麼？』拿住他手，牽引到牆角邊。袁承志手指摸去，牆角青苔下似乎刻得有字，手指順著這字筆劃中的凹處寫去，彎彎曲曲的是個篆文。他不識得篆字，悄聲問道：『什麼字？』……」他們就這樣發現了「魏國公賜第」，即魏國公府。

以「踏破鐵鞋無覓處，得來全不費功夫」作為傳奇故事的寫作原則，當然沒有問題，不僅可以增加閱讀趣味，而且還有某種滄桑人事的普遍象徵意義。只不過，這樣的巧合，未免有點人為的痕跡。青青與袁承志躲避追蹤，無聊之際，手在牆邊青苔上亂摸當然是可能的，但摸出一個字來就大驚小怪，讓袁承志也去摸，就沒有道理了。這個時候，他們第一不能出聲，第二不能亂動，而他們要說話，還要將「魏國公賜第」五個字都摸全，哪裡像是在躲避敵人追蹤？所有這些，都是作者刻意人為，在別的武俠小說中倒也罷了，但在金庸小說中，卻是一個不大不小的瑕疵。金庸先生大才，完全可以將這一得來全不費功夫的發現過程寫得更加巧妙自然且合情合理。

又，第十二回開頭一句：「袁承志和青青、洪勝海三人押著鐵箱首途赴京。」本來沒有任何問題，但新修版在上一回回末增加了幾個自然段，其中已經說到了：「此日袁承志與孫仲壽等別過，偕同青青、啞巴、洪勝海等押著鐵箱徑往京師順天府」，後面再來說「首途赴京」，就顯得重複。所以，在新修版中，這一句話就成了應該修改的地方。

又，第十四回中寫到：「這日，青青在大宅中指揮童僕，粉刷佈置。袁承志獨自在城內大街閒逛……」這句話本身沒有問題，在小說中，袁承志在閒逛中目睹了皇家庫銀被盜的現場，情節安排相當緊湊。問題是，小說中雖然渲染袁承志及其山宗舊部一心要爲袁崇煥報仇，但作者卻沒有想到，袁承志到了北京之後，怎麼也該去看看父親袁崇煥被處決的地方，怎麼也該去尋訪一下父親袁崇煥當年在京的遺跡，更重要的是，應該去尋訪父親袁崇煥遺體的下落吧？作者完全不做這方面的設想，可以說是小說中的最大漏洞之一。袁承志來到北京，似乎到了一個與他本人的命運完全無關的地方，這無論如何也讓人難以置信。第一次來京，或許還可以用沒有時間來解釋，但這一次來京，有時間在大街上閒逛，卻想不起來要去尋訪一下父親的遺跡和遺體的下落？

又，第二十回中，紅娘子上華山求救，很長時間沒有人應對，基本上無人理睬她，甚至袁承志出場之後也對她視而不見，或根本沒有見到她。根本的原因，當然是作者將她放在了一邊，卻忽略了，拯救李岩的生命，理當比華山派的聲譽更加重要。可是在這部小說中，直到袁承志與玉真子打鬥結束，穆人清才想起來問紅娘子：「他們幹嘛追你啊？」從華山派穆人清與李自成的關係說，從袁承志與李岩的關係說，從小說的主題來說，從人道精神說，紅娘子的求救都應該優先處置才是。然而，新修版對此非但沒有改正，反而變本加厲，在紅娘子說出李岩處於危機關頭的訊息之後，不但穆人清照例還要處理華山派的掌門任命事務，而新修版還增加了袁承志在青青與阿九兩個姑娘之間的無聊糾纏——用了將近三個頁碼——如此一來，不但情節無謂拖延，而袁承志也成了沒心肝之人了。

五、宛兒與袁承志的關係

新修版中改得較好的突出範例之一，是有關宛兒對袁承志的微妙情感的描寫。因為宛兒姑娘有太多的理由愛上袁承志，流行版中，基本上迴避宛兒的情感描寫，無疑是一種損失和遺憾。新修版中，作者明確勾勒出了這一獨特的情感線索，增加不少情感細節，其中絕大部分都合乎情理，生動宜人。

第十六回書中，寫到宛兒躲在何鐵手的轎子底下觀看何鐵手與仙都派高手的爭鬥，新修版中加上了一小段宛兒的心理活動：「……突然心中轉過一個念頭：『夏姑娘倘然就此永不回來，袁相公卻又如何？』臉上一熱，一顆心怦然而動，覺得此事不宜多想，忙側頭去瞧轎外的惡鬥。」其後不久，寫到：「……焦宛兒道：『你就叫我宛兒吧，別人還當是什麼杯兒碗兒呢。』心中升起一個念頭：『要是我真能變作一隻杯兒碗兒，一生一世伴在你身邊，陪伴你喝茶吃飯，那才叫好呢！』不由得紅暈上頰，瞧向袁承志的眼光之中，映出了一股脈脈柔情。」說這幾段寫得好，是寫宛兒的心理，分寸得當，欲說還休，情形格外動人。

順便說一句，在新修版第十六回的結尾處，作者在羅立如的心理活動後，增加了一句話：「音念及此，心情登時豁然，便即換上了僕從服色。」這句話不僅將羅立如的心理點透，而且還爲後面的大逆轉進行了很好的鋪墊。

再說宛兒與袁承志之間的微妙情感關係。新修版中，不僅點明了宛兒對袁承志心有深情，也寫到了袁承志在特定情境中的綺想。

第十七回中，寫到袁承志埋伏之際捂住宛兒嘴巴，加了一段：「……宛兒秀美溫柔，這時偎在他身邊，手指碰到她嘴邊柔嫩的肌膚，承志方當年少，血氣方剛，心中微覺蕩漾。」進而，宛兒殺了太白三英，爲父親報了仇，「想起父親，不禁伏在承志肩頭呑聲哭泣。承志右手輕抱她溫軟的身子……宛兒給他擁在懷裏，不捨得就此分開，但隨即覺得不妥，收淚隨袁承志走出書房。」又，當袁承志和宛兒一起躲在青青的床底，聽何紅藥講述自己的愛情故事時，新修版增加了這樣一段：「承志只感到宛兒軟軟地依偎在自己的胸前，覺得她身子漸漸熱了起來，心中忽想：『宛兒對我溫柔體貼，從來不像青弟那樣動不動就大發脾氣。』爲什麼這時忽然生此念頭，卻也說不上來。宛兒想：『我爹爹死了，沒人對我憐惜照顧，世上惟一的依靠，便是身邊這個胸膛。可是，可是……那不成的！』」

上述幾個段落，寫得相當感性，或者說是有些性感。男女之間的情感關係，其實有多種層次。青年男女之間的接觸，更有千變萬化的感受和心思，從理性上看，男女接觸產生綺念，幾乎是一種生物性的必然。感性或性感，都是人性的自然反應。袁承志對宛兒的感受，基本上是在感性的層面上，宛兒對袁承志的情感則要複雜的多，其中有感恩，也有感性；有深情，也有性感。

新修版第十七回書中，增加了青青關於愛情道德的一段議論，實際上是專門說給床底下的袁承志聽的。這一議論果然立即產生了影響：「承志本與宛兒偎依在一起，聽到這裏，不禁稍縮，跟宛兒的身子離開了寸許，兩人肌膚不再相接。宛兒心中一凜：『我此番出來，本是要報答袁相公的大恩，捨命助他尋回夏姑娘，跟他一起躲在床底，乃是萬不得已。如果他忽然對我好了，不但我是忘恩負義，連累他也是忘恩負義，他是響噹噹的大丈夫，我千萬不可敗壞他品德。』不由得額頭微出冷汗，向旁邊縮開數寸，本來兩人呼吸相聞，面頰相觸，這一來便離得遠了。只聽得承志微微呼了口氣，宛兒心道：『袁相公，對不起！我心裏好愛你，但我跟你有緣無份，盼望我來生能嫁給你。』她卻不知，承志此時心中所想的，既不是她宛兒，也不是頭頂的青青，而是那個不知身在何處的阿九。」

這一段寫得雖然多少有些人爲痕跡，但總體上卻是讓人信服，並且讓人感動。青青的議論提醒了宛兒，使得她冒出冷汗，從而爲後面與自己所不愛的師兄羅立如訂婚鋪墊了心理基礎。青青的議論也喚醒了袁承志，使得他不再沉浸在與宛兒肌膚接觸、呼吸相聞的旖旎情境之中，而且馬上就想到自己對阿九的記掛也許要受到道德的審判，這一段落的結束語，就是一種心理矛盾的暗示。

緊接著，就是讓人震驚的場景，宛兒找來師兄羅立如，當著袁承志和青青的面，表示自己要嫁給師兄，其後，新修版只增加了一句話：「想到剛才所受的委屈，**不自禁地向承志幽幽地瞧了一眼，**＊跟著淒然下淚。」

綜上所述，宛兒和袁承志這兩個人之間的情感和性感，大多在一些特殊的情形之下，兩人，甚至讀者，其實都知道他們之間的感情不會有真正的前途，唯其如此，反而增加了一種讓人悵惘的淒然美感。

六、有關惠王爺的情節

新修版中，對流行版盜庫銀的情節和主使者進行了大規模的修訂。主使者由流行版的誠親王，變成了惠王爺。

改換一個人的名號本身當然無所謂好壞。問題是，新修版中有關惠王府人事行爲的設計，缺少深思熟慮，沒有層層推進，甚至沒有秘密活動組織者所應有的起碼規

＊黑體字即為新增部分。

則。從總體上說，新修版對這一情節線索的設計和敘述，成就十分有限，而問題則隨處可見。

其中最明顯的疏漏，就是惠王府有人參與盜庫銀的事情很快就暴露了。新修版第十五回增加的一段中，老捕頭單鐵生對袁承志說：「……小人認得那帶路接應之人，是惠王府姓張的副總管……袁相公，你老人家交遊廣闊，明見萬里，總的請你指點一條明路。」這條線索的修訂，問題多多。僅上一段，就至少有下列幾個問題。

首先，惠王要謀求大事，真正的目的並非庫銀，而是宮廷政變，爲何如此不小心，很快就暴露自己的身分？派自己的王府副總管前去接應盜賊，那不是公然造反和搶劫嗎？作者或許想在接應的張副總管沒有多少人認識這一點上做文章，但王府副總管總有人認識的，所以這一設計，在情理上說不通。

進而，既然事情牽涉到惠王府，單鐵生爲何還要找袁承志幫忙？流行版中，單鐵生不知道盜庫銀的人及其主使者是誰，以爲是尋常的江湖盜賊，請袁承志指點明路屬於理所當然。但現在明知道惠王府參與，還要請袁承志幫忙，就說不通。

最後，也是最重要的一點，既然單鐵生已經發現有惠王府的府總管參與盜庫銀，那就是一個涉及皇親國戚的政治大事件，這件事誰也不敢輕易處置，只有上報給皇帝。有了這點發現，單鐵生其實已經不用繼續偵查，只要彙報上去就行。我們不妨設想，如果單鐵生趕快彙報上去，說是惠王府中有人參與盜庫銀，不僅自己可以交差，肯定也會引起皇帝的震怒和警惕，小說中原來設計的那些情節就可能受到影響。實際上，由於對惠王政變圖謀的保密原則考慮不周，新修版中重新鋪排的有關惠王府的一些情節，多多少少都有些問題。

例如，流行版中，單鐵生發現了盜庫銀者的巢穴，並且帶領袁承志等人前往偵查。小說中寫道：「出城七八里，遠遠望見一列黑色圍牆。單鐵生道：『那就是了。』袁承志疑心大起……」讀者很快發現，這個奇怪的大院子有著多重圍牆，每一重圍牆有不同的顏色，看上去就是一個神秘恐怖的地方。這樣的設計和敘述，至少有幾個好處，首先是讓袁承志和單鐵生等人發現這個地方，這才比較符合實際，同時也能自然增強小說情節的曲折性和神秘感。其次是，這個地方作爲五毒教的駐地，顯得神秘陰森，與平常的地方大不相同，能夠體現出五毒教的特色，令人產生恐懼的聯想。

如果說流行版中的這一設計還有不足之處，那就是，第一，這個地方的神秘恐怖太過外在，即外觀上的恐怖，容易引起別人的注目和懷疑，對秘密活動顯然不利。任何一個具有常識的人都知道，凡是從事秘密活動的場所，大多應是在表面上普通平凡，絲毫不惹人注目才好。這裏的黑色圍牆，看不到院子的大門，過於匪夷所思，不符合秘密活動的基本準則。第二，這個地方居然還是王府別院，那就更加不可思議了。若一個王府別院搞成這個樣子，無疑是公開宣稱自己神秘兮兮，裏面有鬼。實際上，從秘密活動的通常規則看，王府應該儘量擺脫與盜庫銀者的任何外在聯繫，讓人無法察覺才好。若新修版能夠按照外表普通、裏面神秘，以及讓人絲毫也看不出這一處所與王府有任何關聯的兩個原則來進行重新設計和敘述，那才是真正成功的修訂。

但，我們看到，新修版非但沒有顧及這兩條原則，反而變本加厲，乾脆將五毒教眾人從王府別院直接搬入王府本院之中，更讓人匪夷所思的是，王府眾人非但不設法掩蓋與五毒教及其盜庫銀事件的關聯，反而主動出擊，邀請袁承志到王府中赴宴並參觀。

新修版的第十五回書中寫到：「一名門子匆匆走進，將一張大紅拜貼呈給沙天廣，沙天廣接過一看，見拜貼上寫著：『惠王府招賢館總管晚生魏濤聲拜上七省總盟主袁大盟主　青竹幫程大幫主　山東沙大寨主各位英雄』……」接下來的情節，就是袁承志等人接受邀請，前往惠王府赴宴，並且在那裏見到了五毒教中高手，與他們發生嚴重衝突。

新修版的這一改寫，可以說是問題成堆。作者似乎只想到了惠王府要招收一切可以招收的力量，爲他們的宮廷政變服務。但卻沒有想到：

一、他們招收武林高手，肯定要有一套招收的規則，一定要招到可靠之人，否則就不會輕易暴露。因爲他們畢竟是從事地下活動，弄不好就有滅門之禍。

二、若他們真的瞭解袁承志，就應該知道，袁承志既反對朝廷，也抗擊滿洲，根本就不是他們的合適人選。

三、若惠王僅僅是要發動宮廷政變，他們已經找到的五毒教高手、溫家四老、呂七先生和太白三英等人，加上太監曹化淳的內應，實力已經足夠，根本就不需要畫蛇添足，再來找袁承志等人。

四、他們不瞭解袁承志，但卻主動暴露惠王府與盜竊庫銀的關係，進而居然在專門負責偵破庫銀被盜案的單鐵生面前也毫不隱諱，此案已經驚動皇帝，單鐵生必然有管道向皇帝報告此事，因此惠王府邀請這些人，所冒風險實在無法想像，關鍵是，根本沒有必要。

五、更加莫名其妙的是，假如惠王府真心招納袁承志等人，那就不應該聽任甚至主動挑起五毒教與他們的衝突；若惠王府根本沒有招納的誠心，則根本就沒有必要發出那樣的邀請。既邀請袁承志等人赴宴，最後卻又讓五毒教「教訓」袁承志等人，是一種徹頭徹尾的自相矛盾的做法。

六、還有最後一點，單鐵生從惠王府出來到他最後被殺，還有一段時間，足以向有關負責單位彙報惠王府主使盜竊庫銀這一重大偵破結果，有關方面必然要向最高統治者崇禎皇帝彙報。爲何單鐵生不去彙報呢？

從新修版的敘述看，惠王府如此鄭重其事地邀請袁承志等人，似乎根本就沒有什麼明確的目的，只是要試探他們或警告他們，例如魏濤聲說：「……特地要向各位賓客請問一句：萬一奸人的謠言傳到各位耳中，各位作何打算？萬一有奸惡之徒要對王爺不利，不知各位意向如何？」如此看來，簡直就是此地無銀三百兩，邀請的行爲如同兒戲。更不必說，魏濤聲作爲明王朝惠王府的總管，居然公開稱讚闖王麾下「哪一位不是響噹噹的英雄好漢，再加上一位金蛇王袁相公袁盟主，有何不可？」進而還毫無顧忌地說「最近闖王軍勢大張，現下已占了西安府，說不定哪一天便開進順天府來。我們王爺雖是大明宗室，但對皇上許多措施很不以爲然……闖王倘若進京，我們王爺斗膽請『金蛇王』向闖王求個情，保全他的全家性命，至於家產嘛，王爺願意盡數進獻，作爲軍餉。」所有這些，更加讓人匪夷所思。

作者或許是想說，惠王是要拉攏袁承志，爲自己鋪好後路，但若是這樣，則一、他還要聯合滿洲，搞宮廷政變嗎？二、他既然要真心拉攏袁承志，爲何還要讓五毒教高手來「教訓」袁承志呢？三、更不用說，惠王如何能讓五毒教中人全都住在王府之中？如何能讓人發現盜庫銀案件與他們有牽連？總而言之，新修版中有關惠王府邀請袁承志等人的情節，無論怎樣說，都說不通。

再看下面這一段：「……他素知五毒教厲害，因此引見袁承志等與之相識，意在示威示警，好叫袁承志一夥息了與惠王爺作對的念頭，待見雙方爭鬥，料想五毒教武功既高，又會行使極可怖的劇毒，心中暗喜，只盼就此一舉將袁承志等全數殲滅。不料事與願違，竟讓他們脫身，幸好這些人中不少中毒，就算不死，十天半月內也好不了，不會來干擾惠王爺的大事。」

這一段，又與前面邀請袁承志的初衷相矛盾，若是要消滅袁承志等人，何必要如此費事邀請，只需讓五毒教的人前往袁承志等人的駐地下毒也就是了，那樣做，不論勝敗，都不會讓人想到是惠王爺在背後操縱，從而不會影響到惠王爺的大事。

進而，就這一段本身而言，也有說不通之處，袁承志本來就不知道惠王爺是何人，更不知道惠王爺有何大事圖謀，根本不會影響惠王爺的政變大事；惠王爺爲何要費力邀請他們來，又將他們教訓一頓，從而得罪他們，不怕反而使得他們成爲自己的死敵嗎？

新修版對惠王政變失敗的結局處理，也有明顯的問題。

第十七回書中，流行版中寫誠王政變失敗之後的結局是：「一言未畢，曹化淳一劍已在他胸口對穿而過。」而新修版中，惠王的結局是：「一言未畢，曹化淳舉腳向他踢去，惠王驚愕之餘，立即奔逃出殿。此後逃到廣州，最後爲清兵擒獲處死。」流行版曹化淳殺死政變同夥誠王爺，是要殺人滅口，這種人爲了自保，啥事都能做出。新修版之所以要改，是因爲歷史上的惠王確實是逃到廣州被清兵擒獲並處死的，爲了符合歷史真實，曹化淳在這裏就不能殺死他，只能用腳踢他，將他趕走。但作者似乎沒有考慮到，若惠王爺不走，而是拉他下水，說政變是與他聯合策劃和行動的，甚至是曹化淳策劃和指使的，那會如何?曹化淳不殺死惠王爺，就會使得自己處於一種極度危險的境地，這樣的人，怎會如此糊塗冒險？

總體上說，新修版的惠王形象刻畫得並不好。原因是，作者似乎沒有爲這個想要政變的人設身處地，好像一個宗室王爺搞政變是一件可以公開的事情。其實當然不可能是這樣的。具體說，一、招賢館不可能設立在王府之中。從自己的蕃地回到北京的王爺，最基本的守則是老老實實、規規矩矩，不可亂說亂動。二、惠王府與五毒教的關聯，應該是一件極大機密，需要單鐵生去費心偵破，找到關聯之日也就是他喪命之時。盜庫銀一案，也應該更加神秘莫測。三、惠王府和袁承志等人的關係，應該是相互威脅和相互利用的關係：袁承志得到了惠王與盜庫銀有關的訊息，可以威脅惠王；惠王發現了袁承志的身分，當然也可以威脅袁承志——現在的小說中，袁承志似乎可以打著「金蛇王」的旗號在北京公開活動，人人都知道他的身分，但卻沒有人向朝廷當局舉報，這不符合常理常情。四、最重要的是，惠王的宮廷政變情節線索應該保持機密性也即神秘性，不到最後不會顯露全部真相，只有層層深入才符合常理，同時恰好符合傳奇小說的敘事規則。

由此看來，新修版中增加的魏聲濤這個人物，幾乎沒有敘事價值，他奉命邀請袁承志的行爲，基本上是違背常理的胡鬧。

七、何鐵手故事新線索

新修版改動較大的線索之一，是對五毒教主何鐵手的情感線索的改變。流行版中，何鐵手對女扮男裝的夏青青一見鍾情，而且一往情深，情不自禁，由此產生了許多戲劇性的矛盾糾葛。最後雖然終於發現青青的真相，但卻已經影響並改變了何鐵手的立場和命運。若不論事理因緣邏輯，僅僅就其閱讀效果來說，可以說流行版的情節是一種很好的情節設計。

只不過，流行版中的這一情節線索，有讓人質疑的地方，那就是爲何何鐵手在很長時間內都沒有發現青青的女性真相？若說僅僅見面一次兩次，而且是遠遠觀看，因而無法識別青青的女性真相，那還情有可原。問題是，在小說中，青青曾經被五毒教俘獲，並且被五毒教囚禁了很長一段時間，在這樣長的時間內，何鐵手仍然沒有識破青青的性別，那就有點難以置信了。更何況，就算何鐵手對青青的性別認定有一種一廂情願的誤解，何以老江湖何紅藥竟然也沒有識破青青的性別呢？何紅藥對青青只有仇恨，不會有任何情感障礙，而且她對青青也不會客氣，說不定隨時隨地都會對她點穴搜身，如此仍然不能識別青青性別，那就不再是簡單的巧合，而是在情理上完全講不通了。

要使何鐵手對青青的鍾情依然成立，那就只有一個辦法，即設定何鐵手是一個同性戀者。或者說，何鐵手本來不是或不知道自己是一個有同性戀傾向的人，但見到青青之後深深地愛上了她，開始以爲她是一個男性，因而一往情深；後來發現對方是一個女性，這種深情仍然沒有絲毫變化。如此，何鐵手的情感秘密就不但能夠成立，而且還會有驚人的審美效果。

只不過，通常的武俠小說中很少涉及同性戀的情感線索，金庸先生也不願這樣設想。與此同時，作者卻又無法繼續按照流行版的線索去寫，因爲無法解釋何鐵手對青青性別的長期誤解。於是，在新修版中，作者就要對何鐵手的情感線索和人生立場進行重新設定。作者的基本設定是：何鐵手沒有愛上青青，也沒有愛上袁承志，而只是迷上了袁承志高深的武功。因此，我們在新修版中，就能夠看到以下新增加的情節和細節。

例如新修版第十五回書中，何鐵手第一次見識袁承志的武功之後，作者寫道：

「……何鐵手更是仰起了頭，呆呆出神。她自己的武功已臻一流高手之境，但萬萬想不到袁承志衣袖這麼一揮落，一捲送，竟可將何紅藥摔倒，震驚之下，不禁豔羨仰慕，竟然魂不守舍，宛似陡然間見到了奇異之極的事物一般。」

作爲一個武功高手，雖然沒有習武成癡，但對高深武功有所仰慕，也算得上是人之常情。何鐵手武功高強，性格也必有自傲之處，這樣的人見到出人意料的高深武功，所受到的震撼勢必更大。所以，這一段心理活動尚可接受。

但緊接著的寫法就稍稍有些過分了：「她本來臉露微笑，待見對方拳勢如此威猛，不禁凜然生懼，遊鬥閃避，心中欽佩至極……何鐵手心癢難搔，只想跪將下來，求道：『師父，請你教我這一招！』」乃至說「……何鐵手心中只盼他指點武功，情不自禁地縱聲大叫：『師父……』一句話出口，急忙收口，旁人不知她是在叫誰。何鐵手心神蕩漾，搖搖晃晃，幾欲暈倒。」這些就有些不大像話了，作者似乎要在同一場合，就讓何鐵手完成自己的全部心理變化過程，這對於小說敘事來說，可以說正是一個大忌。

第十六回中的敘述仍然有些欠妥：「……她臉上微現懼色，果然不敢逼近，隨即微笑，屈膝行禮，正色道：『袁相公，昨天我見到你後，一晚睡不著，今晚更加睡不著了。我……我……好想拜你爲師，叫你一聲師……父……』」作者這樣寫，是覺得五毒教主何鐵手是一個少數民族教主，想到什麼就會說出什麼，屬於敢想敢做者一類，所以才會有這一幕。問題是，何鐵手畢竟不是一個概念符號，而是一個具有自尊心和崇高地位的活人，她對袁承志的武功很是佩服，當然沒有問題；但要拜師學藝，卻多少要考慮考慮再說。畢竟，她身爲一教之主，來北京是應聘而來，肩負發展五毒教事業的重任。因而她的所有行爲，必須權衡輕重利弊，而後才能做出選擇，若完全沒有顧忌地隨心所欲，那也就不配當這個受到眾人擁戴的教主了。

第十六回中還有這樣一段，何鐵手親自前往袁承志的住處，要求拜師。流行版中也有要求拜師之說，只不過，當時的情形是：「……何鐵手道：『袁相公武功集諸家所長，難怪神乎其技。小妹今晚是求師來啦！』袁承志奇道：『這話我可不明白了。』何鐵手笑道：『袁相公若是不嫌小妹資質愚魯，就請收歸門下。』……何鐵手道：『你如不傳我解穴之法，難道我們教中幾十個人，就眼睜睜讓他們送命不成？』……」很明顯，流行版中何鐵手第一次要求拜師，並非真心要拜在袁承志的門下，只不過是希望袁承志教她解穴手法，好去救治自己的部屬。但到了新修版中，這一拜師的請求就變得真實而且迫切了：「『……像你這等名師，千載難逢，我陰魂不散，非拜你爲師不可。師父！你答應了吧！』說到後來，軟語相求，嬌柔婉轉，聽來簡直有些銷魂蝕骨，倒似是以女色相誘一般。」在這裏，何鐵手成了一個武癡，一心只想拜師學藝。這樣的一根筋，顯然缺乏充足的個性依據，幾乎徹底扭曲了何鐵手的教主形象。

下面增加的這一段，就更加不成話了：「……她身法好快，對承志笑道：『好啊，師父，你也來了！』順手拉住宛兒的手臂，一捽便將她捽開幾步，搶到承志面前，和他相距不到一尺，幾乎鼻子碰到鼻子。承志只聞到一股濃香，知她周身是毒，給她如此欺進，委實大大不妥，忙向床邊退了一步，何鐵手撲上身來，左手搭上他肩頭。承志右手反轉，抓住了她左手手腕，正要將她身子甩出，何鐵手叫道：『含沙射影！』承志手上便不敢使勁，眼見她右手伸在衣內小腹處，她只需一按衣內機括……何鐵手左手回轉，攬住承志背心，全身倒在他的懷裏，膩聲叫道：『師……父，師……父』承志忙道：『你……你別這樣！』青青瞧在眼裏，大怒喝道：『你兩個幹……幹什麼？』」這一段如此猥褻，如同情色小說。關鍵是，這既不符合何鐵手的性格，更不會讓袁承志產生好感，爲何還要這樣寫呢？

關於何鐵手，總結性的講述是在第十七回書中，一共有三大自然段。即第一段：

「惠王命魏濤聲邀請五毒教入招賢館，先送了二十萬兩銀子，再答允由五毒教盜取戶部大庫的庫銀，不限其數，又說要圖謀一件大事，事成之後，將雲南、貴州兩省定爲五仙教布法行道的地盤……」第二段：「她學得一身高明武功，生平未逢敵手，但跟袁承志一交手，忽然見到了武學中一片新天地，這少年相公不但出手厲害，而招數變化之繁，內勁之強，直是匪夷所思，連作夢也想不到……這幾天六神無主，念茲在茲，只想如何拜袁承志爲師，企求之殷切，比之少年初想情郎的相思尤有過之。」第三段：「這日胡纏瞎搞，得蒙袁承志答允收徒，一直喜不自勝，心想既已拜得這位明師，什麼五仙教教主之位，百萬兩、千萬兩的金銀，全是毫不足道，此後只要不違師命就是……」就這幾個自然段本身而言，很難說它是好是不好。若前面沒有交代過有關何鐵手的背景和心理，則這一段就非常重要。問題是，前面已經多次重複了何鐵手的訊息，大家對她的處境和願望早已瞭若指掌，再花大篇幅來介紹，就變成了內容重複，多此一舉。

更讓人難以接受的是，在新修版的第二十回中，何鐵手變成了一個饒舌之人。例如她對袁承志說：「師父，咱們已問明了阿九的住所，等夏姑娘傷好，你就可偷偷去瞧她，我給你瞞得緊緊的，擔保夏姑娘不會知道……」又：「師父，你只要不娶夏姑娘，她做不成我師娘，這一生就不能管你，她再跳崖投海，都不跟你相干。阿九姑娘永永遠遠在等你……」又：「師父，你再哭下去，可不像師父了。人生在世，小小一點兒卑鄙無恥，在所不免……」又：「師父，我們教裏有種藥物，叫作出竅丹……咱們快馬加鞭，趕去藏邊，見到阿九小師娘，你拉了她白白嫩嫩的小手就走……」又：「師父啊，這世上男子漢三妻四妾，事屬尋常，就算七妻八妾，那又如何……」又：「師父你這可想錯了，你以為我要勸你再娶我自己做我的四師娘嗎？錯了，錯了！如果世上沒有阿九師娘，我倒真挺想嫁你的，那時候要是你傳我武功不盡心，我就扯住你耳朵，罰你跪下。世上既有阿九這美麗可愛的小姑娘，我就一心一意只做你徒弟了……」

何鐵手如此嘮嘮叨叨，不僅莫名其妙，而且惡俗不堪。之所以要不斷惹人討厭地為袁承志出這些酸點子，作者的設計是她為了讓袁承志好好傳她武功。但這樣一來，卻不免歪曲了袁承志的形象。袁承志既然答應了要傳授她武功，豈有要徒弟討好他才盡心盡力的道理？更莫名其妙的是，何鐵手也是一個青春少女，情感尚無歸宿，且喜歡袁承志，但卻自己解決了問題，即自我禁錮，不去想袁承志。解決的原因，是因為有阿九這個美麗小姑娘的存在。

作者的這一設計，完全是只顧一點，不及其餘。沒有想到，若何鐵手這樣的人愛上了袁承志，豈能甘心於自我退讓和自我禁錮？又豈能爲阿九這一情敵甘心服輸？作者如此設計和敘述，將何鐵手這位堂堂的五毒教主，變成了一個既無面皮更無心肝的女丑角。

通篇看來，新修版對何鐵手的形象及其情感線索的設計大多讓人失望。至少，沒有達到人們期待的效果，甚至沒有達到流行版中何鐵手形象的審美效果。

要寫好何鐵手這一人物形象，至少要注意三方面的問題。

第一個方面，就是這一人物性格呈現及其發展的過程性，不能，也不可能一步到位。例如，她首先是五毒教主，即袁承志等人的對頭；其次是在與袁承志作對的過程中受了挫折，不得不與之妥協；再次是想要奪回金蛇劍、金蛇錐乃至《金蛇秘笈》；又次是佯裝拜師，爲的是達到救助自己人的目的；又次是真想拜師，從而面臨多種多樣的矛盾衝突；又次在最關鍵的時刻作出關鍵性的選擇，沒有了回頭路，只好一條路走到底。最後，在作出選擇之際，也還會面臨許多新的矛盾衝突。如此寫來，這個人物的情感和性格，才能夠呈現出一種動態的發展的過程，如抽絲剝繭，層層深入，讓人看到她的不斷變化，從而增強其性格魅力。

第二個方面，是這一人物的情感路線或人生選擇的多種因素或多側面性，不能、也不可能一根筋。她首先是一個教主，其次是一個武林高手，再次是一個喜好武學的人，同時又是一個年輕的姑娘。她來北京，首先是要受到與惠王府合約的制約，因爲她接受了二十萬兩銀子的定金；其次是要維護本教的利益和自己在教中的地位和尊嚴；再次是要實現自己的個人理想，滿足個人的欲望；又次是個人的情感需求和夢想的追尋；最後才是不得不在與惠王府、袁承志、五毒教內部的多重矛盾衝突不作出自己的艱難選擇。

第三個方面，這個人物的形象呈現，一定要保持神秘感和傳奇性。她不但是一個武林人物，而且是武林中最爲神秘兮兮的五毒教的教主，她的行爲動機和行爲方式總是人所難測，常常會出人意料。這種傳奇性和神秘感，實際上是由她的性格和情感發展的階段性和多面性組成的。只有在最後水落石出之際，人們才能夠對這樣一個傳奇人物進行準確的認知和定性。

而現在的新修版讓人失望的地方，首先就是沒有階段性，從何鐵手和袁承志的第一場武打開始，何鐵手就產生了拜師之念，此後再也沒有多少曲折和變化，更沒有什麼發展和深化，此人的心智和形象始終處在同一簡單層面上。其次是沒有多面性，作者甚至忘記了她是一個教主，有教主的身分地位、思維方式、行爲習慣，並且始終要處在個人欲望和集體責任的矛盾之中，要處在多種複雜的人際關係的衝突和選擇之中。新修版中的何鐵手，變成了一根筋，那就是要拜師學藝，好像她只是一個沒有任何人生履歷和背景的剛出道少女。這樣，當然就無法實現傳奇性和神秘性：她是誰，她想怎樣，幾乎從第一次出場就已經定性，並且已經定型，此後缺少複雜的變化，失去了本該具備的神秘感。

八、袁承志與阿九的情感線

新修版中最重要的修訂之一，是修訂了袁承志對阿九的情感態度。流行版中，袁承志對青青情有獨鍾，因而對阿九沒有什麼特殊的情意；即使知道阿九愛他，心中感動，但也沒有真正動心；青青對阿九吃醋，純屬無事生非。在新修版中，情況有了明顯的不同，阿九對袁承志依然是一見鍾情且一往情深，而袁承志對阿九這個美麗高貴的少女，幾乎從一開始就產生了明確的愛慕之心。

這一修訂，雖然只是主角袁承志的情感態度的小小變化，但前後牽涉的情節和細節非常之多，修訂得好或不好，很難一言以蔽之，因而，我們只能就小說中的具體情況，針對小說中的不同段落專門作出分析和研究。

新修版第十一回書中寫到群雄聚會、英賢畢至之後，加上了一句話：「袁承志不見青竹幫美麗的小姑娘阿九到來，微感失望，頗有悵惘之意，但過不多時也就忘了。」這是小說中第一次正面寫到袁承志對阿九的主動關注，沒有見到阿九便感到失望悵惘，暗示了一種情不自禁的注意、好感和愛慕。此刻剛剛開始，所以作者頗能把握分寸，沒有過多的講述，只是輕描淡寫，而且一筆帶過。這樣的寫法，好在符合人物心理，也符合通常的人性。袁承志這樣的年輕人見到阿九這樣一個美麗如仙子的少女，若無絲毫愛慕之心，未免不太真實。

接下來，第十二回，阿九與袁承志等人別後重逢，新修版書中又增加了一段：「這小姑娘荊釵布裙，裝作鄉姑時秀麗脫俗，清若水仙。這時華服珍飾，有如貴女，花容至豔，玫瑰含露，袁承志心中怦的一跳，似是給內家高手擊了一拳，忙轉過了頭，不敢多看。」這是小說新修版中第二次寫到袁承志對阿九的情感態度，阿九盛裝前來，光彩照人，袁承志怦然心動，卻又不敢正視，此處的細節描寫十分準確，也相當生動。

接下來，在同一回書中，寫到青青與阿九的對話，新修版增加了一些話。「青青向阿九道：『九妹妹，那日咱們大殺官兵，打得好痛快，後來忽然不見了你。**你這樣美貌，我那天一見，便永遠忘不了**。我老是惦記，你到哪裡去了？』阿九早就瞧出她是一個女子，臉上一紅，唔了一聲，道：『**青姊，你才美呢！我怎及得上？你不用脂粉嗎？**』」＊相比之下，還是流行版中的對話比較自然，新修版中青青誇獎阿九的臺詞，雖然也是言出由衷，其中有點酸味，但卻有些生硬。阿九的回答，也就算不上是真正的答非所問，修訂效果不算太好。

接下來，青青過來試探袁承志，新修版中增加了些佐料：「……青青笑道：『**想這個姑娘當真美之極矣，美得不像是人！**你說她美不美？』袁承志知道她很小心眼兒，如說阿九美，定要不高興，說阿九不美吧，又是明明撒謊，**既違良心**，她也不信，**只得笑道：『不像是人，像女鬼嗎？』青青道：『你心裏明明想說她像仙女，偏又不說。』**……」＊＊這一段修訂，也不是十分恰當。

＊阿九所說原文為「青姐，你要是打扮起來，那才美呢！」黑體字是新修版中增加的。

＊＊黑體字是新修版增加的。

流行版中，青青的言說含而不露卻又試探之意明顯，已經恰到好處，新修版加上「美之極矣，美得不像是人」等等，反而有過猶不及之嫌。更重要的是，袁承志既然對阿九有所注意，並且產生了一些綺念，聽到青青的追問，必然有更加微妙的心理表現。但這裏只是按照流行版中袁承志對阿九沒有多少綺念的路數修訂，只是增加「既違背良心」這樣一句不痛不癢的話，算不上是成功的修訂。

在第十三回書中，袁承志去拯救安大娘，青青生氣，袁承志賠禮道歉，說下次一定不讓她擔心，青青說，下次有別人來給你擔心，袁承志驚奇地問是誰？青青不答，轉身回房，然後獨自出走。新修版中增加了一句：「青青嘟起嘴道：『那個阿九啊，她不住問你哪裡去了，關心得不得了。』」這一修訂，實在沒有多大道理。一、阿九是否會不住問袁承志的去向，本身還是一個疑問。二、就算阿九問袁承志，關心袁承志，那也是阿九的事情，與袁承志無關，青青爲何要向袁承志發火，甚而生氣離開？那豈不是將自己的機會讓給阿九？三、青青明明看到袁承志是追蹤阿九的隨從而去，顯然是對阿九的隨從起了疑心，也就是對阿九的身分和立場不放心，如何能夠牽扯到袁承志與阿九的情感上去呢？四、最重要的是，小說中明明交代袁承志對大家「當下說了昨晚之事」，也就是說明了昨晚是救了安大娘，如此，流行版的敘事邏輯十分嚴謹，此次青青生氣，分明是因爲袁承志與安大娘在一起一個晚上，聯想到安小慧與袁承志之間的親密關係和安小慧對自己的威脅，爲何要在這裏牽扯到阿九身上？這一修訂，可以說是典型的多此一舉，甚至是無事生非。

緊接著，在同一回書中，寫到青青與袁承志重逢後，新修版又讓青青責問袁承志：「你半夜不回店，定是去會那個美女阿九去了，前晚一個晚上，你們在哪裡幽會啊？」這裏就出現了一個自相矛盾之處，前面說阿九「不住地問你哪裡去了」表明阿九和青青都在旅店中，這裏卻又說袁承志與阿九幽會，阿九難道會分身術不成？更何況，她明明知道袁承志去救安大娘，爲何還要如此冤枉袁承志與阿九幽會？所以，這裏增加的設問，完全說不通。

仍然是在第十三回中，袁承志向青青表白說：「我以後永遠不會離開你的，你放心好啦！」流行版中直接讓青青將話題引向安小慧，但新修版中，青青在談論安小慧之前，卻還是要抓住袁承志與阿九不放：「青青道：『那爲什麼你見到那個阿九，兩個人都含情脈脈的，你瞧著她，她瞧著你，恨不得永不分離才好？你愛瞧她，因爲她美，我也愛瞧，倒不怪你。那她幹嘛老是瞧你啊，你挺英俊麼？』承志道：『哪有這事，你瞎冤枉人。』青青道：『怎麼你……跟你那小慧妹妹……又這樣好？』……」

新修版的這一改動，敘事的邏輯變得異常混亂。

首先，青青本人的話語邏輯就非常混亂，上述引言中居然說不怪袁承志愛瞧阿九，反而向袁承志抱怨阿九愛瞧袁承志，這與通常的愛情心理截然相反，自然會產生邏輯混亂。通常的愛侶，只在意自己的情人是否對別人動心，而不會在乎別人是否對自己的愛侶動心，甚至越是有人對自己的愛侶動心，就越顯得驕傲和開心。當然，這裏有一個前提，那就是自己的愛侶對別人不動心。青青反其道而行之，誰也不知道是個啥道理。

其次，說完阿九，緊接著又說安小慧，這同樣讓人摸不著頭腦，誰也不知道青青究竟是因爲袁承志對阿九動心才如此不放心，還是因爲袁承志與安小慧從小青梅竹馬而不放心。流行版中的這一段情節，集中在袁承志和安小慧兩人的關係上，線索清晰，邏輯嚴謹，但到了這裏，由於莫名其妙地增加了阿九的話題，使得青青的愛情心理和強烈醋意失去了準確的目標，從而變得恍惚和曖昧起來，後面關於安小慧的精彩對話，也因此而減色。

這就是說，在袁承志對阿九的情感態度沒有真正明朗之前，作者過早地加入了青青對這一情感關係的敏感和發作，使得小說的敘事邏輯變得混亂不堪，有關青青對阿九的醋意，幾乎都是多此一舉，因而全都讓人莫名其妙。雖說情人的敏感往往有超越雷達的能力，愛吃醋的青青這方面的敏感更加強烈，但小說的敘事總該有重點，在追究袁承志與安小慧的關係中插入對阿九的敏感，只能讓敘事線索和邏輯變得混亂，也會讓袁承志摸不著頭腦，從而讓讀者感到莫名其妙。

當然，並非所有的修訂都有問題。在上面一段的後面，增加了一段袁承志的心理活動描寫：「心想她率領大批內庭侍衛，不知是什麼來頭，若非皇帝親戚，便是高官貴宦的眷屬，不禁暗自惆悵，心中隱隱難過。」這一增加，就合情合理，只要袁承志開始注意阿九，則阿九的神秘身分就必然會讓他關注、擔心、惆悵和難過。

下一處改動又有些莫名其妙了。在新修版第十五回的開頭，袁承志和青青兩人「談得盡興」，因天色向晚，正準備回家：「青青道：『承志哥哥，多謝你今天全心全意的陪我。』承志笑道：『青青弟弟，多謝你今天全心全意的陪我。』青青道：『我哪一天都是全心全意的陪你，你就不是。』承志奇道：『我怎麼不是？』青青道：『承志哥哥，我求你一件事，行不行？』承志道：『不必問，你說了就行。』青青……低聲道：『承志哥哥，我求你別老是牽記著那個阿九。這些日子來，不論做什麼事的時候，你總是在想念阿九。』承志道：『天大冤枉！我幾時想著她了？』青青道：『那個獨眼龍送帖子來時，你手拿帖子，滿臉溫柔的神色，你一定盼望這是阿九送來的信，盼望送禮給我們的是阿九那個可愛的小姑娘。單鐵生這獨眼老兒，你拿著他的名帖，怎麼會癡癡的發呆，嘴角含笑？你愛他一隻眼睛挺美麼？』承志心想：『你這姑娘當真厲害，連我心裏想什麼也瞞不過你。』」

之所以說這一段改動有些莫名其妙，是因爲上述情節和對話中有一個明確的假定，那就是袁承志對阿九的情感，已經發展到了情不自禁且無法自控的程度。若非袁承志對阿九魂牽夢繞、神魂顛倒、日夜思念，青青自然就不會有如此強烈的敏感和醋意，也不會有如此的哀怨和悲觀。從袁承志的最後一句話中看來，袁承志的內心是承認了青青的觀察不錯。可是，這個時候，袁承志對阿九的情感怎能有如此突飛猛進的發展？理由是，一、他到現在也還是不知道阿九是怎樣的人，只知道是一個美麗的小姑娘是不足以讓袁承志如此神魂顛倒的。二、他也不知道阿九對他的情感態度如何。雖說愛情會讓人情不自禁，但對袁承志這樣性格的人來說，若非明白對方的情感態度，就不至於如此神魂顛倒。三、他還要擔心阿九與官府甚至皇家的關係，從她帶領大內侍衛的情形看，完全有可能是皇親國戚，也就是說，很可能與自己的大仇人崇禎王朝有密切關聯。四、更重要的是，袁承志的身邊還有青青，不僅對青青的母親有過承諾，而且也領受了青青的一片真情，無論如何，青青的存在對袁承志都會是一種重要的制約。也許袁承志對阿九的情感熱度和深度總有一天會超過對青青，但加上道德制約因素，青青的份量仍然會超過阿九，這才是袁承志的情感奧妙。

相比之下，下面第十五回中的這一段要稍稍好些：「……承志問道：『程幫主……』向青青瞥了一眼，便不說下去了。青青道：『怕什麼？我代你問好啦！程幫主，你受了重傷，你徒兒阿九知道麼？她來瞧過你沒有？』程青竹搖搖頭。青青又問：『要不要我派人去通知她？』程青竹又搖搖頭。青青轉過頭來，向承志雙手一攤，聳了聳肩。承志心中確正想到阿九，不知青青何以如此機伶，一猜便猜個正著。」這一段的現場，是程青竹受傷，袁承志從程青竹聯想到阿九，而始終注意袁承志的青青想到他的念頭，都在情理之中。

第十七回書中，袁承志躲到了阿九的臥室，聽到阿九的聲音，新修版增加了一些心理細節：「……承志微覺訝異：『這聲音好熟？**似乎是阿九。唉，我老是想著她幹什麼？一天想她十七八遍也不止，真正糊塗透頂。**』」這樣的細節，當是袁承志心理的應有反應，雖有些過，但還問題不大。

進而，在緊接著的第十八回書中，袁承志與阿九同床共枕，情形和心理當然也就與流行版有極大的不同。只不過，在這段情節改寫中，細節的設計和講述也還是缺乏整體性，從而呈現出參差不齊，甚至自相矛盾。

例如，作者最先寫到了袁承志的心理：「她身子後縮，縮入了袁承志懷裏。袁承志伸過左臂，摟住她腰，尋思：『自己剛與宛兒在床底下偎依，這時迫於無奈，又抱住了阿九公主。兩人同樣的溫柔可愛，但以容貌而論，阿九勝宛兒十倍，那日山東道上一見之後，常自思念，不意今日竟得投身入懷。』大喜之餘，暗自慶幸。」緊接著，卻又保留了流行版的一個重要細節，即將脫鞘的金蛇劍放在二人中間，這兩個細節本身就自相矛盾。

接下來，作者又寫回來：「承志情不自禁地側身，伸過右臂摟住她背心，阿九也伸出雙臂，抱住了他頭頸。承志幾根手指拈起金蛇劍，放到身後。兩人肌膚相貼，心魂俱醉。阿九低聲道：『大哥，我要你永遠這樣抱著我……』承志湊過臉去，吻她嘴唇。阿九湊嘴還吻，身子發熱，雙手抱得更緊了。」但接下來又是一個轉折：「……只覺阿九櫻唇柔嫩，吹氣如蘭，她幾絲柔髮掠在自己臉上，心中一蕩，暗暗自警：『千萬不可心生邪念，那可不得了。趕快找些正經大事來說。』」

上面的修訂，有利有弊。好的一面，是將袁承志和阿九的情感關係深入了一步，讓他們擁抱和親吻，這在袁承志和阿九都是前所未有的人生經驗，也是人性的自然表現。不好的一面，首先是前文的轉折中，有些自相矛盾。其次是失卻了古典情境及其古典風韻的想像空間，肉體的接觸非但不能帶來精神情感的昇華，反而有可能走向另一面。人們對那些永遠無法觸摸的情感對象的想像和懷念，總是更深，甚至最深。肉體的接觸和欲望的衝動之下，容易產生誓言允諾，但也容易產生自覺和不自覺地謊言。下面一段就是：

「……承志忍耐不住，雙手摟住了她，在她唇上輕輕一吻。阿九低聲叫道：『大哥！』承志低聲道：『阿九。』阿九滿臉通紅，低聲問：『你永遠也不忘記我，是不是？』承志忽然想到青青，登覺爲難異常，但身當此時，只得僅僅摟住了她，說道：『當然，永遠不忘記你！』」

第十八回書中，新修版又增加了一小段：「他掛念青青……這時在他心中，阿九與青青一個有情，一個有義，委實難分軒輊，既不知如何是好，只得閉眼入睡，將兩個美女置之腦後。」有趣的是，後面卻又有一段截然相反的心理活動敘述：「……但無論如何，總也是捨不得阿九，突然間心頭一陣狂喜：『一個是我深愛，一個是我所不能負心相棄之人，那麼兩個都不相負好了。唉！不成的，不成的！』內心湧起一陣惆悵，一陣酸楚。」這樣的翻來覆去，左思右想，矛盾重重，乃是情愛心理的正常現象，尤其是面臨痛苦抉擇，自然會有類似的變化和跌宕，甚至當真是連自己都不知道要走向何方。

同一回中，袁承志救出阿九，交給宛兒之後，還要「眼光順著阿九直送她進房，滿臉柔情，又深有憂色。」這是順理成章：袁承志深愛阿九，當然會有這樣的眼色和神情，同時也正因爲這種神情惹惱了青青，終於導致她的出走。至於何鐵手乘機拍馬屁說：「師父，我幫你救公主師娘去。你放心好啦！」則增加了閱讀的情趣，同時也符合何鐵手的性格。

爲了表現袁承志對阿九的情意，新修版第十九回的開頭就增加了一段：「袁承志半夜裏悄悄到阿九房外張望……」合情合理。青青出走之後，增加了一段袁承志的心理活動：「想起那晚與阿九同衾相擁，也並非全不動心……心想：『我的確是變了心。青弟如此責我，倒也並非全然無因，未必真是她錯怪了我！』」這也是實事求是，只不過，在這一段話的前面，新修版卻又仍然保留了流行版中的說法，即「青弟，青弟，你實在太不知我的心了。」就明顯自相矛盾了。

再說阿九的結局。第二十回書中，從阿九上華山開始，新修版進行了大量的改寫，其中的大部分內容都經不住推敲。有些內容，我們在前面的有關部分進行了分析，這裏只說最關鍵的一點，即新修版下冊，作者增加了將近三個頁碼，改寫阿九這一人物的結局。

在這裏，阿九的結局是將袁承志拉到一邊，對他說：「承志哥哥，我要跟師父到藏邊去學功夫，千里迢迢，不大容易相見了。我等你……等你……三年。你三年不來，就不必來了。我就落髮做了尼姑……心裏永遠……永遠記著你……不，我等你十年……」袁承志回答說：「我一定會來見你，阿九妹子，不到一年，我就來啦！我見不到你，我會死的。」

先說袁承志的表態，很快我們就會看到，他改變了主意，從此不再見阿九，不是因為環境不允許，而是他自己做出了選擇。從實際結果看，這裏對阿九的表態，成了一段騙人的謊言。也就是，袁承志變成了一個說謊者。實際上，在周旋於阿九和青青二人之間的過程中，袁承志經常說謊。只是，最後這一段謊言更加殘酷而已。

這種男子為情說謊的情況，固然是許多花心者的經歷，甚至有「不得不說謊」的苦衷，但對於袁承志這一古典形象而言，肯定是一種損害。作者也許並不想損害這個人，但在敘事中卻讓他經常言不由衷，真正的原因，是作者不再能深入小說肌理，從而對此人的情感態度及其心理脈絡不能準確把握。

再說阿九的結局。流行版的結局是，阿九剃光了頭髮，以出家人的身分出現在袁承志和青青的面前，絕對出人意料，絕對讓人震驚，然而也絕對符合其個性心理，也絕對符合審美要求。首先是，阿九的出家解決了小說情節的敘事懸念，而且達到了出人意料的審美效果。其次是，阿九的出家，使得袁承志突然明白了自己原來不大明白的情感：他無意中深深愛上了這個美麗的公主。第三，阿九的出家，大大積累了同情分，並大大增強了命運悲劇的衝擊力：從此開始，人們對這個美麗純潔的公主會產生無限的同情和傷感。阿九不再是人間少女，而似月中仙子，可望不可即。這一形象的審美功能，由此發揮到極端。

阿九的出家，原因有三：第一是家破人亡，心裏無限淒苦，改朝換代之後，無論何人當局，都不會放過這個前明公主，從而出家是她的必然選擇。第二是，她雖然愛袁承志，但知道袁承志對青青的情感和責任，不願意讓袁承志左右爲難，同時，當然也不願意屈尊與青青分享袁承志的愛。第三，斷臂之禍，這對於一個青春少女，不僅是一種姿顏的損失，更是一種無法驅除的夢魘。僅僅是因爲這一點，她也會自動退出愛情的競爭，孤獨而自尊地舔撫自己的傷口。

新修版完全忽略了阿九的心境，家破人亡對她似乎毫無影響，她來華山似乎完全是爲了愛情競爭而來，如此，這一人物變得毫無心肝。她對袁承志的言行，也全無光彩，等待三年，或者等待十年，甚至出家之後還要「永遠記著你」，矛盾重重，口不應心，全無親情哀痛，也沒有自覺自決，更遑論人格自尊。這樣的寫法，只能讓阿九的形象淪落爲一種俗氣和欲望的概念符號。與流行版中阿九的結局相比，新修版對阿九結局的設計，可謂是狗尾續貂，是化神奇爲腐朽。

在流行版中，阿九並非第一女主角，她的出現和存在，只是袁承志復仇過程中的一片不幸的人文景觀；她對袁承志的片面相思，只是青青和袁承志愛情故事中的一個小小插曲。而最後她傷痛出家之舉，卻使得這一人物光芒燦爛，令人耿耿難忘。流行版中，袁承志對阿九的情意，始終沒有被主角本人覺察，所有的行爲都是在下意識中進行：然而我們從他「青弟」和「阿九妹子」的不同稱呼之中，照樣能夠感受到這一人物情感的蛛絲馬跡。這樣的寫法，第一個好處，是對人類的愛情心理貢獻了一份獨特的發現，即並非所有的情感都會被自己察覺，下意識的愛情常常更加讓人驚心動魄，且發人深思。第二個好處，是這樣的「留白」，可以給高明的讀者留下極大的想像空間。

回過頭來看看新修版對袁承志和阿九這條情感線索的增訂和改寫，我們不能不產生一種不如不改的印象。因爲在新修版中，雖然作者竭力表現袁承志對阿九的鍾情和綿延，但除了表皮的接觸之外，這一愛情並沒有任何深刻之處。延綿不斷的折騰反覆，只不過是同一層面的自我反覆，非但不會加深人性的探索程度和個性的形象光彩，相反卻不斷讓人失望，甚至於厭煩。作者將袁承志的下意識情感公開化，非但沒有對這二人之間的靈性交流和心理矛盾加以深化和拓展，反而讓讀者對這一愛情的多種可能性失去了想像的餘地。

九、小說結局部分的修訂

說結局部分，指的是故事的大結局，主要是小說中的一些主要人物，即袁承志、青青、阿九、李岩等人物的故事線索的結局。這裏所說的結局，不僅僅是指小說的尾聲部分，而是指從第二十回的中段開始，直到小說的最後。

新修版《書劍恩仇錄》專門增加了一個尾聲《魂歸何處》，《碧血劍》的新修版沒有這樣一個尾聲，但作者在小說最後一回的中段後修訂並增加了大量內容，涉及大量篇幅，情況相當複雜，需要專題討論。

其一，青青的情感及其結局

阿九故事的結局，和何鐵手故事的結局，我們在有關的專題中已經涉及，這裏我們不必重複。青青的結局雖然沒有完全改變，但與阿九的故事相關部分中，青青的形象及其審美效果卻也有了很大的改變。

首先要說的是，當華山派新掌門上任儀式結束之後，袁承志本來要去救李岩，此時青青突然發難，質問袁承志：「剛才你跌倒，爲何跌在她面前，卻不跌在我面前？要是你摔在我面前，我也會不顧自己性命，撲在你身上救你。」進而，不容袁承志解釋，說：「以後你心中就只有她，我寧可死了！」於是跳下了懸崖。當然，青青跳崖並沒有死，而是摔在了樹上，很快就被袁承志救了上來。所以，這裏並不是青青的結局，而只是結局的開始。

對新修版的這一設計，需要加以討論。從青青的性格和心情判斷，她跳崖自殺的行爲是可能的，所以，不能說作者的設計完全無稽。只不過，有些關涉前後文的問題，作者在修訂時恐怕有所疏忽，從而只見一點，不及其餘。例如：

一，是如前所說，袁承志在與玉真子這樣的超級高手的拼命打鬥中左顧右盼、故意靠近阿九等等，本身就是一種不合常理的荒唐設計。也就是說，袁承志故意摔倒在阿九面前的說法並不成立，青青責備袁承志，也就沒有真正合理的依據。

二，青青若要自殺，那一定是絕望到了極點。以青青的性格而言，當她絕望到了極點而要決心選擇自殺，就不會當著袁承志以及如此之多人的面，更不會在自殺之前如此囉囉嗦嗦。既然要死，說這些還有啥意思呢？

三，若青青並不想真的自殺，只是要做自殺秀，以便要脅袁承志，那又有另一個問題，就是時機選擇不當。袁承志要去救李岩，青青理應知道李岩在袁承志心中的地位和影響，理應知道這個時候若做秀拖住袁承志，肯定會使袁承志大爲惱怒，結果肯定是適得其反。

四，這樣一來，不論青青是真想自殺，還是做自殺秀，都會讓青青這一人物的討厭指數大大增加，而讀者對她的同情指數則會相應下降。這樣一來，恐怕也不符合作者刻畫青青這一人物形象的初衷。其實，不論作者的初衷如何，從第二十回開始，青青不斷責備袁承志，不僅會讓袁承志的形象受到嚴重影響，同時也會使青青的形象受到嚴重的影響，自殺事件非但不能給她加分，反而要讓她扣分。對青青這一人物形象，肯定是一個重大的損失。

綜上所述，這裏的青青自殺的情節設計，明顯弊大於利，是不妥當的。

更大的問題是，在此後的敘述中，青青繼續沿著讓人討厭的路子走，而袁承志則繼續朝著說謊者的路子走。

青青先是要跳崖自殺，跌斷腿後卻又纏住袁承志不放，明知道袁承志要去救李岩，偏偏定要同行，原因是「她怕承志偷偷去見阿九」！這就是從根本上不相信袁承志，也絲毫不為袁承志著想了。讓人不解的是，袁承志對此絲毫沒有反感，一切按照青青的要求去做，根本也不解釋，要救李岩必須抓緊時間，用大車帶著一個斷腿之人，會耽誤太多的時間，似乎袁承志對救李岩並無熱心，所以也就絲毫不著急。

實際上，由於青青斷腿要乘車，後面的袁承志等人「繞小道而行」就成了說不通的敘事漏洞。進而：「袁承志身雖東行，一顆心卻日日向西，只盼到藏邊去會阿九。心想，只要不跟青青成親結為夫妻，去了藏邊不再回來便不算相負……」下一段：「一路上神遊太虛，淨做白日好夢。這一日青青忽道：『喂！你笑瞇瞇的在想什麼？這麼開心，在想阿九嗎？』承志一驚，答道：『不是！我在想那晚在盛京跟玉真子打架，胡桂南偷了他衣褲，他赤身裸體的跟我過招，好不狼狽！』青青噗嗤一笑，便不問了。」

若青青的愛情是建立在袁承志說謊的基礎上，則不僅是對袁承志的侮辱，其實也是對青青的侮辱。青青雖然深愛袁承志，但也絕對不會接受這樣在謊言基礎上的愛情，肯定會獨自離開，甚至真的去自殺。另一方面，若袁承志對阿九的愛情，是這樣的敢想而不敢行，且要靠幻想和自欺來麻醉，則不僅是對阿九的玷污，也是對袁承志的玷污。這樣一來，袁承志、阿九、青青三者，都受到了新修版的傷害。他們之間的愛情非但不令人欣賞羨慕，反而讓人感到俗氣噁心。

關鍵性的問題是，新修版中，由於挑明了袁承志對阿九的濃烈情意，使得青青和袁承志的關係必須重新設計或調整。作者雖說也作出了某些調整，但都只是表面的變化，例如讓青青不斷含酸吃醋，變本加厲地責備袁承志；讓袁承志心神恍惚，在這兩個女性之間始終徘徊不定。在新修版中，我們沒有看到作者進行小說情節及其人物心理方面的敘事肌理的調整。也就是說，作者寫來寫去，都是在故事情節和人物概念上轉圈子，而沒有涉及人物在特定情境中的心理反應，更沒有根據人物的心理反應及其心理變化，而調整人物情感態度和人物的情感關係。

最簡單的例證是，若青青在袁承志遇到阿九之後，不斷含酸吃醋，冷嘲熱諷，甚至不顧大局，胡攪蠻纏，袁承志爲何自始至終都沒有一絲不耐煩的心理？任何一個男子，遇到這樣的情況，都會產生不耐煩，覺得對方不可理喻，更不可愛。袁承志遇到並愛上了阿九，若青青隱忍不發，並且用自己的行動證明自己對對方的愛同樣深刻熱烈，甚至若失去了對方自己就會死去，則袁承志肯定會因爲愧疚而有所收斂。若青青像現在這樣不可理喻，則袁承志與她的感情只能越來越遠。這是一種最簡單的愛情心理常識，然而，作者在寫袁承志對青青的情感態度及二者的情感關係時，卻很少顧及這一點，很少讓袁承志表現出正常的心態和情態。如此我們看到，作者對人物的情感關係進行了重大的調整，但在人物的情感態度上，卻保持了流行版中的設計，即沒有進行調整。

流行版中，袁承志對青青一往情深，而沒有意識到自己對阿九也有一份難以忘懷的情感，問題只是青青不懂得承志的心。增加了愛上阿九的因素，袁承志對青青的心態和情感必然有相應的變化，不可能停留在流行版的單一層面上。袁承志對青青的情感態度，道德承諾的因素更加突出，而兩情相悅的分量則大大減輕。退一步說，即使袁承志原本對她有深刻的情意，也會因爲她的胡攪蠻纏且不可理喻而扣分。

無論如何，袁承志的左右爲難，都應該有具體的內容，即情感和道德，愛心和承諾之間的矛盾衝突，甚至會因爲青青的言語和行爲而不斷相應變化，有時候會覺得自己應該說話算數，與青青和睦相處，一心一意；有時候則覺得青青難以相處，不是良配。總之，不能長久徘徊在這個可愛、那個也不錯的簡單層面上。在新修版中，作者毫無顧忌地寫袁承志對阿九的情意，但卻很少寫到他內心的矛盾和掙扎，更少寫到他對青青的愧疚，更遑論對青青的補償和努力。因此，在新修版中，袁承志的愛情描寫，實際上傷害了這一人物形象。

同樣，青青的性格和心理，也是在自卑和自傲兩極徘徊，她所喜歡並且習慣的方式，是以自傲來掩蓋自己的自卑。此人具有極大的個性張力，心理空間遠比我們想像的要大而且複雜的多，她的吃醋是因爲內心的自卑，但她的聰明和愛情，卻又讓她能夠不斷做出及時的自我調整，並非一味的拈酸吃醋、更不應該單純地惹人討厭。

在流行版中，青青的每一次吃醋和無理取鬧，總會因對袁承志的熱烈誠摯的愛情而產生及時的化解和補償。流行版的成功之處，在於讓讀者意識到，此人是可愛的，更是可同情的，有時候自己也無法控制住自己的情緒，那是因爲她從小就受到過心靈傷害。但新修版的修訂中，青青的情感態度變得專橫跋扈，完全沒有自我反省、自我克制和自我調節，從而使得此人變得更加討厭而不可愛，甚至也不可同情。青青不顧大局的跳崖，袁承志且顧眼前的拯救，使得他們全都將李岩的危難置諸腦後，這兩個人道德形象全都受到極大損害。

其二，新修版中的李岩之死

流行版中的第二十回，有兩個令人震撼的場景，第一是阿九摘掉帽子，對袁承志說她已經出家；第二是李岩之死。

流行版中，袁承志見到李岩之死，總共不過八個大小自然段，不到一頁半的篇幅。李岩之死一段，乾淨俐落，令人震驚：「李岩斟了一杯酒，笑道：『人生數十年，宛如春夢一場。』將酒一乾而盡，左手拍桌，忽然大聲唱起歌來：『早早開門拜闖王，管教大小都歡悅，管教大小都……』那正是他當年所做的歌謠，流傳天下，大助李自成取得民心歸順。只聽他唱到那『都』字時，突然無聲，身子緩緩俯在桌上，再也不動了。」

新修版中，袁承志見證李岩之死，足足有三頁半的篇幅。

首先，新修版中，李岩在重申自己決不造反後，不是讓大家坐下來喝酒，而是「當即傳下將令，分派部隊守住各處要點，命各路精銳居高臨下，射住陣腳，只守不攻。」於是眾將「逐一接令，自行出帳帶隊守禦。」既然不造反，爲何要派人守禦呢？原來，李岩要守住陣腳，爲的是要與袁承志談話，說出更多的道理。只不過，這樣一來，即使是只守不攻，也還是抗拒了李自成。而且，李岩之死也缺少了眾將的見證，甚至使後文中的「眾將見主帥夫婦齊死……」變成了一個漏洞：眾將都出去守禦去了，怎能見到李岩夫婦之死？

其次，在李岩唱歌的時候，袁承志十分粗暴地打斷對方，唱起了另一首歌，即「老天爺，你不會做天，你塌了吧！」搞得李岩也不得不跟著唱，甚至作者還十分煽情地讓李岩的所有部屬，乃至前來圍攻李岩的部隊全都齊唱這首歌。看起來，新修版中認定了這首歌爲小說的主題歌。因而，在之前袁承志在路上時，作者就用三個自然段講述袁承志碰到了一群飽受戰亂之苦的黎民百姓，高唱這首充滿怨恨和絕望的歌：「老天爺，你年紀大，耳又聾來眼又花，你看不見人，聽不見話。殺人放火的享著榮華，吃素念經的活活餓殺。老天爺，你不會做天，你塌了吧！老天爺，你不會做天，你塌了吧！」如此證明，這首歌在新修版中的重要性。

然而，這樣的歌謠，除了表達百姓的憤怒和絕望，並沒有別的更多的思想意義和精神價值。相反，這樣的歌謠，只能引領人走向怨天尤人，而忘卻這部小說中對烏合之眾和專制極權的深刻反思。

再次，新修版中，李岩死前，對袁承志講述了從漢高祖到李自成的漫長歷史中專制君主殺害功臣的多種事例，看起來似乎能夠深化本書的專制君主「自毀長城」這一思想主題，但流行版中的袁崇煥和李岩的經歷前後呼應，足以發人深省；新修版添油加醋，反而使得這一主題失去了理論總結和昇華的空間。

更何況，新修版中李岩的講述，乃是用理解甚至諒解的口吻：「我不怪闖王疑我，闖王是好人，他信任我，重用我，就算到了今日，他心中對我還是好的……」又：「闖王也是身不由己，有苦難言……得了天下之後，劉宗敏他們要搶財寶婦女，闖王心中是想禁止的，但他們對闖王說：『皇帝就讓你來做，金子銀子和女人，總該分一些給我們吧！只要一個將軍一鬆，其他全都鬆了，那也怪不得闖王。其實，自古以來，世上的事情都是這樣的……』」

寫下這一段，作者不過是想證明李自成及其部下確實做了壞事，只不過他們做這些壞事是可以理解的，不過是他們身不由己地充當了歷史的人質。

我這樣猜測，是因爲作者在正文中，還專門加了一個文間注釋，說明李自成不可能是無產階級革命者。其實，這完全是多此一舉，因爲李自成是「無產階級革命者」

的想像，根本不能成立，作者對一個假問題費心解釋，增加小說篇幅，甚至加插作者說明，有何必要呢？至於小說的思想意義和精神價值，流行版已經提供了足夠的證據材料，根本不必增加。

最後，李岩死前，還回答了袁承志的最後一個問題，那就是他若當了皇帝，會不會也要殺袁承志？李岩的回答是「決計不會！」有意思的是，他在前面說世上的事情都是如此，現在又說決計不會，未免有些自相矛盾。進而，李岩沒有當皇帝，這個問題自然不成立；若李岩真的當了皇帝，誰知道會不會殺功臣？最後，實際上，袁承志的這個問題不僅是一個假問題，更是一個傻問題，李岩如何，要歷史去見證，李岩可能如何，作爲他的朋友，豈能沒有自己的答案？

總之，新修版中的李岩之死，變成了一場人爲的煽情。而死前所發表的政治歷史報告，其實沒有多大的思想意義，更沒有任何審美價值。作者新增加篇幅，審美效果卻遠遠比不上流行版，明顯地得不償失。

其三，關於袁承志的最後結局

流行版中，李岩之死是對袁承志的一個致命的打擊，所以在李岩死後，作者僅用了不到一頁的篇幅，交代了袁承志出走海外的結局，結束全書。這是一個乾脆俐落的結局，讓人依依不捨，但更加耐人尋味。

在新修版中，作者增加了十六個頁碼的巨大篇幅，交代袁承志的「後事」。雖然《碧血劍》的最後，並沒有像《書劍恩仇錄》那樣專門增加一段尾聲，但這部小說中增加的情節篇幅，比那個尾聲更長更囉嗦，也更無必要。

新修版之所以要增加篇幅，最主要的原因，是要交代袁承志出走之前的應盡的義務：他要對自己的「金蛇營」負責，所以必須去處理一些必要的後事；進而，他作爲袁崇煥的兒子，不能不「承志」，不能不爲抗擊滿清作出一份貢獻。與此同時，還有一些小原因，例如他必須禮貌周全，要跟自己的師父打招呼；進而還要花費篇幅，在阿九和夏青青之間作出最後的選擇。

作者如此設想，當然不是完全沒有道理，但作者忽略了一個關鍵，那就是李岩之死，對袁承志是一個致命的打擊，看到李岩這樣的長城般幹才再一次被自己的領導人李自成摧毀，任何理想的說辭都會變得蒼白。流行版讓袁承志馬上遠赴海外的理由，正是袁承志的心灰意冷，對這一片土地失去了拯救的希望和熱情。此時不走，此後就沒有了出走的心理動機和合適時機。

他沒有必要，也不可能參與大規模的抗清鬥爭，若是那樣，他就不可能會出走，也不應該在抗清失敗之後再走：他難道不為那些死難戰友和同胞報仇？若是按照袁承志「應該怎樣怎樣」的思維邏輯，則是另一個完全不相干的故事。袁承志出走海外又怎樣？他只是一個江湖人，不是一個政治家或軍事家，看不到政治拯救的希望，也沒有政治或軍事拯救的可能性，無可非議。他不能「承志」，這也是命運的安排：誰讓他從小失去父母，不得不在江湖武林中生活？

由此看來，新修版的修訂，讓袁承志在李岩死後耽擱太長的時間，拖拖遝遝，了無意趣，不如不加。其中袁承志對阿九和青青的三心二意，何鐵手對袁承志的絮絮叨叨，如前所述，大多是些無聊的文字。而關於李自成最後的失敗走向，也根本就沒有必要一再重複。若讓袁承志禮貌周全，最多是讓他分別寫信給自己的師父、掌門師兄黃真和馬谷山孫仲壽等人就可以了。

十、簡短的結語

以上對《碧血劍》的新修版進行了掃描，只是對新修版的最後部分沒有做詳細的分析，因爲那樣會增加太多不必要的篇幅。新修版最後的十幾頁，無論是情節上還是在文字上，都有較多的瑕疵。因爲整體上不必要，所以本文也就不再花費太多的精力，對這些情節和文字進行仔細的分析和評價。

在前文的分析中，我們看到作者刪除了爲傳奇而傳奇的部分，增加了與歷史和人性有關的內容，明顯是想要減少小說敘事的漏洞和遺憾，並進一步提升小說的精神品質。在這一方面，新修版也取得了一定的成就。最突出的例子，是新修版對宛兒及其與袁承志之間的情感思緒的描寫。此外，還有李自成進京後的一些歷史鏡頭，讓我們看到了更多的真實歷史細節。

但我們也看到，作者不必要地與某些低層次讀者和批評家較勁，一定要在小說敘事中討論一些非藝術甚至也非學術的話題，並且爲此增加篇幅，不惜傷害小說的原有肌理和節奏。這一意念的固執，使得新修版受到了嚴重的損失。新增加的內容，有許多都沒有必要，至少是得不償失。

新修版中最大的改動，是有關袁承志的情感心理的重新設計，阿九直接進入了袁承志的情感意識，從而影響到小說情感線索的全局，即不僅影響到袁承志的心理和形象，影響到青青的形象和心理，影響到阿九的性格和命運，同時也影響到袁承志周圍的如何鐵手等許多人。這些改動，雖不能說全無道理，但由於作者對袁承志和青青、阿九等人物的心理和情感肌理的研究不夠深入，甚至不能領會自己當年的天才創作，只想隨心所欲地增加袁承志的愛情線索，結果使得袁承志的愛情生活和個性形象成了一團亂麻，根本無法理清。主角的情感形象成爲一團亂麻，當然不可能成全小說整體的藝術成就。

總體而言，這次修訂的成就有限。新修版《碧血劍》的藝術成就和精神境界並不比流行版更好。相反，有太多的地方實際上是更糟了。

《天龍八部》新修版閱讀札記

《天龍八部》是金庸最傑出的小說之一，是一部天才橫溢的偉大小說。在我看來，足以列入中國文學史經典作品殿堂。當然，這也是我最喜歡的小說之一。

這部小說作品牽涉到大理、宋、遼、西夏四國，同時涉及歷史、政治、宗教、人生等多個方面，且融會了寫實、傳奇、象徵、寓言等多種方法形式，其敘事結構龐大而又複雜。因而，在這部書中存在一些敘事邏輯問題或某些細節漏洞，也並不奇怪。也正因如此，這部小說的修訂，也必然是一個浩大艱巨複雜的工程，新修版前後共歷三年，改動了六次，＊也就並不奇怪。

＊見新修版《天龍八部》的《後記》，臺灣遠流出版公司二〇〇五年九月四版一刷，第五冊。

如同新修版其他作品一樣，《天龍八部》的新修版也取得了明顯的成績，訂正了許多情節錯誤漏洞的地方，使得情節前後一致，線索清晰，且合乎人情物理。也訂正了一些語言文字、包括標點符號的明顯錯漏問題。此外，作者還新增了不少的情節內容，其中一部分對人物性格和人性有新的發現或發掘，且在一定的程度上，豐富了小說的藝術情趣和思想主題。

當然，由於工程浩大，新修版也還存在明顯的問題，諸如有些改動並不恰當，而有些應該改動的地方則沒有改動。還有一些地方，新修版的改寫好壞參半、優劣並存，對此，本文將列出專題，對一些重要的改動進行具體的研究分析。

本文共分十二小節，所採用的版本，流行版是北京三聯書店一九九四年五月版，新修版採用臺灣遠流出版公司二〇〇五年九月版。

因爲這部書長達五卷，所以在下面的改得好的例子、改得不恰當的例子、該改而未改的例子三部分的舉證分析中，都分回進行。以下開始掃描分析。

一、改得好的例子

《釋名》

流行版中說「這部小說以《天龍八部》爲名，寫的是北宋時雲南大理國的故事」，讓許多讀者無法索解，這部小說中明明寫到了許多個國家的故事，爲何偏偏只說是寫雲南大理國的故事呢？或許，作者創作之初的設想是只寫雲南大理國故事，但隨後卻發展成了事關宋、遼、大理、西夏、吐蕃等國故事，爲何在第一次修訂時不加以修訂說明呢？果然，在新修版的《釋名》中，我們看到作者修訂了，說「……寫的是北宋時宋、遼、大理等國的故事。」雖然沒有提及西夏和吐蕃，但其中既有「等國」二字，也就差強人意了。

進而，新修版中還增加了三個自然段，即「佛教認爲，世間一切無常，眾生（包括天、人、阿修羅、畜牲、餓鬼、地獄）除非修成『阿羅漢』，否則心中都有貪、嗔、癡三毒，難免無常之苦……」以及「《天龍八部》本來就是神化性的，佛陀說法也多半以神化性的人物作譬喻……」以及「本書內容常涉及佛教，但不是宗教性小說，主旨也不在宣揚宗教……現代人或覺其若干部分為迷信而不可信，但古老信仰常為象徵，往往含有更廣泛的真義。」等。這是《釋名》的進一步補充，解釋小說的主旨，對讀者瞭解文化背景並理解小說主題有一定的幫助作用。所以，增加這幾段話，也就很有必要。

第一回

首先，書中介紹了無量劍派東、西宗掌門之後，新修版增加了一句話，說「其地是大理國無量山中，其時是大宋元佑年間。」介紹故事發生的地點和時間，這當然也很有必要，可讓初讀這部小說的讀者一目瞭然。

又，無量劍東宗掌門左子穆問及段譽師承，新修版增加了一句話，「他見那青年眉清目秀，似是個書生，不像身有高明武功。」這一修訂，介紹了段譽的身分形象，也將左子穆的眼光寫了出來，符合此人的身分見識。

又，鍾靈的閃電貂所咬的第一個人是左子穆，而新修版則改為咬了左子穆的弟子。原先的設計，是要讓左子穆被咬，從而無人阻擋鍾靈和段譽的離去。但卻忽視了，左子穆若是毒發無救，後面的戲就無法上演；若左子穆沒有問題，則鍾靈閃電貂毒發七日必死之說就要遭到質疑。新修版的這一改動，左子穆既沒有被咬，後面當然沒有問題，當時的情況，新修版解釋爲：「左子穆見到那弟子的狼狽模樣，心知憑自己功夫，也決避不開那小貂迅如電閃的撲咬，一時彷徨無策，只好眼睜睜的瞧著他二人走出練武廳。」則圓滿解決了問題。

又，流行版中鍾靈議論段譽父親的武功，說「原來你爹爹會點穴，而且是天下一等一的點穴功夫……」，問題是，鍾靈並不瞭解這一點穴法，如何能證明這就是「天下一等一的點穴功夫」？新修版改成：「原來你爹爹會點穴，點了之後人會痲癢，那是天下一等一的功夫……」其敘事邏輯就嚴謹了。

第二回

首先，新修版在段譽跌下懸崖上的古松，增加了一句：「只覺屁股撞上古松處一陣劇烈疼痛。」這是從高處跌落後應有的現象，屬生活常識，流行版中沒有這一句，實際上是一個小小的漏洞。

又，段譽想到自己要死在谷中，會累得鍾靈送命，又想到父母必會天天憂愁記掛，新修版加上了一句：「我段譽當真不孝之極了。」這是對段譽心理的一種真實把握，也是對段譽形象的定位和鋪墊。

又，新修版將流行版中「逍遙子爲秋水妹書」改成了「無崖子爲秋水妹書」，統一了這一人物的名稱——流行版中前面稱爲逍遙子，後面稱爲無崖子，前後不統一，現在終於統一了稱呼，彌補了漏洞。雖然，稱之爲逍遙子，可能更有象徵性，逍遙派的逍遙子，看似又衝突，其實不然。

又，結尾部分，鍾夫人對段譽說：「我去借匹好馬給你，請你在此稍候。別忘了跟你爹爹說：『請他出手救我們的女兒』這十個字。」看起來似乎沒啥問題。新修版改爲：「『……請你在此稍候』。**湊近臉去，壓低聲音說道**：『別忘了跟你爹爹說，**鍾夫人說***：「請他出手救我們的女兒」這十個字。』」多出一個動作，就將鍾夫人的心態和神情活化出來，前面的話雖也低聲，但總要有些話讓丈夫鍾萬仇聽到，如此他才不會疑心吃醋；所以關鍵的話就必須湊近臉去壓低聲音說。若不加上「鍾夫人說」這四個字，「救我們的女兒」就顯不出特殊含義了。

*黑體字是新修版增加的部分。

第四回

首先，新修版刪除了流行版中木婉清要去割人肉給段譽吃的三個自然段。刪除這幾個自然段，對這部小說來說肯定是一件好事。首先，說木婉清不懂得人肉不能吃，看起來固然是傳奇妙筆，但卻讓木婉清這一形象受到嚴重損害，無論木婉清怎樣無知，何至於連人肉不能吃的道理也不懂？想到木婉清曾想到要讓段譽吃人肉，恐會將木婉清定格在一個野人的層次上，對這一人物的形象當然沒有好處。

其次，這幾個自然段中，將木婉清的無知誇張到如此程度，與此前此後情節中的木婉清形象產生矛盾。因爲書中寫到木婉清對南海鱷神「捧中有套」的話語，寫木婉清挑撥南海鱷神與雲中鶴衝突等等，那種心機和智慧，絕對不是一個連人肉能不能吃都不知道的無知小姑娘能夠想得到、說得出。刪除這幾段，木婉清仍然可以一派天真，但卻不再無知無識。使得這一人物變得前後統一，她的言行表現也更加合情合理。

又，流行版中，四大惡人中的「無惡不作」葉二娘，本來是每天要弄死一個小孩子，新修版則改爲每天要去偷盜或搶劫一個孩子來，玩弄一天之後再送給別人，讓孩子的父母們一一飽嘗傷痛。*這一改動十分必要。第一，葉二娘若是每天殺死一個孩子，那就當真是喪心病狂，毫無人性，成了一個道道地地的魔鬼。無論有怎樣的傷痛或懺悔，都無法被人們所諒解。將別的孩子搶來玩弄而後送給別人，雖然也是慘無人道，但好歹沒有到無法容忍的地步。第二，葉二娘如此瘋狂的行爲，與她自己的兒子被人搶走密切相關，從而在小說的最後段落中，不但能夠找到葉二娘的病因，而且能夠找到被理解和諒解的理由。葉二娘依然是惡魔形象，但經過這一改動，她的人性底線則較爲清晰可靠。

由於將葉二娘殺孩子改爲送孩子，所以，新修版自然也就要刪除流行版第五回開頭有關木婉清發現六個被害孩子遺體的一個長自然段。新修版改成了木婉清聽到葉二娘與雲中鶴的對話：

「正想到淒苦處，忽聽得雲中鶴尖嘎的嗓音隔著山岩傳來：『二姊，妳要去那裏？』葉二娘遠遠的道：『我這孩兒玩得厭了，要去送給人家，另外換一個來玩。』……」

*有關改動，見於南海鱷神的話語。

第六回

新修版刪除了流行版中介紹大理皇室歷史時加插介紹北宋王朝的一段：「是時北宋汴梁哲宗天子在位，年歲尚幼，太皇太后高氏垂簾聽政。這位太皇太后任用名臣，廢除苛政，百姓康樂，華夏綏安，實是中國歷代第一位英明仁厚的女主，史稱『女中堯舜』。」這一段與上下文沒有必然關聯，讓人感到突兀，刪除之後，文氣更加通暢。

第七回

高升泰、褚萬里等人明明在前面已經告別離開了段正淳的鎮南王府，但後來卻又莫名其妙地再度出現在王府中，形成了流行版中的一個情節漏洞。所以，新修版在他們出現之後增加了一句話：「原來高升泰、褚萬里等辭別後，回歸途中發覺敵蹤，似是來偷襲鎮南王府，於是重行折回，暗中守禦。」如此解釋，合情合理地填補了原先的漏洞。

第九回

首先，鍾萬仇發現段譽抱著的不是木婉清，而是自己的女兒鍾靈，流行版的寫法是：「靈兒，是妳麼？」此時此刻，用這樣的疑問句式，讓人莫名其妙，新修版改爲震驚加疑惑的口吻：「靈兒，怎麼是妳？」則要準確得多。

又，段譽想去母親房中陪她說話，流行版中寫的是：「服侍王妃的婢女笑嘻嘻的道：『王妃睡了，公子明天來罷。』段譽心道：『啊，是了，爹爹在房裏。』」實際上，段正淳根本不在房裏，而是被刀白鳳拒之門外，得空去萬劫谷探訪甘寶寶去了。這裏，寫婢女「笑嘻嘻的」使得段譽誤會父母和好，可以說是一個小小的漏洞。所以，新修版刪除了「笑嘻嘻的」幾個字。這才合理。

第十回

枯榮大師燒掉了「六脈神劍」的圖譜，新修版刪除了流行版中的一句話：「這麼一來，天龍寺和大輪明王已結下了深仇，再也不易善罷。」這句話沒有多大意思，刪除後，小說情節敘事變得更加流暢。

第十一回

首先，鳩摩智、段譽、崔百泉等人巧遇阿碧，阿碧似乎專門前來接人，未免不夠嚴謹。所以，新修版增加了一句：「阿碧道：『我是到城裏來買玫瑰粽子糖的，這粽子糖嘛，下趟再買也勿要緊……』」如此，阿碧在此地出現，並且接待這些客人，就完全沒有問題了。

緊接著，流行版中寫道：「這邊水面上全是菱葉和紅菱，清波之中，紅綾綠葉，鮮豔非凡。阿碧順手採摘紅菱，分給眾人……」段譽不會剝菱角，阿碧還教他剝菱，這一段情節本來很好，只不過季節不對。因爲前面曾寫明段譽來到江南之際正值陽春三月，此時並非紅菱生長的季節。所以，新修版改爲「阿碧從船艙旁拿了幾塊糖藕，分給眾人。」雖然沒有隨手採摘紅菱那樣美妙自然，但卻也沒有了季節的問題，這樣的糖藕任何時候都可以拿出來與大家分享，從而照樣能夠得到段譽的由衷稱讚。

又，鳩摩智說他與慕容博的相識之地，流行版中說是在「川邊」，新修版中說是在「中州」。本來也都無所謂，但新修版在後面對中州相識進行了閃回，如此，這一改動當然就大有必要了。

又，段譽見阿朱當著和尙罵賊禿，竟然面不改色，流行版中寫段譽的心理：「……這賊禿真是非同小可之輩。」新修版改爲：「……這賊禿真是非同小可的賊禿。」這一改，更加生動有趣，有創造性。

又，鳩摩智說他因爲修煉「火焰刀」的功夫，才沒有早來蘇州見慕容博老友，新修版中刪除了流行版中的一句話：「……九年來足不出戶……」改爲「但因小僧閉關修煉火焰刀功夫」，這一來，鳩摩智修煉火焰刀的武功就不知道花了多少時間，從而也就避免了小說敘事的一個可能的漏洞：慕容博不見得是在最近九年之中死去的。

第十二回

首先，王夫人聽了段譽介紹茶花知識，感慨萬端，輕輕自言自語：「怎麼他從來不跟我說？」新修版增加了一句：「唉，他每次見了茶花，便唉聲歎氣，定是想家想老婆。」這一聯想，好處是十分自然，豐富了心理活動。另外還爲王夫人和那個「他」之間的關係進行了提前鋪墊。

又，婢女交代段譽，流行版中說：「除了種花澆花，莊子中不許亂闖亂走，你若闖進了禁地，那可是自己該死，誰也沒法救你。」其中「禁地」之說，含糊其辭，按照段譽的性格，肯定要問清楚「禁地」何在，段譽沒問，就是一個小小的漏洞。新修版改為：「……藏書的所在更加一步不可踏進，否則那就是自己尋死，誰也沒法救你。」

又，段譽與王語嫣見面說話，大發癡情，流行版中，寫段譽聽王語嫣說話的情形：「……她說得對也好，錯也好，全然不在意下。」已經很不多了，新修版改為：「……只覺得她話聲好聽得不得了，說話神態美得不得了，至於話語的內容，一個字也沒入腦。」這一改動，更加生動，也更加準確。段譽的癡態，躍然紙上。

第十三回

首先，包不同對司馬林和姚伯當的態度，有了重大的改變。在流行版中，包不同只是打跑了這兩批人，並且將他們大大羞辱一番，讓讀者看得非常解氣。而在新修版中，這些事情包不同仍然照做，但說話中卻多了一些訊息，例如說到司馬林的父親司馬衛之死，流行版中只是說「司馬衛生前沒什麼好名聲，死後名聲更糟，這種人早就該殺了，殺得好，殺得好！」而新修版中則增加了訊息：「司馬衛生前不肯奉我慕容家的號令，早就該殺了，殺得好，殺得好！」這就比以前要合理得多了，一個人沒有好名聲，並不等於該殺；而在包不同看來，一個人若不肯服從慕容家的號令，那就有該殺的可能。

更重要的，在這一段話之後，新修版中增加了情節，讓阿朱協助包不同收服了司馬林和姚伯當這兩派人，使他們成爲慕容勢力集團中的一個組成部分。＊這對於小說全書來說，是一個重要的改變，塡補了小說情節的一個大漏洞：既然慕容家族志在恢復大燕王朝，自然就要收服人心，招募力量，積蓄金錢，這都需要在江湖上精心策劃和安排。但在流行版中，我們非但沒有看到慕容家的主臣有這方面的行爲跡象，反而經常看到慕容老少君臣全都毫無意義地招惹江湖人士，以至於「姑蘇慕容」成了武林中人人討厭的對象，這與他們的政治圖謀顯然南轅北轍，因而不合道理。相比之下，新修版有了修訂的自覺。雖然，包不同收服司馬林等人的過程沒有達到天衣無縫的完

＊增加的這段情節篇幅較長，不便一一引述，詳見遠流新修版第二冊第十三回。

美敘事境界，但卻解決了問題，改變了慕容家風，調整了情節設計，使得小說的情節敘事更加合情合理。

又，包不同輕侮段譽的時候，新修版增加了一小段：「段譽……他一向不喜炫耀自己身分，若吐露自己是大理國鎮南王世子，包不同縱不重視他是王子的貴胄，然大理段氏是當世赫赫有名的武林世家，段氏子弟自非平常之輩。可是他卻不欲憑『大理段氏』之名而受人尊重。」這一段準確地刻畫了段譽的性格，對小說的敘事也有推動力，使得讀者對段譽的瞭解更進一步。

又，流行版中，阿朱從一開始就稱呼包不同爲「三哥」，新修版改爲「三爺」，當然更合道理。慕容世家是一個大家族，勢必尊卑有序，包不同的地位肯定要比阿朱、阿碧高一層次，所以理當稱呼「三爺」。正如慕容復稱呼包不同爲「三哥」，但包不同卻不敢稱呼對方爲「老弟」，而是規規矩矩地稱呼對方爲「少爺」、「公子」或「主上」。王語嫣開始還稱呼包不同爲「三爺」，是包不同說公子稱呼「三哥」，王語嫣因爲要與表哥的稱呼一致，才不得不改口。再說，王語嫣的身分與阿朱、阿碧的身分也還有很大的不同。

第十四回

首先，新修版在段譽跟著喬峰進入杏子林時，加上了一段風景描寫：「行得數里，繞過一片杏子林，段譽一眼望去，但見杏花開得燦爛，雲蒸霞蔚，半天一團紅花，心想：人道『杏花春雨江南』，果真不虛。宋祁詞『紅杏枝頭春意鬧』，這個『鬧』字，果然用得好。」這一段不僅交代了環境，也符合段譽的身分性格，同時還爲後面的衝突和悲劇進行了無形的鋪墊。

又，流行版中說白世鏡是「一個面色蠟黃的老丐」，新修版改爲「一個臉容瘦削的中年乞丐」，這一改動，使得白世鏡與馬大元夫人康敏之間的關係更加讓人信服。若是一個沒有了情欲的蠟黃老丐，就不會有後面的那一段故事了，臉容瘦削的中年白世鏡與康敏之間產生欲望關係可能性當然更大。

第十五回

首先，在流行版中第十五回書中，傳功長老呂章在杏子林中幾乎沒有說話，也沒有任何表現，只有執法長老白世鏡一個人表演。作者的原初設計，是要強調這個傳功長老呂章平時不喜歡說話，是一個沉默寡言的人。但，作為一個傳功長老，即丐幫的第一長老，不可能任何事都不會說話，此刻丐幫面臨如此大難，正是該他說話表現的時候。所以，呂章在這裏沒有任何表現，實際上成了這段情節的一個漏洞，此人在小說中沒有給人留下任何印象，那就是小說的敘事不夠成功。新修版對此進行了專門的設計和修訂，將許多白世鏡的行為言語歸還給了呂章，例如他讓人點火、他帶頭為喬峰辯護、他厲聲責備全冠清，此人在後面還有更多的表演機會，從而給人留下了較深的印象。

又，流行版中有一處明顯的破綻，前面明明寫的是「吳長風大踏步上前，對喬峰躬身說道……」，但後面喬峰為他說情，卻又變成了「……宋長老得知訊息，三日不食，四晚不睡……」新修版將這一段改為奚長老的表演，不僅使得情節敘事對象能夠前後統一，且完全按照丐幫四大長老的順序，即奚宋陳吳的先後敘事，更加縝密嚴謹。

又，當喬峰赦免宋長老、陳長老等人的背叛幫主大罪時，新修版分別讓宋長老、陳長老多說了一句話，宋說：「幫主，是你從祁連山黑風洞中救我回來的，你怎不說？我萬萬不該背叛你！」陳說：「幫主，這件大功，我是奉你之命而爲。」感動之際，當然有這些話，妙在這兩個人的話不僅有不同的口氣，而且有不同的重點，後面的情節發展中，我們能夠更好地把握二人的心態。

又，流行版說全冠清在被革除出幫之際，「……緩緩將背上布袋一隻隻的解了下來，恭恭敬敬的放在地下。」新修版改爲「……緩緩將背上八隻布袋一隻隻的解了下來，放在地下。他解置布袋，行動極慢，顯得頗不願意。」後者顯然比前者更加準確，全冠清並不願意解下布袋，更接近他的心態。

第十六回

首先，丐幫分成了擁護喬峰和反對喬峰兩派，流行版中對丐幫第一長老呂章的態度只是一筆帶過，說他原地不動，即站在反對派一邊。新修版專門寫道：「傳功長老呂章行事向來穩重，這時更加爲難，遲疑不決。」這不但突出了傳功長老的地位，也突出了他的性格。

又，南海鱷神見到段譽，聽到段譽的介紹，新修版增加了一句：「王八蛋，狗雜種！哪裡鑽出來這許多師伯師叔？我萬萬不幹！」這一句完全符合岳老三的性格，使得當時情景更加生動好玩。

第十七回

段譽說那個西夏武士沒有殺他們，是因爲見到王語嫣是天仙一般人物，流行版王語嫣的反應是：「心想：『你這書呆子當我是天仙，這種心狠手辣的西夏武人，卻哪會將我放在心上？』只是這句話不便出口。」新修版改爲：「『……這等心狠手辣的西夏武人，怎懂得什麼花容月貌，惜玉憐香？』想到竟在暗中自稱自讚，不禁害羞。」前者已經很好，後者更好，一是能夠連接上下文，二是王語嫣懂得這些文雅說法，三是王語嫣的心理顯得更加豐富生動。

第十八回

首先，阿朱提議扮喬峰去救人，新修版增加了一句話：「阿朱心感喬峰相救之德……」不僅使阿朱的行爲邏輯更加嚴謹，還爲阿朱和喬峰的情感關係進行了必要的鋪墊。

進而寫到段譽奉命扮成慕容復時的心理，書中寫到段譽「突然想到：『我扮作了她的表哥，說不定她會對我的神態便不同些，便享得片刻溫柔，也是好的。』」流行版中接著的是「想到此處，不由得精神大振」；而新修版則改爲：「隨即又想：『段譽啊段譽，你這無恥小人，想借旁人的身分，賺些溫柔豔福，豈不卑鄙？但王姑娘心中，確是盼我爲他表哥效力，佳人有命，豈可不從？』」後者比前者當更符合段譽的性格和心態，敘事也就更加深入人心。段譽的興奮和悲苦的情緒也因此表現得更加複雜。

又，喬峰趕到天寧寺，看到丐幫眾人都被救了，新修版增加了一句：「此外智光大師、趙錢孫、譚氏夫婦、單正父子等本來一起中毒受害，也均給救出，他們見到喬峰，或羞容滿面，或喜形於色。」這一增補，塡補了流行版的一個漏洞，在流行版中，這些人始終沒被提及，未免不合情理。他們必然一起中毒，而又不是丐幫幫眾，不能不單獨提及。

又，流行版中，玄慈見到喬峰，先是問「施主何人」，然後又「打量喬峰，問道：『施主是誰？適才呼叫的便是施主嗎？』」很明顯地表現出玄慈不認識喬峰，但玄慈卻應該認識蕭遠山，根據玄苦和小沙彌的證詞，喬峰和蕭遠山的長相幾乎完全一樣，那麼玄慈對喬峰完全沒有印象，就說不過去了。新修版改寫了這些細節，首先是「玄慈關心玄苦安危，不及向那漢子細看，便搶步進屋」，然後是「玄慈……轉眼見到喬峰的容貌，吃了一驚，問道……」這樣一來，就將玄慈不認識喬峰的漏洞塡補上了。

又，新修版將流行版中阿朱扮演的小和尙的名稱改變了，流行版中是「止清」，新修版中變成了「虛清」，他的師兄弟當然也就全都變「止」爲「虛」了。改動的理由是與少林寺輩分排行一致，按照玄、慧、虛的輩分取名。虛淸與虛竹是同輩。

第十九回

聚賢莊上喬峰托孤，流行版中白世鏡說：「『喬兄放心，白世鏡定當求懇薛神醫賜予醫治。這位阮姑娘若有三長兩短，白世鏡自刎以謝喬兄便了。』這幾句話說得很是明白，薛神醫是否肯醫，他自然沒有把握，但他必定全力以赴。」新修版將其中「三長兩短」句改爲：「『……白世鏡決不敢忘了喬兄多年眷顧之情。』」改動的說法雖然沒有前面那樣震撼，但卻更加貼切，因爲不敢忘情之說，其中同樣包含了「薛神醫是否肯醫，他自然並無把握，但他必定全力以赴」的意思。而且，還避免了誇大其詞的情況：阮姑娘傷勢嚴重，很可能薛神醫也救不了，如此三長兩短，白世鏡是否也要自刎？

緊接著，喬峰與大宋英雄喝酒絕交，流行版中，所有老友都喝了絕交酒，新修版中增加了一段：「吳長老大聲道：『喬幫主，待會你殺我好了，我到死不跟你絕交，便做了鬼也當你是好朋友！』竟不喝酒。宋長老也道：『喬幫主，不論是死是活，你是我的朋友！』喬峰虎目含淚……」這是一個感人的場景，它表明，在丐幫之中，至少還有這兩個長老敬重喬峰，不相信喬峰是大惡人，從而勇敢宣稱自己永遠是喬峰的朋友。這符合吳、宋長老的一貫立場，讓讀者熱淚盈眶。若說有點遺憾，那就是在後文中沒有顧及這兩個長老表態之後、大戰之中的遭遇。

第二十回

介紹大宋歷史地理和行政區劃，流行版中說「是時大宋撫有中土，分天下為一十五路。」新修版改為：「是時大宋撫有中土，於元豐年間之後，分天下為二十三路。」修訂後顯然更加準確。

第二十一回

首先，易容後的喬峰在天臺縣城的客棧裏仍被朴者和尚找到，店主人認爲智光大師有掐算前知之能，新修版增加了一小段：「朴者和尚卻道：『倒不是我師父前知。我師父得到訊息，知道兩位要光降敝寺，命小僧前來迎接，已來過好幾次，曾去過幾家客店查詢。』」這一改動，就完全否定了智光大師能夠測算未來或未卜先知的可能性，金庸小說雖然傳奇述異，但卻不傳播巫術迷信。這可以算是一個典型的例證。

又，喬峰——應該是蕭峰了——去見智光大師，新修版增加的內容中，問題不少，但也有新鮮有益的細節，那就是詳細介紹了蕭峰之父蕭遠山的身分、師承淵源、價值觀念和對遼宋和平的影響。這一介紹大有必要，因爲蕭遠山若是一個無足輕重的武林人物，慕容博當年就沒有必要以自己的聲名影響爲賭注，挑起少林寺及整個大宋武林去消滅他；但若蕭遠山是一個朝廷重臣，在被宋朝武人殺害之後，遼國肯定不敢甘休，肯定會兵連禍結。小說中設計蕭遠山爲皇后屬珊大帳的親軍總教頭，位置恰到好處，既能夠影響皇后，從而影響遼國對宋國的軍事和外交政策，這當然也正是慕容博當年要選擇他爲攻擊目標的根本原因，但又不至於因他死亡或失蹤而引起太大的震動和戰亂。

又，智光大師臨終留下遺言偈語，流行版中是：「萬物一般，眾生平等。聖賢畜牲，一視同仁。漢人契丹，亦幻亦真。恩怨榮辱，俱在灰塵。」而新修版改爲：「萬物一般，眾生平等。漢人契丹，一視同仁。恩怨榮辱，玄妙難明。當懷慈心，常念蒼生。」修訂版比流行版更好，要點有二，一是突出了「漢人契丹，一視同仁」；二是加強了勸導，即「當懷慈心，常念蒼生」。

又，介紹馬大元家地址，新修版增加了一句：「……丐幫總舵在河南洛陽，信陽與衛輝離總舵均不甚遠，都是在京西南北兩路之內。」讓讀者對丐幫的情況更加瞭解，也增加了一些歷史地理知識。

又，阿朱不願扮全冠清，流行版的說法是「全冠清身材太高……」新修版則改成「全冠清口音古怪……」前者說不太通，因爲阿朱曾扮演過身材高大的喬峰，何以不能扮全冠清？若全冠清口音古怪，那就是另一回事了，這次的主要任務，是要透過對話瞭解訊息，若口音不像，便行不通。

第二十二回

首先，作者介紹，因段譽從不提自己是大理國王子，蕭峰和阿朱決計想不到他是帝王之裔，新修版增加了一句「是段正淳之子。」這一增加非常必要。接下來，新修版還增加了阿朱提及段譽得六脈神劍，以及蕭峰說：「我適才發愁，正是為了這六脈神劍……」一段，這些都合情合理。

又，新修版增加了一段情節，那就是阿朱和蕭峰遇到包不同，然後隨包不同到桐柏縣城，幫助他們打敗了星宿派弟子，然後再遇到了大理段氏的幾位高手，進而見到了段正淳。總體上說，這一段情節的增加，使得小說的敘事更加嚴謹合理。流行版中，蕭峰與阿朱從馬大元夫人家出來不久就遇到了古篤誠，一來過於巧合，二來地理距離也不對頭。現在由包不同將蕭峰引到桐柏縣境，那就沒有問題了。星宿派弟子在此提前出現，也沒有問題，阿紫逃跑，丁春秋派遣弟子追趕，在這裏出現，並非沒有可能。

當然，這一新增加情節，並非完美，首先是篇幅過長，居然有七頁之多。其次是包不同對阿朱男友的認可顯得過於簡單化，此次蕭峰與包不同見面，是化了裝，包不同根本就不知道蕭峰的真面目，只憑阿朱的一句話，說自己一生要跟隨此人，包不同就毫不懷疑地將慕容家的大秘密傾囊吐出，這不符合包不同的性格，實際上，也不符合通常的情理。當日阿碧也曾擔保段譽的人品，包不同卻仍然毫不講理地將段譽驅逐出去，以至於段譽受到了平生最大的委屈和打擊；而在講述這段故事之前，包不同還故意將傳達消息的姚寨主等人支開，可見包不同在處理這些事時非常謹慎。就算包不同信得過阿朱，但面對一個喬裝打扮的人，要說出重要的機密，總不是一件容易的事情。按照包不同的性格，他至少是要對阿朱的這個男朋友作出自己的考察和評估，然後才會與他說話，是否說出機密，卻還是一個問題。

再次，其實包不同根本就沒有必要在這裏對丁春秋與慕容家的關係進行詳細介紹。又次，包不同知道了蕭峰的真實身分，卻沒有半點猶豫，這也不對。最後，包不同問阿朱今後是否能做到不想念慕容公子、不想念包不同等人，阿朱居然斬釘截鐵地說「不想」，而包不同又居然說「好極！」這也不合常理和常情：就算阿朱對蕭峰一往情深，何以不能思念和關心慕容公子和包不同這些對她有恩有情之人呢？

又，阮星竹從水裏救出阿紫，流行版中是將她帶入自家內室之中，新修版則改爲：「那少女躺在竹屋前面的平地上……」這就更加合情合理。流行版中的細節問題，是後來阿朱和蕭峰都要走進別人家的內堂，這在古今中外都是一個不禮貌的事情。阿朱跟進也還罷了，蕭峰則不會不懂，既然懂，就不會這樣做。實際上，阮星竹要救人，應該就地施救，沒必要跑回家去，那樣會耽誤更多的時間。段正淳、阮星竹應該懂得這樣簡單的道理。如果懂得，那就應該在當地找一塊地方放下阿紫，立即施救。新修版這樣改動，蕭峰就不必犯忌走入別人家的內堂，也能看到阿紫假裝昏迷的秘密，從而揭開這一秘密了。

又，作者在介紹段正淳在此地出現的緣由時，新修版有了重大改動：說「段正淳……不久即得悉愛子爲番僧鳩摩智擒去，不知下落，心中甚是焦急，派人稟明皇兄……來到中原……來到蘇州時，逗留甚久，其後的大理傳訊，知段譽已回大理，這才放心……」＊這一改動，填補了小說流行版中的兩大漏洞：

＊引文中有省略。

第一，是流行版中段譽王子被擒失蹤，大理王室始終沒有追查行動，似乎大理王室對段譽的失蹤無所謂，這當然是作者的敘述失誤和情節漏洞。

第二，流行版中，段譽自從被俘來到中原，居然在獲得自由之後也沒想到要回歸大理，在中原流浪漫遊了一年半以上的時間（即蕭峰帶著阿紫去長白山療傷直至當上了遼國的南院大王），這顯然不合情理，是一個大大的漏洞。新修版如此改動，一舉將這兩個漏洞填上，使得段正淳、段譽的行爲更合人性人情。

第二十三回

蕭峰打死阿朱之後，新修版在蕭峰的心理活動中增加了幾句話：「這時卻知，冤仇再深再大，也必一筆勾銷。世上最要緊的，莫過於至愛的性命，連自己的命也及不上。」這句話，不僅煽情，更重要的是對蕭峰悲痛的深度描述。

第二十五回

本回開頭，新修版增加了一段：「蕭峰心中空蕩蕩地，只覺什麼『武林正義』、

『天理公道』，全是一片虛妄，死著活著，也沒多大分別……一個人百事無望之際，便會深信鬼神之說，料想阿朱死後，魂魄飛去雁門關外，只要自己也去，能給阿朱的鬼魂見上一見，也好讓她知道，自己對她思念之深，她在陰間也會多一分喜樂。」這完全符合蕭峰的心境，讀這段文字，讓人感慨萬千。

回中寫到蕭峰奔馳七十里，流行版說他當晚住在「周王店」，新修版改為「在鄚城以南的馳口鎮歇宿」，前者並無不妥，後者則多了一份歷史地理知識。

又，新修版修正了阿紫對摘星子的說法，從流行版的「大師哥，你的法術怎麼忽然不靈了」到新修版的「大師哥，你的功力那裏去了？」法術之說，聽上去譏諷意味更濃，但卻比較膚淺，而功力之說，則是更深更刺骨的諷刺和打擊。

又，在阿紫得意告別星宿派師兄弟時，新修版增加了一段：「蕭峰放眼前望，大地山河，一片白茫茫地，遠處山峰未為白雪所遮，只覺莽莽蒼蒼，心道：『這些地方，我離去之後，再也不回來了。』跨開大步，嚓嚓聲響，在雪地裏走得迅速之極。他見阿紫……」此處寫到蕭峰心境，寫到大地風景，不僅使小說敘事抑揚頓挫，更關照了蕭峰所見所感，讓觀眾產生強烈共鳴。

又，新修版中阿紫對喬峰說話中增加了一句：「姊夫，**剛才真多謝你啦**！你歎什麼氣……」＊表現了阿紫的感恩之語，這是人之常情，阿紫自然也有，這爲阿紫的性格挖掘進行了鋪墊。

第二十六回

蕭峰嚇唬耶律洪基，流行版中是「從腰間拔出佩刀，右掌擊向刀背，啪的一聲，一柄刀登時彎了下來……」新修版改爲：「從腰間拔出半截斷矛，右掌擊向矛身，啪的一聲，半截斷矛登時彎了下來……」相比之下，後者的可能性更大，力彎斷矛總比力彎佩刀要容易。當然，斷矛若是生鐵鑄的，那就比較麻煩，只會斷而不會彎。

又，耶律洪基的年齡，在流行版中說是比蕭峰大十三歲，在新修版改爲大八歲，後者肯定更接近歷史真實。

又，阿紫恢復過程之中，新修版中增加了一句：「她神志一清，便學說女真話和契丹話，她學話遠比蕭峰聰明，不多久便勝過了蕭峰。」這一增補，使得小說敘事更加嚴謹，生活在異族環境之中，學習語言是必備功課，阿紫年輕機靈，若是用心學

＊黑體字是新增加的。

習，當比蕭峰更加迅速。

又，新修版中，阿紫和蕭峰的對話中，有了改變。流行版中，阿紫問蕭峰：「姊夫，你那天爲什麼這麼大力的出掌打我？」新修版改爲：「姊夫，只因我先用毒針射你，你才這麼大力打我，是我先不好！」後者肯定比前者更符合邏輯，也更符合阿紫的心態和情態。所以，在同一頁中，新修版增加了阿紫一句話：「……總而言之，我不是想殺你，如真有人要殺你，我會捨了性命救你。阿珠待你有多好，阿紫決不比姊姊少了半分。」這一表態，符合阿紫心態，也符合當時情境。

第二十七回

阿紫愛蕭峰，在流行版中表現得並不十分突出，更不充分，所以新修版增加了不少這方面的內容。例如讓阿紫說：「因爲你全心全意待人好，因此我也像姊姊一樣的喜歡你。」進而增加一段：「她低頭沉思，突然一本正經的道：『姊夫，我不是怕回去受師父責罰，他最多不過殺了我，殺就殺好了。我是捨不得離開你，我要永永遠遠陪在你身邊。在你心裏，將來也要像愛惜阿朱那樣愛惜我。』蕭峰只道這也是孩子話，況且明天陪著義兄死了，又有什麼將來，此時不忍拂她心意，便點了點頭。阿紫雙目登時燦然生光，歡喜無限。」

這些內容，雖然與前面有所重複，阿紫的眼睛閃光也有兩次，按說有重複之嫌，也不含蓄，算不上最好的愛情篇章。但，阿紫的性格如此，需要重複，需要看到蕭峰的明顯表白，她不會含蓄，也不願意含蓄，如此才是阿紫的性格表現，也更容易被蕭峰當成孩子話。所以，這些增加的內容，對阿紫的表現來說，乃是利多於弊。

又，流行版中似乎遺漏了一個比較重要的內容，那就是關於蕭峰的身世追問。這包括兩個方面，一個方面是，遼朝的君臣自然要關心蕭峰的經歷，總不會讓一個「來歷不明」的人在朝廷做官封王吧?進而，按照常理，耶律洪基和皇后等人既然知道蕭峰姓蕭，是契丹人，必然要問蕭峰既然是契丹人，爲何會去南朝大宋生活了如此之久的時間?另一個方面，也是更重要的一個方面，既然來到了契丹遼朝，按照常理，蕭峰既然知道自己的父親曾經在這裏做過官職不大但影響不小的軍隊總教頭，自然，也是必然，像要追問一些父親的生活情形，進而還應該追問、甚至探訪自己的親族，包括自己父親的親族、母親的親族。否則，蕭峰報復父母之仇，就有點空。而到了故鄉故國卻不關心自己的親族根源，也不符合人之常情。若蕭峰是一個熱心政務、日理萬機的人，如大禹治水三過家門而不入，那倒也罷了。但蕭峰顯然不是這樣的一個人，他不願爲官，有的是閒空和機會。到了南京之後，就更是這樣。何以他始終不提自己的父母、自己的親族呢？

爲此，新修版專門增加了一段：「皇太后和皇后得知蕭峰是后族人氏，大爲欣喜，問起他的出身來歷。蕭峰卻瞠目難答，雖知自己父親名叫蕭遠山，當年是皇后麾下屬珊大帳的親軍總教習，但恐說了出來，牽扯甚多，既不知父母親屬現下尚有何人，與皇太后、皇后是親是疏，而如朝廷得知自己父母爲宋人所害，說不定要興兵南下爲己報仇。他便推說自己從小給宋人擄去，不知身世，含含糊糊的推搪了事。」這一段雖然也表現出作者有點「含含糊糊推搪了事」的味道，但有了這一段，總比完全不涉及這個問題要好得多。

第二十八回

阿紫要蕭峰將游坦之的貼面罩除下來，變成剝殼的烏龜，蕭峰不忍，且對阿紫不滿。流行版中，蕭峰說：「阿紫，你爲什麼老是喜歡幹這等害得人不死不活的事？」

新修版改為：「阿紫，前些時候你倒挺乖的，怎麼近來又喜歡幹這等害得人不死不活的事？」緊接著，新修版還增加一段：「阿紫倒不是天性殘忍惡毒，只因從小在星宿派門下長大，見慣了陰險毒辣之事……阿紫情根深種，殊無回報，自不免心中鬱鬱，她對游坦之大加折磨，也是為了發洩心中鬱悶之情。」新修版中對阿紫的性格定位和心理刻畫，都顯得更有分寸，也更有層次。蕭峰越是把她當孩子，她固然越發淘氣；越是不喜歡她這樣，她就越加鬱悶而越發殘忍。

又，當游坦之認為阿紫在練習蜈蚣毒掌時，新修版增加了一段：「其實阿紫練的不是毒掌，而是『不老長春功』和『化功大法』，前者能以毒質長保青春，後者則是消人內力的邪術。阿紫曾偷聽到師父述說練功之法，不過師父說得簡略，她所知不詳，練法是否有效，也只能練一步算一步而已。」

第二十九回

本回開頭，作者將故事發生的時間從流行版的「七月盛暑」調整到新修版的「三月暮春」，且將冰蠶入室「過不多時，連殿中茶壺、茶碗內的茶水也都結成了冰」一句刪除，只說「冰蠶一入偏殿，殿中便越來越冷。」時序的調整，使得小說的敘事時間更加嚴謹統一；冰蠶威力減弱，更為令人信服。

又，新修版刪除了流行版中有關瘋僧練習《易筋經》的一段：「一百多年前，少林寺有個和尚，自幼出家，心智魯鈍，瘋瘋癲癲。他師父苦習《易筋經》不成，怒而坐化。這瘋僧在師父遺體旁拾起經書，嘻嘻哈哈的練了起來，居然成為一代高手……始終說不出一個所以然來，旁人也均不知是《易筋經》之功。」同時新修版增加了一段：「《易筋經》本是一門深奧的內功秘訣，二祖神光大師譯成漢文之後，在少林寺中傳到後世，常為高深武學的根基。但梵文本既為游坦之所毀，後世所傳的漢譯本《易筋經》亦僅一書一經，更無隱形圖字的《欲三摩地斷行成就神足經》的神異瑜伽術了。」刪除的是小說家言，增加的部分中則有部分真實依據，如此增刪，小說敘事自然顯得更加嚴謹。

又，蘇星河送出的帖子上，約會的時間從流行版的「二月初八」改成了新修版的「六月十五」，這是按照整體敘事時間進行了調整，更加嚴謹。

又，關於段譽在蕭峰帶阿紫去長白山療傷並回遼國當官這段時間的去向，流行版中有一個嚴重的漏洞，那就是讓段譽在中原無所事事地流連忘返長達一年半之久，居然不跟家裏聯繫，而大理國也不派人前來尋找。新修版塡補了這一漏洞，改變了段譽這段時間的行程和生活內容，爲此專門修訂或增加了幾個自然段。即：

一、「……段譽無可奈何，只得與慕容家各人分手，心想自從給鳩摩智擒拿北來，伯父與父母必甚掛念，而自己也想念親人，便即回歸大理。」

二、「在大理過得年餘，段譽每日裏只念念不忘王語嫣的一顰一笑……」

三、「段正淳……患病臥床，只得在中原養傷……派遣傅思歸回到大理，向保定帝稟告情由，段譽在旁聽了，正好找到藉口，稟明保定帝后，便隨傅思歸又來中原，與父親相聚。」

四、「父子久別重逢……這日奉了父命，帶同古篤誠、傅思歸、朱丹臣三人，去向丐幫賠禮致謝。」

這幾段文字，將段譽這段時間的經歷書寫得合情合理，且嚴絲合縫。

又，全冠清及丐幫大智分舵群眾與星宿老怪丁春秋相遇，新修版刪除了流行版中「丐幫蛇困丁春秋」的大段篇幅，而只用了短短不到一頁的篇幅解決了問題。這一刪節，雖然少了許多傳奇性場景，但卻也因此少了漏洞，即丁春秋可以說是弄毒的老祖宗，何以會被區區蛇陣所困？進而，丁春秋來到中原，氣勢洶洶，不該在這裏就受到當頭一棒，否則星宿門下怎會如此趾高氣揚？豈不是表現了丁春秋名不副實？即使受挫，也應該尋找合適的場合、合適的對象。全冠清顯然不是打敗丁春秋的合適人選。而且，刪除這一長段之後，小說的情節沒有受到任何影響，反而使得敘事更加簡潔，游坦之的出場也更早、更合理。至於星宿門徒隨風倒伏，後面有的是表現機會，沒必要在這裏提前洩露天機。

又，少林寺送出的英雄帖，流行版上的時間是「九月初九重陽佳節」，新修版改爲「十二月初八臘八佳節」，也是按照小說敘事整體時間表進行了調整。

又，本回結尾處，包不同大喊自己是安祿山，流行版中只是要對方將楊玉環交出來，而新修版中則要對方「……快快把楊玉環和梅妃都獻了出來！」因爲對方正在扮演梅妃，若不提此人，便不能顯出包不同十足的風趣。

第三十回

本回中刪除了若干篇幅，有些刪除很有道理。例如薛慕華等人面臨危機之際，「彈琴老者一呆，忽然拍手笑道：『……有人說我康廣陵是個大大的傻子，我一直頗不服氣。如此看來，縱非大傻，也是小傻了。』」又：「包不同道：『你是貨真價實的大傻子，大笨蛋！』……康廣陵道：『你比我傻一萬倍！』包不同道：『你比我傻十萬倍、百萬倍、千萬倍、萬萬倍！』」又：「薛慕華道：『二位半斤八兩，誰也不比誰更傻。』」這些內容被刪除，沒有任何問題。流行版中的這幾個段落，本來就有些誇張失度。一，康廣陵等人只是藝術癡人，並非真正的白癡傻瓜，所以，康廣陵在這裏的表現並不真實。二，包不同與康廣陵鬥嘴，說「你比我傻多少倍」，顯然是過度誇張，近乎無聊。三，薛慕華直言批評自己的大師兄傻瓜，不合此人對師兄弟一貫的情感態度。

又，本回中，薛慕華講述丁春秋來找他麻煩的原因，流行版花了四頁多的篇幅，介紹了游坦之等人帶慧淨和尚前來就醫的經過。刪除這些篇幅，非但不影響小說的敘事，反而使得小說的情節發展更加合情合理。一、流行版中說，游坦之是兩天之前來找他的，但丁春秋一行最多比玄難一行早半天而已，不可能比他們早兩日，所以，在時間上說不通。二、丁春秋其人自高自大，派人來通知薛慕華前去供奉，更符合他的性格。三、倘若當真派人帶慧淨前去求醫，他自己多半會跟隨前來，因爲慧淨和尚乃是他的寶貝。四、在求醫的過程之中，重點講述了游坦之的表現，但游坦之的故事，讀者早已瞭解，而薛慕華最終也不明究竟，所以，那一段情節屬於無效敘事。所以，新修版中將這些內容全都刪除了，改爲「不久之前，丁老怪派了他弟子前來，叫我去給他一個大肚和尚治病」這樣一句簡單陳述，反而顯得更加簡潔合理。

第三十一回

發現無崖子氣絕，流行版中虛竹合十念佛：「南無阿彌陀佛，南無阿彌陀佛，求阿彌陀佛、觀世音菩薩、大勢至菩薩，接引老先生往生西方極樂世界。」新修版改爲：「我佛釋迦牟尼，教導眾生，當無所住，而生其心。盼我佛慈悲，能以偌大願力，接引老先生往生西方極樂世界。」新修版改得內容更豐富，更好玩，更接近虛竹的做事習慣，也更接近他當時的心態。

第三十二回

敘述阿紫離開遼國南京南下，流行版中只說她「遇上了一件好玩事，追蹤一個人，竟然越追越遠，最後終於將那人毒死，但離南京已遠……」新修版改爲：「……

那知遇上了一個人，竟出言調戲，說她相貌雖美，卻無男人相伴，未免孤單寂寞。阿紫想起自己對蕭峰一片柔情，全無回報，心下大怒，便要殺之洩憤，那人逃得甚快，阿紫竟越追越遠……」後者更貼近阿紫的情感狀態，更符合阿紫的個性，從而更加合理，也更有味道。

又，接著寫丁春秋的心理活動，其中增加了對阿紫的想法：「明日便收了她做侍女。」進而對虛竹的態度，也從流行版的「待會或使『腐屍毒』，或使『化功大法』，見機行事。」改為：「待會再使『化功大法』取他狗命。」後者比前者當然要更加生動，也更貼近丁春秋的個性心理。

又，阿紫不得已而稱讚丁春秋，流行版中是說他「師父年輕之時，功力未有今日的登峰造極……」而新修版則改為：「師父從前年紀較大之時，功力未有今日年輕時的登峰造極……」後者看似說不通，但這恰恰是阿紫馬屁功夫的別出心裁之處，否則，丁春秋如何能對她另眼相看？實際上，作者在新修版後文中作了解釋：

「阿紫本就聰明，又加上女子重視『年輕貌美，長保青春』的天性，早瞧出師父近來頗以『不老長春功』失效而苦惱，他越擔心難以長生不老，便越須讚他返老還童，說他是『星宿派美少年』……」

第三十三回

本回中介紹慕容復的「斗轉星移」武功之謎，新修版刪除了流行版中「慕容氏若非單打獨鬥，若不是有把握定能致敵死命，這『斗轉星移』的功夫便決不使用，是以……」一段，而加上了：「慕容復得父親親傳，在參合莊地窖中，父子倆秘密苦練拆招，外人全無知聞……」一句。刪除的段落，是因爲其中說法多少有點牽強，若沒把握就不能出手，則「斗轉星移」的武功未免作用不大，且後面慕容復也就不該在一些並無把握的地方出手。增加的一句，看起來近乎廢話，但卻在爲後文中慕容博的出場進行無形的鋪墊。

又，寫慕容復一行尋找阿朱，不僅補寫了「當年旅途之間，包不同曾與阿朱、蕭峰匆匆一會……」而且還寫到：「在洛陽不得絲毫消息，慕容復覺得不值得爲一個小丫頭耗費時候，於是向西查察江湖近況，又想乘機收羅黨羽，塡充他日復國的勢力。」這一增寫，不僅使小說敘事前後照應，且寫到了慕容復的涼薄心腸，對慕容復的形象是相當重要的一筆。

又，作者將東海玄冥島島主的名字由「章達夫」改爲「章達人」，後者更像一個江湖人的名字。更重要的是，慕容復在此次說話中，直接表明了自己的身分是慕容復，並表示自己「有心結交，無意冒犯」，從而避免了流行版中「難道我慕容復便怕了各位不成」的不禮貌。

又，慕容復等人在萬仙大會中的遭遇，新修版刪除了南海椰花島黎夫人的表演，以及桑土公與慕容復等人糾纏不休的段落。＊使得小說敘事更加嚴謹，也更加緊湊。少了些爲傳奇而傳奇的情節，對小說有利無弊。

第三十五回

虛竹從烏老大等人的刀下救出了「小姑娘」天山童姥，流行版中，段譽大呼小叫：「是少林寺的虛竹和尚，虛竹師兄，姓段的向你合十頂禮！……」新修版中則是由慕容復先喊出來：「這人是少林寺的虛竹和尚！」然後段譽才跟著大聲稱讚：「虛

＊刪除的部分，接近六頁，詳見原文。

竹師兄，姓段的向你合十頂禮！你少林寺是武林中的泰山北斗，果然名不虛傳！」新修版的合理性在於，段譽沒有因爲自己的興奮而洩露了虛竹的身分和來歷，從而沒有成爲公開告密之人，慕容復揭破虛竹的身分則在情理之中。然後段譽如何稱讚，都沒有問題。反正大家都知道那人是虛竹了。

又，烏老大罵虛竹，流行版的罵法是「你練成了『北冥神功』，也用不著……」，而新修版改爲：「你身有無尙內功，也用不著……」前者的毛病是，烏老大根本不可能知道虛竹練成了「北冥神功」。又，緊接著，烏老大第三次聽到啞巴說話，才驚覺此人不是普通小孩子，新修版增加了解釋：「……睜大了眼睛，驚奇難言，這才想起先前曾聽到有人對虛竹說話，只危急之中，也無暇細想，沒料到聲音竟發自女童，此時親眼所見，親耳所聽，不由得驚得呆了……」如此，小說的敘事顯得更加綿密。

第三十六回

流行版中說西夏都城是靈州，新修版改爲興州。

又，虛竹知道自己進入的是西夏皇家冰庫，新修版增加了一小段對話：「虛竹：『……哎喲，皇帝要用冰塊，常會派人來取，豈不是會見到我們？』童姥道：『皇宮有「天地玄黃，宇宙洪荒」八號冰庫，這裏是「荒」字號。他們要取完了前七個冰庫中的冰，才會到「荒」字號冰庫來。三個月也未必取到這裏，時候長著呢，不用擔心。』」這一段對話，首先是彌補了一個可能的漏洞，皇宮中假若只有一個冰庫，那就真有麻煩，但現在說有八座冰庫，自然就沒有問題了。再則，增加這一段之後，也表現了童姥的心細和周全，早就想到了這些。

第三十七回

童姥和李秋水吵架，童姥的臺詞有所增加：「……連他的徒兒丁春秋這種小無賴你也勾引……你去嫁了西夏國王做了皇妃，師弟怎麼還會理你？」這些現成的材料若不使用，那就不是天山童姥了。

又，關於童姥的傷心往事，新修版增加了敘述內容：「當年童姥雖身材矮小，但容貌甚美，師弟無崖子跟她兩情相悅。她練了『天長地久不老長春功』，又能駐顏不老，長保姿容，在二十六歲那年，她已可逆轉神功，改正身材矮小的弊病，其時師妹李秋水方當十八歲，心中愛上了師兄無崖子，妒忌童姥，在她練功正當緊要關頭之時，在腦後一聲大叫……」新修版的敘述更為周全，對二人結怨的起因也更為明白。若能將「緊要關頭之時」的「之時」二字刪除，且只說童姥對無崖子一往情深，而不要說兩情相悅，則更加完美。

又，李秋水臨終之際談到畫像中自己妹妹，新修版增加了一句話：「……可是人會長大的，十一歲的小女孩，會成為十八九歲的大姑娘……」使得敘述的邏輯更加周全，也間接傳達了李秋水心中的感慨。

又，李秋水的臨終講述，新修版增加的內容中，有幾處值得肯定。例如她說：「……我和丁春秋合力，將你師父打下懸崖，當時我實是迫不得已，你師父要致我死命，殺我洩憤，我若不還手，性命不保。可是我並沒下絕情毒手呀……」這一補充敘述，使得無崖子、丁春秋和李秋水三十年前爭鬥的原因、過程更加清晰而且合理。再如新增加的一段：「你師父收你為徒，提到過我沒有？他想到我沒有？他這些年來心裏高興嗎？其實我又不是真的喜歡丁春秋，半點也沒有喜歡他。我趕走了他，你師父知道吧？我在無量洞玉像中遺書要殺盡逍遙派弟子，便是要連丁春秋和他的徒子徒孫全部殺光……」這段話，不僅揭示了她與丁春秋關係的實質，解釋了她玉洞遺言的原因和真相，更表現了她對無崖子的一往情深，至死不渝，如此情癡，讓人感慨萬千。

又，虛竹與靈鷲宮女弟子相逢，「心想在這緊急當口，怎麼做起衣衫來了？當真是婦人之見。」新修版增加了一句：「但這些人確是婦人，所見自均是『婦人之見』。」讀起來，更有幽默感。要說明的是，作者此說並非諷刺婦人或婦人之見，而是在調侃虛竹懵懂無知和尷尬之相。

第三十八回

慕容復以爲虛竹也愛上了王語嫣，心想：「這小和尚也是個癩蛤蟆想吃天鵝肉之人。」新修版又加上一句作者評點：「所謂『也是』，頭一個當指段譽而言。」作者不加上這一句話，有些讀者也能明白，加上了這一句，則所有的讀者都能明白。增加了小說的幽默感，更將慕容復對段譽的鄙視和不耐煩挑明。

第三十九回

這一回中最重要的改動，是刪除了天竺僧人波羅星來少林寺盜竊武學經典被扣留，五臺山清涼寺住持神山上人帶著波羅星的師兄哲羅星等人前來少林寺興師問罪的段落，重寫了神山等人來少林寺興師問罪的情節。有關這一情節的重大修訂，我將在後面的「少林寺專題」中進行分析。

第四十回

本回開頭說，般若掌可說是學無止境，新修版增加了一句：「……到最後一掌『一空到底』，自這掌法創始以來，少林寺中得以練成的高僧，只寥寥數人而已。」加上這一句，不僅能對前面的學無止境加以進一步的說明，而且還能照應玄慈方丈練成這一掌法的新增情節。

又，玄慈接到河朔群雄拜山的名帖，流行版中說他「卻不知爲了何事」，而新修版則改爲「料得與丐幫之事有關」，相比之下，前者雖然更具傳奇性，而後者則更有合理性。畢竟，少林寺方丈不是一個沒腦子的人，只要稍稍開動腦筋，就應該想到這些人不會無故來此，而眼前的大事乃是丐幫挑戰。

又，丐幫發給武林群雄的帖子上邀約少林聚會的日期，流行版中是「六月十五」，而新修版改爲「十一月初十」，這是根據小說整體日程表進行調整的。

又，西夏國招駙馬的時間，也由流行版的「八月十五中秋節」改爲新修版的「三月清明節」，理由同上。

第四十一回

蕭峰在少林寺外從丁春秋手中救出阿紫，新修版增加了一句：阿紫「雙臂伸出，僅僅摟住了他。」順其自然，合情合理。

又，蕭峰在與群雄決戰之前，流行版中，他對虛竹、段譽等說「大家痛飲一場，放手大殺罷！」新修版將「放手大殺」改爲「放手大打」，一字之差，也能改變蕭峰的心態，尤其能改變讀者的感覺。少了暴戾之氣，而多了無奈和慷慨。

第四十二回

新修版中增加了一段：「段延慶和鳩摩智二人見段譽所使『六脈神劍』神妙無比，雖知他所學未精，但只須有高人指點，稍加習練，便可成爲天下第一高手，忍不住長歎一聲。鳩摩智的歎息聲中儘是熱中豔羨，段延慶發自腹中的這聲輕歎卻充滿了淒涼神傷。」通過這兩人的眼光來寫六脈神劍，不但照應了這兩個在場的重要人物，而且對這一武功能夠說得更透徹更權威。

又，在蕭遠山開口之後，新修版刪除了流行版中的一句話：「群雄聽黑衣僧說了這四個字，心中都道：『這和尚聲音蒼老，原來也是個老僧。』」刪除這句話非但沒有不良影響，反而突出了蕭峰的感受。

又，慕容博和蕭遠山的對話，流行版中是互問「你在少林寺中一躲數十年……」，新修版改「寺中」爲「寺外」，更加嚴謹合理，倘若這兩個人真的在少林寺中躲避了數十年而不被發現，那就不是傳奇，而是胡話了。

又，新修版增加了一段：「段譽站在一旁，只見王語嫣戀戀不捨的拉住慕容復衣袖，好生沒趣，驀見菊劍身沾毒雨摔倒，知道菊劍是二哥的下屬，當即搶上，橫抱菊劍退開。」這是突出了段譽的心態、作風和性格。

又，關於虛竹背上香疤，新修版增加了一段說明文字：「其時僧尼受戒時頭燒香疤之俗尚未流行。中華佛教分爲八宗十一派，另有小宗小派，各宗派習俗不同，有不少宗派崇尚苦行，弟子在頭上燒以香疤、或燒去指頭以示決心歸佛。少林寺僧眾並不規定頭燒香疤，但若燒以香疤，亦所不禁。」這是爲了應對有關宋代僧眾不興燒香疤之說而來，雖然說得有點多，但總比完全不說要好。

又，蕭峰父子對話，新修版中蕭峰對帶頭大哥的說法與以前截然不同：「此人乃爲人謠言所愚，非出本意……孩兒以爲，此人的仇怨就此一筆勾銷罷。」這是因爲他已提前知道玄慈就是帶頭大哥，好處是，使得蕭峰觀點和形象與自己的父親有所差別。

新修版中刪除了玄慈猜測並敘述慕容博爲何要等玄悲到大理才殺他、而且沒法用一陽指殺玄悲、只好用少林絕技「韋陀杵」武功殺他的細節，也刪除了慕容博顯露韋陀杵的細節。是刪繁就簡。

又，葉二娘爲玄慈辯護，增加了臺詞：「……是我爹爹生了重病，方丈大師前來爲他醫治，救了我爹爹的命。我對方丈既感激，又仰慕，貧家女子無以爲報，便以身子相許。那全是我年輕糊塗，無知無識，不知道不該，是我的罪過……」此說令人信服，也讓人感慨。

又，新修版中，玄慈臨死之前增加了一段話：「玄慈違犯佛門大戒，不能再爲少林寺方丈，自今日起，方丈之職傳於本寺戒律院首座玄寂。」這一增加不僅有必要，而且完善了玄慈的形象，也使得少林寺後繼有人。

又，岳老三在葉二娘死後，不但心情悲痛，語言客氣，新修版還讓他「走過來向葉二娘的遺體叩頭」，如此更令人感動。

第四十三回

流行版中，全冠清說讓少林寺三位玄字輩和丐幫宋陳吳三位長老發號司令，新修版則改爲：「便請少林寺玄寂大師，與丐幫呂長老共同發號施令……」如此更加簡潔合理，少林有新方丈，丐幫有舊長老。

又，因爲新修版刪除了哲羅星和波羅星師兄弟來少林寺盜竊武學經典的情結，所以，段譽進入少林寺遇到這二人的幾個自然段也就隨之刪除了。

又，段譽一心爲王語嫣的憂傷而憂傷，新修版增加了一句：「渾不去想慕容公子若死，自己娶得王姑娘的機會立時大增。」這句話抓住了愛情的要點，更抓住了段譽的心態和性格特徵。

又，蕭峰不願爲了個人的功名富貴，而讓天下黎民遭罪，新修版加了一句：「蕭遠山年輕之時，一心致力於宋遼休戰守盟，聽了兒子這番話，點頭連聲稱是。」寫了蕭遠山，也寫了蕭峰。

又，無名僧說蕭遠山在藏經閣盜看的第二部書，流行版說是《般若掌法》，而新修版說是《善勇猛拳法》，是想說蕭遠山般若智慧不足，而善勇猛拳有餘。

又，因爲新修版刪除了鳩摩智搶奪《易筋經》的情節，此回中，無名僧的談話中也就不再涉及這個話題。新修版此處刪除兩個與此相關的自然段。

第四十四回

鍾靈聽段譽說他們之間的婚事是不成的，流行版中，她認定是木婉清不允許，所以說「鍾靈微笑說：『你爹爹說過什麼三妻四妾的，我又不是不肯讓她，她兇得很，我還能跟她爭嗎？』說著伸了伸舌頭。」新修版中改成了：「鍾靈微笑說：『不是她不許？那麼是你不要我啦？』說著伸了伸舌頭。」新修版的說法更加可愛，更符合戀人口吻，也更符合鍾靈的心態。

又，新修版增加了一段歷史地理介紹：「少室山位於京西北路河南府，要去西夏國，先得西赴永興軍路的陝州、解州、河中府……」

又，新修版調整了少林英雄大會的時間，所以他們在路途中的氣候也隨之變化：不再是流行版的「炎暑天時，午間赤日如火……」，而是「大雪紛紛而下」，且「眾人在河中府開開心心、熱熱鬧鬧的過了年……」又，段譽給蕭峰、虛竹等人講述劉邦、項羽史蹟的地方，也從流行版的「咸陽古道」，改成了新修版的「同州一帶」。

又，段譽等人在進入西夏的路上看到不少人被打傷殘，聽到不少相互埋怨的對話，新修版刪除了其中一句：「對面有人罵道：『倘若不是你在後面暗箭傷人，我又怎麼會敗？』」這是說同夥之間提前相互競爭，在此沒有必要進行太多的鋪墊，所以，還是刪除比較好。

第四十五回

段譽對王語嫣說：「我見姑娘傷心，心想姑娘事事如意，定是我得罪了慕容公子……下次若再撞見，他要打我殺我，我只逃跑，決不還手。」新修版增加了一句：「你如要我不可逃跑，我也遵命。」如此對段譽的情感表現得更充分。

又，慕容復抓住段譽，新修版中加了一句慕容復的心理獨白：「你兩個義兄武功再高，你變成了死人，總做不成西夏駙馬了。」此語將慕容復的心理深化了一層，同時也增加了小說的緊張懸念。

又，王語嫣面對慕容復的質詢，新修版增加了一句心理獨白：「突然心中一動：『表哥爲此事生氣，那是在喝醋了，他喝醋，心中便對我有幾分愛意。』」好處是將王語嫣的一廂情願表現得更生動，也更讓人感傷。

又，新修版增加了慕容復的心理描寫：「慕容復本想做了西夏駙馬，得遂復國大業，再娶王語嫣爲嬪妃，但又想，此念萬萬洩漏不得，若給西夏人得知，駙馬便也決難中選。」

又，流行版中，鳩摩智掉入井中的是《易筋經》，而新修版改爲《小無相功》的第八冊，這是順應修訂。

第四十六回

新修版增加了一段：「原來這內書房是西夏皇太妃李秋水的舊居之地。李秋水神功奧秘，武學深湛，將居所佈置得甚爲奇特，她年老之後，另選寧居，將年輕時所用的宮殿讓給了孫女銀川公主。」這一補充，顯得更加紮實。

又，新修版增加了一段，包不同回答了三個問題之後，「那宮女道：『包先生的千金小姐聰明伶俐，有趣得緊，女大十八變，大了後一定挺美的』……」加得有理也有趣，因爲這是個言辭大方麻利的宮女，活躍了考試現場氣氛。

又，本回結束，段譽因聞父親有難而提前離開，新修版中增加了幾個關鍵性的句子，一是「留了口訊給蕭峰、虛竹」，二是「巴天石探問公主擇婿結果，不得要領。」這兩句話填補了流行版中的兩個漏洞：第一是段譽提前離開，找不到蕭峰和虛竹也就罷了，竟然連口訊也不留一個就走，未免不合禮儀，也不合段譽性格，更不合兄弟情感。第二是他們爲求親而來，雖然不得不提前離開，巴天石等人總也要關心公主擇婿的情況才合情合理。

第四十七回

流行版中，靈鷲宮女子說傳訊的阿碧是康廣陵的弟子，新修版說「阿碧姑娘跟我們主人的師侄康廣陵先生有些淵源……」說阿碧是康廣陵的弟子，未免過分，因爲阿碧生長在江南，且是在大戶人家，很少出門，如何能成爲康廣陵的弟子？說與康廣陵有淵源，那就沒問題了。

又，新修版加了一段：「原來王夫人以醉人蜂施毒……她派在草海辦事的那老婆婆，正是當年曾見過段正淳……的女僕。與段正淳分手後，便將那女僕派往太湖的東山別墅之中，嚴令不許回曼陀山莊……奉命辦事之人只道王夫人所欲擒拿者乃是段譽，於是將他單獨監禁，而王語嫣、巴天石等另行監在一處……」這一段解釋了兩個問題，第一是王語嫣爲何不認識自己母親的下屬，而下屬也不認識自己的少主人？第二是解釋了爲何王語嫣等人沒有和段譽被監禁在一起。如此，小說中的這段情節就沒有漏洞了。

又，慕容復說段正淳滯留中原，流行版中說是「年餘不歸」，新修版改為「離大理後兩三年不歸」，後者更為準確，且對刀白鳳萬里尋夫也是更好的鋪墊。

第四十八回

新修版增加了一段：「鳳凰驛邊紅沙灘上，段延慶追上段正淳一行，擒獲眾人，其時段夫人刀白鳳見到段延慶臉上垂直而下的長刀疤，便已認了他出來，當時寧可讓他處死，不說舊事。這時見他要殺自己兒子，迫不得已，吐露真相。」補上這一筆，刀白鳳後來對段延慶說話的情節就滴水不漏。

又，新修版將段譽的出生年月從流行版的「保定二年癸亥十一月廿三日生」改為「壬子年十一月廿三日生」，不提保定年號，少了人為漏洞的可能性。

第四十九回

蕭峰對阿紫說：「……當日給我殺了的人中，有不少是我的好朋友，**尤其有丐幫**

的奚長老，事後想來，心中難過得很。」增加了一句話，一個實例，蕭峰的沉痛和懺悔就更加具體可感。

又，阿紫打了蕭峰一耳光，蕭峰沒有躲避，阿紫後悔，新修版增加了阿紫「抓住蕭峰手掌，拍向自己臉頰，叫道『……』」阿紫的行爲比阿紫的語言總是更加感人。且抓住蕭峰手掌的動作也表明了二者的親密關係。

第五十回

蕭峰中毒之後，「到第二日晚間，**數次小便之後**，毒藥的藥性慢慢消失……」＊增加這句話，使得藥性消失的可信度大大增加。

又，流行版中玄渡對蕭峰說：「原來幫主果然是契丹人，棄暗投明，可敬可佩！」其中「果然是契丹人」是一句大大的蠢話，蕭遠山已在少林寺出家多時，玄渡早知蕭遠山是契丹人，當然也早就該知道蕭峰是道地的契丹人，何以到現在說這樣的

＊黑體字是新修版增加的。

蠢話?新修版刪除了這句話，只保留了「棄暗投明，可敬可佩」。

又，新修版中增加了「**這一日過了代州的繁時**，眼見東南北三方都有火光，晝夜不息……」，*不增加這句話當然並無不可，有了具體地名能促使讀者產生更具體的現場感。

又，新修版增加了一段：「蕭峰右手拾起地下斷箭，高高舉起，運足內力，大聲說道：『我是遼國南院大王蕭峰，奉陛下聖旨宣示……』」將耶律洪基的誓言當眾重複了一遍，這樣做，有幾個好處，一是讓更多人聽到；二是讓耶律洪基更沒有反悔的餘地；三是讓蕭峰拾起斷箭，爲自殺進行鋪墊。

又，流行版中，阿紫抱著蕭峰遺體摔入深谷中，段譽、虛竹等人「跪下向谷口拜了幾拜，翻山越嶺而去。」新修版改爲：「虛竹、段譽、吳長風等迄未死心，仍盼忽有奇蹟，蕭峰竟然復活……當夜便在谷口露宿。」這就把段譽、虛竹等人對蕭峰的情感寫得更深一層。當然，若他們下谷尋找，並安葬他們之後再走，那就更加好些。

---

*黑體字是新增的。

二、改得不恰當的例子

第一回

段譽和鍾靈一起被神農幫活埋之際，新修版增加了段譽和鍾靈的一段對話。對話沒有多少實質性內容也還罷了，關鍵是後面還要加上動作：「（段譽）……摟著他的雙臂緊了一緊，此時兩人臉頰相距不過寸許，段譽見她粉臉紅潤，小嘴微張，甚是可愛，伸過嘴去，在她臉上輕輕一吻……」這一增訂，大成問題。

第一，兩個人已經被土活埋到了脖子，能否還能伸出胳膊來摟緊鍾靈已經就成問題。第二，當此之際，會不會還有如此浪漫心思，同樣讓人質疑。第三，更重要的是，這樣一來，對段譽的形象是一個損害。段譽說得上是一個儒雅君子，雖然幽默風趣，活潑大方，但卻有高貴的修養，不會像凡常青年公子王孫那樣輕薄風流，更不會在此危難之際大占小女孩的便宜。流行版中寫得恰到好處，新修版的改寫則顯得大可不必，如同在段譽臉上畫花紋。

同樣，在此回結尾，流行版中段譽要去鍾靈家報訊，小姑娘鍾靈依依不捨，說「段大哥，咱二人今日剛會面，便要分開了。」段譽則就事論事，笑說「來回四天，那也沒什麼。」新修版卻改成：「來回四天，也快得很，只是我有點兒捨不得跟妳分開。」這一改動，似乎段譽對鍾靈已經產生了情意，這不符合段譽的心理狀況。若段譽並未產生情意卻還要這樣說，那就更加糟糕，因爲那就意味著段譽是在調戲鍾靈。無論如何，對段譽的形象都有很大損害。

第二回

段譽見湖底宮中玉雕像，流行版已經寫得極好，尤其是最後的幾句：「……玉像的眼光始終向著他，眼光中的神色更是難以捉摸，似喜似憂，似是情意深摯，又似黯然神傷。」而新修版偏偏要在後面增加幾句，改爲「似怨似愁，似是喜悅無限，又似有所盼望期待。瞧她容貌約莫十八九歲，眉梢眼角，頗有天真稚氣，嘴角微露笑容，說不盡的嫵媚可親，上唇邊有一點細細黑痣，更增淡雅。」這一改當真大煞風景：一、段譽看了這樣迷人的眼睛，哪裡還能轉開，去辨別她的年齡？二、前面說她似怨似愁，後面又說她嘴角微露笑容，嫵媚可親，這可自相矛盾。三、作者想必是在爲這個雕像乃李秋水妹妹鋪墊，但若雕像的年齡如此明顯，李秋水當年就會發現，何以會等上數十年才明白？四、若真是李秋水的妹妹，就不存在似怨似愁，小姑娘應該是小姑娘的心態神情。五、新修版中之「似是喜悅無限，又似有所盼望期待」哪裡比得上流行版中「似是情意深摯，又似黯然神傷」那樣含蓄優雅？六、最重要的是，雕像無非也是象徵：新修版加上一個黑痣，不僅將人物落實，失去了「皮格馬力翁效應」（Pygmalion Effect）；而且也必然增加了李秋水發現的危險，哪裡還有象徵餘地和韻味可言？

第三回

段譽初見木婉清，流行版寫的是：「只見她口中說話，臉孔仍然朝裏，並不轉頭。」新修版在這句話後，偏偏要加上一句「聲音輕柔動聽。」這大概是想增加感性，問題是修訂者只顧其一，不顧其二，因爲流行版和新修版在幾行之後，明明有對木婉清的聲音的專門介紹：「語氣中卻冷冰冰的不帶絲毫暖意，聽來說不出的不舒服」——正與「聲音輕柔動聽」之說自相矛盾。

又，段譽飽受木婉清折磨，罵她「妳這不分好歹的潑辣女子！」新修版中，木婉清的回答增加了一句：「**這不算罵！**」實際上是多此一舉，甚至莫名其妙。因爲後面的「我本是潑辣女子，用得著你說，我自己不知道麼？」本身已經非常生動有趣，完全沒必要訂正什麼。

又，木婉清問段譽：「你到底是生來好心呢，還是個傻瓜？」流行版中段譽的回答是：「只怕各有一半。」這已經十分風趣貼切了。但新修版卻還要在這句話後面增加一句：「傻氣多些，好心少些！」這就過了，從而不再是單純的幽默，而有自我賣弄之嫌。如此就不是段譽的性格。

第四回

書中寫到木婉清離開段譽之後心潮起伏，新修版增加了一句：「……他如不愛我，怎地又這般緊緊抱住我親我？好似愛得不得了一般？」這一「推理」根本就不能成立，前文中已經專門寫到過，段譽說是因爲她太美，一時衝動，段譽爲此向她道歉。言猶在耳，如何在這裏進行如此「推理」？

第六回

首先，段譽被敵人追趕，大喊「媽媽」，木婉清莫名其妙，所以出言喝阻段譽。原文中是「呆子，住口！」新修版卻改爲：「呆子，叫媽媽有什麼用？醜死了！」前者符合情境，也符合木婉清的性格；後者則顯得做作，且婆婆媽媽，反而不符合木婉清的說話習慣和爽利性格了。

又，南海鱷神來到大理皇宮，要段譽拜他爲師。新修版增加了一段：「南海鱷神道：『你兒子半點也不像你，多半不是你生的。他只像我，不像你。』」下段開頭：「段譽笑道：『岳老三，你說像我，你是我生的嗎？』南海鱷神搔搔頭，搖頭道：『你不是我老子！』」這一段話加得莫名其妙，一、在衝突一觸即發之際，岳老三最可能使用的是肢體語言，而不是口頭語言。二、類似的話，岳老三在前面已經說過，這裏再說，就是重複。三、段譽的玩笑十分過火，不符合段譽的性格。四、岳老三雖然憨直，但並非白癡，讓他說「你不是我老子」這樣的話，是對他的不公平。所以，此段增加，是畫蛇添足。

第八回

段延慶與段正明第一次見面，流行版中，段延慶問：「你是段正明呢，還是段正淳？」新修版改爲：「你是段正明罷？這些年來倒沒有老了。」相比之下，恐怕還是原文更好。好與不好的標準，就看段延慶對大理王國的皇帝段正明和皇太弟段正淳這兩個人瞭解多少。

照理說，段延慶一心圖謀復辟，應該做到知己知彼，對當今的皇帝兄弟的形象和武功都有細緻瞭解、深刻記憶才是。若是如此，那就根本不應該有這一問。但，段延慶多年在外，即使來到大理，也要千方百計地避開段正明兄弟，因而並不認識段正明兄弟，這也很可能。現在的修訂，恰好處在二者中間，前半句表明段延慶不認識段正明；後半句卻又說他沒有老，這就反而兩邊搭不上，甚至自相矛盾。

第十一回

流行版中，阿朱裝扮成老婦人，藉故調侃阿碧：「嗯，公子長公子短的，妳從朝到晚，便是記掛著妳家公子。」搞得阿碧滿臉通紅，乃是這一回書中最生動的細節之一。新修版卻將這句話改為：「嗯，公子長公子短的，好好一位公子，怎會斷了開來？」這樣一來，就趣味大減了。作者或許是想要在段譽與阿碧之間多作點文章，因而要降低阿碧對慕容公子的情感深度，但這樣一來，不僅上述精彩細節要被刪改，而且段譽後來的失落感也要大大減輕。

又，流行版中，寫段譽勸鳩摩智：「大和尚，你名氣也有了，權位也有了，武功又這般高強，太太平平的在吐蕃國做你的法王，豈不甚妙？何必到江南來騙人？我勸你還是早早回去罷。」語氣厚道，重點是在為鳩摩智指點迷津，乃是具有象徵意義的對話。但新修版卻改為：「……又何必到江南來招搖撞騙？」這就未免有些大煞風景了：首先，說人招搖撞騙乃是對人十分嚴重的指責，與「何必騙人」的份量大不相同。更重要的是，這裏改變了段譽勸人的語氣，當然也就沒有了回頭是岸的深刻含義。

又，看到段譽六脈神劍的威力，鳩摩智未免有點擔心。流行版的寫法是：「倘若他將來福至心靈，一旦豁然貫通，領悟了武功要訣，以此內力和劍法，豈非是個厲害之極的勁敵？」這話本來沒啥不妥。但新修版卻將最後一句話改為：「……和尚就不是他對手了。」看起來似乎更加完美，但其中的「和尚」一說，無形中又人為多出了一個瑕疵。儘管段譽等人可以稱對方為「和尚」，但鳩摩智乃吐蕃僧人，通稱喇嘛，在藏傳佛教中沒有「和尚」這一稱謂，鳩摩智如何能夠自稱「和尚」？

又，流行版中寫到阿朱問段譽為何要救她們，段譽的回答是：「這和尚自恃武功高強，橫行霸道的欺侮人……」這一回答本來很好，段譽救人從來都是不假思索，更不會故意張揚自己，或向人市恩買好，所以在他的答話中只說和尚欺負人，他看不過眼，如此而已。但新修版卻加上了一句：「你們是我朋友啊！」這實際上扭曲了段譽的性格，第一，他不是一個喜歡到處交朋友的人，更不會對一個連真面目都沒有見到的人自稱朋友。即段譽不是那種言不由衷地到處說某人是自己朋友的惡俗中人。

第二，更重要的是，段譽救人並非只救朋友，連無量劍、神農幫等不相識之人他也照常救助，這一改動，不免將段譽救人的俠氣與慈悲的高風亮節大大玷污了。實際上，段譽之所以要救阿朱和阿碧，乃是出於自己的慈悲俠義之心，遇到任何人有危難，段公子都會拯救。更何況，阿朱、阿碧還是兩個既年輕且美貌的姑娘，段公子當然就更加要救了。總之，段譽要救人，不是因為對方是朋友，而是因為對方是「人」。若是年輕的美人，當然救起來會更賣力。但，這與是否「好朋友」應該沒有半點關係。所以，當阿朱問段譽爲何要救她們的時候，段譽或者是不回答，或者，他根本就回答不出來——他如何能說得清楚自己的善良本性、俠義心腸、慈悲心理和高貴品質？如果真要回答，那麼段譽回答得越輕描淡寫、越不著邊際，就越真實、越生動，也越是感人。

又，段譽請求阿碧彈琴，流行版中段譽的說法是：「……明日就算給這位大和尚燒成了灰燼，也就不虛此生了。」新修版卻要改爲：「……也可帶著滿腦子飄飄仙樂做鬼去了。」新修之說，既不符合口語習慣，又有賣弄文采辭章之嫌，這都不符合段譽親和誠懇的個性形象。

又，段譽感歎自家婢女很多，但卻沒有一個及得上阿朱、阿碧兩個姊姊，新修版增加了一句：「她們年紀小過我，是不是該叫她們妹子？叫妹子太過親熱，還是叫姊姊吧！」這一說莫名其妙。若段譽對這兩個小姑娘沒有曖昧情感，根本就不可能產生這樣的心理活動。若有曖昧之心，那就不是段譽了。

第十二回

阿朱要離開曼陀山莊，流行版中，王語嫣說：「慢著，我要寫封書信，跟他說明白，要是不得已跟丐幫中人動手，千萬別使打狗棒法，只用原來的武功便是。不能『以彼之道，還施彼身』，那也沒法子了……」但新修版中卻將最後一句話改爲：「……什麼『以彼之道，還施彼身』，本就是說來嚇唬人，哪能真這麼容易施展？……」這一改動，使得王語嫣的口氣很不對頭。似乎故意要顯得自己比慕容復高明得多，且使用了明顯的批評口氣，如同高手對沒見識的低手說話。在流行版中，王語嫣卻是真心實意地喜歡和崇拜對方，顯得處處爲對方著想。相比之下，還是流行版中的說法更符合王語嫣的身分和心態。

又，段譽由「抓破美人臉」的茶花引申到美女不該老是與人打架，流行版中已經寫得很好：「……這美人老是與人打架，還有什麼美之可言？」新修版偏要改爲：「『……這美人老是與人打架……』說到這裏，驀地想到了木婉清，接著道：『雖仍嬌美可愛，惹人憐惜，總不免橫蠻了一點兒。』」說新修版改得不好，理由是，一、這個時候突然想到木婉清，雖然不無可能，但卻明顯干擾了小說的敘事。二、段譽的話若是如此婉轉曲折輕描淡寫，如何能夠表現他對王夫人動輒殺人的強烈不滿？三、若段譽的批評如此含蓄，又如何能夠當場激怒王夫人，下文如何自然而又順利地繼續和進展？

進而，段譽為自己辯護，流行版中說：「……會得武功的女子之中，原有不少既美貌又端莊的。」王夫人反問：「你說我不端莊嗎？」段譽反駁說：「……只不過逼人殺妻另娶，這種行徑，自非端人所為。」新修版改為：「原有不少既美貌，又頗通情理的」、「你說我不通情理嗎？」、「似乎有點兒與理不合」，看起來，新修版的改動似乎更有道理，但作者卻似乎忘記了，這場對話的來由是由女子是否要以嫻靜溫雅為美，端莊之說，自有來由。修訂之後，這段話就顯得沒有來由，好像突然轉變了一個新的話題。而且，批評王夫人不端莊，正是段譽的心理感受，討論是否講理，那就反而不能充分表現段譽的激動情緒了。

進而，王夫人大怒之下，讓段譽種花，且要將每一名花都培育出幾盆出來。流行版中，段譽說：「這些名種，便在大理也屬罕見，在江南如何能輕易得到？每一種都有幾盆，哪還說得上什麼名貴？妳趁早將我殺了是正經。今天砍手，明天挖眼，我才不受這個罪呢。」新修版改爲：「……『**名花傾國兩相歡，常得君王帶笑看。**』**名花和傾國之色，都是百年難遇的，這才叫名貴啊**！妳趁早將我殺了是正經。今天砍手，明天挖眼，**那一天妳僥倖得了什麼名種茶花，只養得十天半月，沒等開花，就已枯黃乾癟，一命嗚呼了。**」＊增加的這兩段之囉囉嗦嗦且莫名其妙，幾乎一目瞭然，讀者當有體會。

又，段譽聽王語嫣說女孩兒家掄刀使棒總是不雅，大表贊同，然後，流行版中說：「突然想到，這句話可得罪了自己的母親。」也還罷了，新修版還要添油加醋：「又得罪了木婉清和鍾靈，而阿朱、阿碧顯然也會一些武功。」之所以說這一修訂嚴重不妥，是因爲，段譽和王語嫣對面，百分之百的注意力都會在王語嫣身上，不可能胡亂走神，想到這個姑娘又想到那個姑娘。

又，段譽和王語嫣說自己出逃回家的經歷，流行版說：「……後來回得家去，爹爹媽媽也沒怎麼責罵。」新修版卻又添了一句說：「後來回得家去，爹爹媽媽見到我開心得很……」已經有點過火，後面還要加上「至於回家時多帶了一個後來的妹子，

＊黑體字為新修版增加的。

這事只在心中一閃而過，自不必提了。」這不妥，首先是因爲與談話主題無關，沒有必要交代。其次是段譽與王語嫣談話，不可能總是想到木婉清。最後，加上這一句，似乎段譽用上了心機，對段譽形象有損。

又，段譽與嚴媽媽相對，新修版增加了這樣一段：「突然之間，想起了圍攻木婉清的平婆婆和瑞婆婆來，但覺那兩個惡婆婆跟這個嚴媽媽一般無異，又想到她們領人追殺木婉清，從蘇州追到大理，只怕這一夥惡人全都是王夫人的手下。各事湊攏一想，不少情形均若合符節。只許多事太過嚇人，這時不願多想，也無暇多想。」這段加得沒有多少道理，理由是：一、正如作者所說，這時候段譽本應無暇多想才是。二、要做出上述判斷，需要有比較豐富的江湖經驗才有可能，而段譽恐怕還沒有這樣豐富的經驗。三、更重要的是，段譽與王語嫣在一起，如何總是想到木婉清，這也不合常情。四、這段話非但沒有起到鋪墊的作用，反而有提前洩露天機的危險。總之，這段話完全沒有必要。

第十三回

首先，司馬林見識了王語嫣的能耐，忍不住驚呼：「你不是人，你是鬼，你是鬼！」這本來已經很好了，新修版偏要修改成：「你不是人，你是鬼，你是慕容家的女鬼！」前者充分表現出說話人的驚恐情態，而後者卻反而將說話人的驚恐情態大大減弱了，因爲從不是人——是鬼——是慕容家的女鬼的說話邏輯看，此人的頭腦中邏輯異常清楚，絲絲入扣，哪有驚恐的感覺？

又，新修版增加了一段：「阿碧道：『多謝三爺！』包不同道：『非也，非也！鄧大哥，公冶二哥、我包三哥、風四弟、你們阿朱五妹、阿碧六妹，咱六個在慕容家一殿爲臣，同生共死，你們該當稱我爲三哥，不可再什麼爺不爺的了。除非你們不想認我這個哥哥！』阿朱、阿碧齊聲道：『是，三哥！』三人同聲大笑。」這一段看上去很是感人，實際上卻不大說得通：

一、包不同與阿朱、阿碧在一起許多年了，兩個小姑娘稱他爲「三爺」肯定也有多年，多年都習慣了，習慣成自然，何以現在卻要巴巴兒的要求改正？

二、即使包不同有這樣的想法，甚至也有這樣的說法，阿朱、阿碧知道慕容家的規矩，並且肯定會遵守這一規矩，不可亂了輩份，不會逾越身分，馬上呼喊起「三哥」來。

三、如前所說，流行版阿朱和阿碧從一開始就稱呼包不同「三哥」，新修版開始改為「三爺」，這樣才合乎禮儀規範，現在又要打破這一規範，就有些自相矛盾了。

四、慕容家臣包不同的價值觀念如何進步，也不至於進步到如同現代革命隊伍中那樣不分年齡級別，一律互稱「同志」。

五、包不同要喜歡和憐惜這兩個姑娘，儘管用自己的行動表現出來，沒有必要當著外人段譽的面說這些「同生共死」的話。

第十六回

首先，新修版增加了一個重要細節，智光大師說蕭元山：「……大聲喝問，『你們為什麼殺我老婆？』他會說咱們漢人的話，聲調雖不正，這次卻大致聽懂了……」

這一細節，看起來很有可能，因為蕭遠山的師父是一個生活在遼國的漢人，他會說漢話也不算奇怪。但，這樣一來，小說中就有兩個問題，第一，他爲何不解開玄慈的穴道，對他作進一步的詢問，以便搞清楚這個致命的問題？若是能夠對話，他又何必要在石壁上書寫自己的遭遇和心理，而不乾脆與眼前的漢人說出來？進而，他既然懂得漢話，爲何不用漢文在石壁上書寫自己的心理？爲何還要用漢人不見得看得懂的契丹文字呢？由此看來，流行版中的設計其實更好，蕭遠山的師父即使是漢人，但長期生活在遼國，肯定會說契丹話，從而蕭遠山沒有必要學習漢語就能與之交流。更重要的是，正因爲他不懂漢語，而玄慈又聽不懂契丹話，二人之間沒法對話，蕭遠山才沒必要解開他的穴道，才有必要在石壁上用契丹文書寫自己的遭遇。

又，本回書的最後，新修版刪除了流行版最後一小段：「段譽大叫：『乖馬啊乖馬，跑得越快越好！回頭給你吃雞吃肉，吃魚吃羊。』至於馬兒不吃葷腥，他哪裡還會想起。」這一段將段譽逃跑時的緊張情狀寫得準確至極，且幽默動人，乃是刻畫段譽的大好文章。不知道作者爲何要刪除這一段？我實在想不出，作者有何理由要刪除這樣的一段精彩的敘事。從版面上看，作者似乎是爲了篇幅才刪除這一段的，那就更不應該了。

第十七回

首先，新修版本回開頭，增加了段譽的一段話：「是，是！杏花、春雨、江南，說起來很美，身當其境，也有不大方便的時候。」這段話看來似乎有趣，但卻不妥當。因為，前文是王語嫣說要找個地方躲雨，後文是「王語嫣不論說什麼話，在段譽聽來，都如玉旨綸音一般……」既然如此，段譽怎能不顧王語嫣的要求，而只顧抒發自己的感受？

又，段譽得到了「西夏武士」留下的解毒藥，在打開瓶蓋給王語嫣解毒前，新修版刪除了流行版中的一段：「段譽手持瓶蓋，卻不拔開。霎時之間，心中轉過了無數念頭：『倘若這解藥當真管用，解了她所中之毒，她就不用靠我相助了。她本事勝我百倍，何必要我跟在身畔？就算她不拒我跟隨，她去找意中人慕容復，難道我站在一旁，眼睜睜的瞧著他們親熱纏綿？聽著他們談情說愛？難道我段譽真有如此修為，能夠心平氣和，不動聲色？能夠臉無不悅之容，口無不平之言？』王語嫣見他怔怔不語，笑道：『你在想什麼？拿來給我聞啊，我不怕臭的。』」刪除了這一段心理活動，多少有點遺憾。

作者刪除這一段，大概是想到段譽不該有這樣的自私心理，但卻沒有進一步想：有這樣的私心閃念其實是人之常情，而關鍵是，段譽最後並沒有因爲自己的私心而沒有拯救王語嫣。這也就是說，有了這一段，使得段譽的形象更加生動。若要修訂，最多是在段譽的猶豫之中加上一點對解藥真假的擔憂，畢竟這是西夏武士留下的，誰知道會是真藥還是假藥？段譽稍稍爲此擔心，才更加周全。

又，本回的結尾，段譽想到可以繼續與王語嫣同行，不禁臉露微笑。其後，新修版又刪除了流行版的一段：「王語嫣奇道：『是我說錯了麼？』段譽忙道：『沒有，咱們這就到無錫城裏去。』王語嫣道：『那你爲什麼好笑？』段譽轉開了頭，不敢向她正視，微笑道：『我有時會傻裏傻氣的瞎笑，你不用理會。』王語嫣想想好笑，咯的一聲，也笑了出來。這麼一來，段譽更忍不住哈哈大笑。」這一段的幽默風趣不用多說，僅爲了好看也不該刪除。實際上，這一段也對這二人的赤忱天真的性格有很好的刻畫，而且，在同行過程中，二人的關係也在悄悄變化，這一相對大笑，就是他們關係變化的第一個階段性標誌。

第十八回

書中寫到阿朱嚇唬兩個小沙彌說：「你們快走遠些，若給那些番人捉到，別讓他們將你們兩個宰來吃了。」新修版刪除了流行版中的一小節：「段譽不悅道：『他二人走投無路，阿朱姊姊何必再出言恐嚇？』阿朱笑道：『真不是恐嚇啊，我說的是真話。』」這一小節，能夠表現段譽的心地善良仁慈，對這兩個素不相識的小沙彌關懷備至，也進一步顯示阿朱的調皮，爲何要刪除呢？

第十九回

首先，單氏父子和譚氏夫婦等來到聚賢莊，新修版增加了一段：「這些人當日都曾在杏子林中爲西夏人的『悲酥清風』所毒倒，之後得丐幫救脫，又聽說是喬峰送來解藥救人，他們都想喬峰決不會反來相救，多半是丐幫中人故意歸功於昔日幫主，紮一紮丐幫的面子，其後得知游氏雙雄和薛神醫廣撒英雄帖，便也來參與其事。」這一段說法本來很好，但作者似乎忘了新修版的第十八回中，作者已經讓這些人與喬峰見面，且「或羞容滿面，或喜形於色」，如此，就出現了新修版自身前後既自相重複，又自相矛盾的情況。

又，書中說聚賢莊英雄會中的好手，真實功夫勝過雲中鶴的大有人在，流行版中說「就沒有五六十人，也有三四十人」，而新修版中改爲「就沒有七八十人，也有五六十人。」這樣的改動，本無所謂好壞。相對而言，流行版中三四十人之說，恐怕更接近事實，因爲此次聚會，並非天下英雄的聚會，而是一次臨時性的聚會，不見得所有的高手都來了。把雲中鶴的武功水準降低得太多，對小說的敘事沒有任何好處。作者爲何要改呢？

又，譚公向喬峰出手，喬峰稱讚對方的武功招式，流行版中說是「好一個『長江三疊浪』！」這一說法本身沒啥問題。但新修版卻要改爲「好一個太行山『一峰高一峰』！」作者的想法也許是，太行派的武功，最好是以山峰爲名，這一想法本身很好，只是「一峰高一峰」之說並不約定俗成，顯得有些不倫不類，遠不如「長江三疊浪」那樣形象生動，廣爲人知。誰說太行派的武功招式不能用「長江三疊浪」這樣的名稱呢？

第二十一回

喬峰見智光大師，新修版增加了若干篇幅，其中固然有一部分內容加得恰到好處，但也有一些內容細節並非必須，甚至顯得多餘。例如喬峰——從這一回開始，喬峰知道了自己的名字，應該是蕭峰了——拿到了自己父親留下的遺言拓片後，「過了半晌，蕭峰道：『在下當日在無錫杏子林中得見大師尊範，心中積有無數疑團，想請大師指點迷津。』智光道：『我佛當年在天竺教誨弟子，眾弟子多方問難，佛祖有的詳加解釋，有的問話逕自不答，並不是佛祖不知而答不出，而是有些答案太過深奧，有些牽涉甚廣，非一言可盡。如簡捷答了，眾弟子難以明白，有人不免強作解人，其實並非確解，傳播開去，有害正法。有十四個問題，我佛不答，佛經上記載下來，那是有名的十四不答……』」直到「蕭峰站起身來，說道：『在下今日途中遇到五位老者……』」和「智光說道：『蕭施主不必過謙，老衲本來學武，近年來雖武功全失，武人習氣尚在。咱們互相不必客氣，開門見山，直言相談便是！』」這一連四五個自然段都屬多餘，違背了「開門見山，直言相談」的武人說話規則。繞了半天彎子，最後還是要回到直言相談的路子上來，那些彎子之不必要就不言自明了。

更好的證據是，流行版中敘述蕭峰見智光大師，開門見山，簡潔生動，乾脆俐落，已是經典風範十足。而新修版偏要添油加醋，說啥「十四不答」的典故，實際上卻與眼前的話題並不相干，智光的長篇大論，實際上只要「能答就答，不能答就不答」這九個字就能解決問題，作者偏偏要讓他長篇說教。實際上，這幾段話中的說話內容、方式、口氣，既不符合蕭峰的性格，也不符合智光的性格，只是作者給他們分配的臺詞。

又，接下來智光大師說：「……因此大家決意保全你性命，再設法培養你成材。」這一說法與智光大師在杏子林中的說法頗不一致，在那裏，智光大師就曾公開說他自己不同意教授蕭峰武功，何以到這裏變成了大家決意？

又，接下來蕭峰說：「這妄人捏造這個大謠言，未必只是想開開玩笑、敗壞別人的名聲而已。他想害死我爹爹之後，挑起宋遼紛爭，兩國就此大戰一場，鬧得兩敗俱傷……」這一段又把蕭峰的先見之明寫得過分了，蕭峰完全不知道這個傳假訊的妄人是誰，更不知道事情的前因後果，馬上得出上述結論，顯得與蕭峰的智力和性格不符。其一，蕭峰在判斷帶頭大哥和大惡人的事情上是何等遲鈍，而到了軍國大事方面卻如此精明，這就不相符合。其二，在判斷馬大元是否慕容復所殺的事情中，蕭峰何等謹慎仔細，而判斷妄人的行爲動機卻又變得如此主觀武斷。顯然，這也是作者強加給蕭峰的臺詞。

又，接下來智光大師說：「施主要找帶頭大哥報仇，帶頭大哥早就決意決不逃避。別說蕭施主武功卓絕，便是一個全然不會武功之人，只須持一柄短刀去，便一刀刺死了他。但帶頭大哥身旁的好手卻不計其數，他們要全力維護帶頭大哥，那不用說了。就算帶頭大哥下令制止，甘心就死，他一死之後，他手下人若群起而攻，卻也難以抵擋。」這樣的「邏輯」實際上是漏洞百出的邏輯，因爲帶頭大哥若是真心懺悔，就該將此事公之武林，讓人知道真相，然後聽憑蕭峰處理。但他們根本就沒有這樣做，智光大師又如何知道他怎樣想？智光大師也和玄慈本人一樣，並不告訴蕭峰真相，甚至也不告訴蕭峰帶頭大哥的姓名，但卻還要說是爲蕭峰著想，未免將蕭峰當成了小孩子。智光大師君子之心，既要保護帶頭大哥，也要保護蕭峰，這是有的。但若說他保守秘密純粹是爲了蕭峰，那卻只能是騙人。更關鍵的是，蕭峰在這裏也不提喬三槐、玄苦等人被殺的冤屈，以至於智光大師還以爲是蕭峰殺了這些人，這也是一個漏洞。蕭峰的心理，其實並不怪罪帶頭大哥衛國殺敵，他真正不能原諒的乃是殺害喬三槐夫婦和玄苦大師等人，讓他蒙受殺父、殺母、殺師的冤屈和罪名，為何不討論這一關鍵問題呢？

又，蕭峰問阿朱「我在塞外，你來瞧我不瞧？」阿朱說：「我不是說『放牧』麼？你馳馬打獵，我便放牧牛羊。」說得十分含蓄，但情深意濃，恰到好處。但新修版卻要在後面增加兩句：「……兩個人天天在一起，一睜眼便互相見到了。」顯得多餘，破壞了原有的含蓄之美，屬典型的過猶不及。

又，新修版到阿朱扮演的白世鏡辭別馬大元夫人康敏就結束了第二十一回，這當然是因為蕭峰見智光的篇幅增加了，作者需要對小說的一回篇幅作出必要的調整，這本身沒有問題。但新修版刪除了流行版的兩句話，即「馬夫人道：『小女子孀居，夜晚不便遠送，白長老恕罪則個。』阿朱道：『好說，好說，弟妹不必客氣。』」這話不該刪除，第一，這是客套風俗，不說就會失禮。第二，這是對康敏形象的反鋪墊：這時我們看到的是一個端莊守禮的貞節寡婦，後面的淫蕩形象才會讓我們加倍震撼。第三，若知康敏和白世鏡之間的關係，仔細品味，這話中還含有對假白世鏡的嘲弄。新修版刪除這一對話，損失實在不小。

第二十二回

新修版本回開頭，增加了兩段，一段是阿朱解釋馬夫人對她作了一個奇怪的眼色，這也還罷了。接著是蕭峰說：「你放心，我今後出手，再不會掌上無力，讓對手來將我打得肋骨齊斷，心肺碎裂……」這就文不對題，讓人莫名其妙了。「一空到底」之衍文，本來就不合理，就算有那種經歷，也不能與蕭峰報仇雪恨的打鬥相提並論，所以在這裏說這話完全沒有理由。第二段是寫兩個人的調情，阿朱說：「『……大哥，那時你心裏有沒有已經有點兒喜歡阿朱呢？』蕭峰呵呵大笑，道：『已經有點兒了吧？』阿朱側頭道：『我要你說不是有點兒，是已經很多很多！』蕭峰微笑道：『好，已經很多！』阿朱道：『他們不知，我大哥第一愛喝酒，第二愛打架。』蕭峰搖頭道：『錯了，你大哥第一愛阿朱，第二才愛喝酒，第三愛打架』……」如此調情，與其說是讓蕭峰說情話，不如說是讓蕭峰說假話，說瞎話，且不說他們是否有此閒心調情逗趣，就算有，也不該如此俗氣平庸。阿朱不該這樣，蕭峰更不會這樣。

又，本回（流行版第二十一回）中，蕭峰將《易筋經》交還阿朱，流行版中，阿朱說：「放在你身邊，不是一樣？難道咱們還分什麼彼此？」新修版卻改爲：「放在你身邊安妥些，不會給人搶去。」相比之下，流行版中的說法更好，因爲這是一次重要的表達情感的機會。新修版改了之後，情感的表達就不能到位，且阿朱要陪伴蕭峰一生，始終在他身邊，經書又怎能被人搶去？

第二十三回

本回中關鍵重點，是蕭峰詢問段正淳的過程，新修版中刪除了流行版中的一句：「……他行事絕不莽撞，當下正面相詢，要他親口答覆，再定了斷……」這句話可以說是蕭峰性格的關鍵，也當是這一段情節的要點所在。只不過，在作者的設計中，很難表現出蕭峰真正的仔細和認真來，因爲這段敘事的設計本身就有問題，所以作者只好將這句話刪除。

此處，新修版中另加上兩個自然段，第一個自然段是：「他一直瞪視著段正淳，瞧他回答時有無狡詐奸猾神態，但見他一臉皮光肉滑，鬢邊也未見白髮，不過四五十歲之間，要說三十年前率領中原群豪在雁門關外戕害自己父母，按年齡應無可能……

心中一動：『那趙錢孫明明七十多了，只因內功深湛，瞧上去不過四十來歲。段正淳以六十多歲年紀，得以駐顏不老，長保青春，也非奇事。』」這一段也還罷了，關鍵是第二段：「……恨恨的道：『雁門關外，三十年前……』阿朱突然打岔道：『大哥，這些事說來話長，慢慢再問不遲。』蕭峰點了點頭，明白阿朱不願讓旁人聽到自己盤問段正淳當時情景……」這就有很大問題了：

第一，段正淳突然聽到對方說「雁門關外，三十年前」這八個字，肯定會覺得莫名其妙，即使不抓住詢問，臉上也會表現出茫然的情形。

第二，阿朱爲何要打斷這一關鍵性的詢問呢？要知道，阿朱素來仔細聰明，此時又知道段正淳乃是她的生身父親，按照常理，即使知道證據確鑿，她也會想方設法爲父親找尋合理的解釋；更何況此事疑點眾多，首先是馬大元夫人就讓她難以放心；其次是段正淳回答詢問的言語之中，其實並沒有任何一點可以確鑿證明他就是那個帶頭大哥或大惡人，何以在蕭峰要做進一步詢問的時候，她反而要阻擾詢問，寧可草草了事呢？

問題的關鍵是，這段情節正是小說敘事的一個大難點。蕭峰打死阿朱這一情節不可改變，那麼蕭峰對段正淳的誤解也就不可改變。問題是，若要繼續誤解段正淳，就必須損害蕭峰並不莽撞的性格，更要損害阿朱仔細聰明的形象特徵。實際上，前面的詢問中，按照蕭峰的真實性格，他第一句話就應該提到「三十年前，雁門關外」這一重要時間和地點，以便查證；進而，對段正淳殺害喬三槐夫婦、玄苦大師等人的事實也應該明白說出；最後，還會追尋段正淳這樣做的動機所在：少林寺與他何干，要他去做帶頭大哥？但是，蕭峰若是照常詢問，則必然很快就真相大白，對段正淳的誤解就不能成立。所以，作者不得不讓蕭峰變得含糊其辭，性格大變。前面的對話中，段正淳說他「行止不端，德行有虧」這八個字，在正常的邏輯下，絕對不能與殺害喬三槐夫婦和玄苦大師的大罪惡劃等號。但作者不得不讓蕭峰對這樣明顯的破綻視若無睹。

又，蕭峰一掌打向阿朱扮演的段正淳，新修版中加上了一段：「他鑒於在天臺山涼亭中與姓遲老者對掌，心中敬重對方，危急中掌力疾收……此後答允了阿朱，與人對掌時決不容情，這一掌雖非出盡全力，卻也神完氣足，剛猛之極。」這一增加莫名其妙。蕭峰與姓遲的老者無冤無仇，當然不會出盡全力，必要時還可以、也應該撤回掌力，以免誤傷；現在面對的是自己的血海深仇，即使不答應阿朱要出全力，也會出盡全力打擊對方。更何況，答允阿朱云云，倘若遇到並非死敵，而只是較量武功，難道也要出盡全力？所以，新修版增加這一段，不但是多此一舉，而且是認爲增加漏洞。

第二十五回

開頭寫到蕭峰「行出十餘里，見路畔有座小廟，進去在殿上倚壁小睡了兩個時辰……」如果是在流行版中，這一敘述合情合理，嚴絲合縫。因爲在流行版中，蕭峰一夜沒睡，自然要找個地方睡上兩個時辰。但，新修版已經讓蕭峰在馬大元家附近的井臺上睡了大半夜，＊此時再睡，便反而不合情理了。

又，丁春秋的弟子出塵子向蕭峰交代神木王鼎的秘密，流行版中是說：「這座神木王鼎是本門的三寶之一，用來修習『化功大法』的。師父說，中原武人一聽到我們的『化功大法』，便嚇得魂飛魄散，要是見到這座神木王鼎，非打得稀爛不可，這……這是一件稀世奇珍，非同小可……」新修版改爲：「……用來修習『不老長春

＊新修版讓蕭峰在井臺上沉沉睡去，是一個有問題的安排，後面的專題中會有分析。

功』和『化功大法』的。師父說，『不老長春功』時日久了，慢慢會過氣，這神木王鼎能聚集毒蟲。吸了毒蟲的精華，便可駐顏不老，長保青春。我師父年紀不小，卻生得猶如美少年一般，便靠了這神木王鼎加功增氣……」兩相比較，新修版顯得莫名其妙，一個神木王鼎能夠修煉「化功大法」也就罷了，現在又增加了一項「不老長春功」，且出塵子的說話重點，從令人不齒的「化功大法」轉移到與旁人無關的「不老長春功」上，不合出塵子的身分和智力。因爲他是一個年輕的武者，對化功大法的興趣肯定要比對不老長春功的興趣大得多，若說他故意避重就輕，恐怕這位老兄沒有這份智力。所以，修改得不妥。

又，出塵子與大師兄的對話，也就相應從流行版的「那麼他是嚇得魂飛魄散呢，還是不怕」的主題段落，變成了新修版的「你說這座神木王鼎是件稀世奇珍，他會不會看中了這件奇珍不還？」的主題段落。從這兩個段落本身來說，或許二者都能成立，但後者卻沒有前者那樣生動有趣，也沒有那樣主題突出。

又，緊接著，新修版刪除了流行版的一個段落，即：「蕭峰日間和星宿派弟子相遇，覺得諸人之中倒是這出塵子爽直坦白，對他較有好感，見他對那大師兄怕得如此厲害，頗有出手相救之意，哪知越聽越不成話，這矮子吐言卑鄙，拼命的奉承獻媚。

蕭峰便想：『這人不是好漢子，是死是活，不必理會。』」

這一段是蕭峰對星宿派弟子的個人和集體觀察和評價，相當重要，最後一句，蕭峰的心理或許有所偏激，但整體上卻能引導讀者並引發讀者的共鳴。真要改，最多是將蕭峰的心理活動改為「心下失望，再也不想伸手救他。」刪除整段，則屬不當。

又，新修版刪除了摘星子的一句話：「丐幫人多勢眾，確有點不易對付，既然這喬峰已被逐出丐幫，咱們還忌憚他什麼？」而是讓他直接說出後面的話：「什麼『北喬峰，南慕容』，那是他們中原武人自相標榜的言語，我就不信這兩個傢伙，能抵得了我星宿派的神功妙術！」作者刪除前面的話，當時考慮到摘星子為人狂妄，不會公開說出忌憚丐幫的話，這當然不錯。但若將這段話作為他的心理活動保留下來，並不當眾說出，則效果顯然會更好。讀者不僅可以看到摘星子的驕傲自大，還可以看到他外強中乾和善於掩飾自己等形象特徵。所以，簡單的刪除，並不是修訂這一段的最佳方案。

又，新修版刪除了阿紫戰勝摘星子後的一段：「眾弟子齊聲歡呼……『大師姊，你快去宰了那什麼北喬峰、南慕容，咱星宿派在中原唯我獨尊。』另一人道：『你胡說八道！北喬峰是大師姊的姊夫，怎麼殺得？』『有什麼殺不得？除非他投入咱們星宿派門下，甘願服輸。』阿紫斥道：『你們瞎說些什麼？大家別作聲。』眾弟子登時鴉雀無聲。」作者刪除這一段，或許是覺得有點多餘，但寫作當時肯定由環境觸動從而靈感迸發，這一段話，表現了烏合之眾的根本特徵，那就是徹底非理性以及集體自大狂，非常精彩，也非常深刻，刪除這段殊爲遺憾。

又，流行版第二十五回到蕭峰掌擊阿紫就結束了，新修版則直道蕭峰帶著重傷的阿紫在東北的林海雪原中迷路受困才結束。＊這一改動，看起來似乎沒啥好與不好可說。但有兩點需要考慮：第一，原先的結束處是阿紫生死未卜，是一個重大懸念，而現在的結束處則不過是迷路而已，相比之下，原先的結束處懸念更大，自然更好。第二，將下一回的內容拉到這一回說，增加了這一回的篇幅，但卻使第二十六回的篇幅變得過短，直排版也只有區區二十一頁，這與其他單元的篇幅相差過大，並非好事。所以，這一調整，屬於不當修訂。

＊新修版第二十五回從第一一二七頁到一一三四頁將流行版下一回的內容提前到這一回書中。

第二十七回

蕭峰被封爲南院大王，耶律莫哥帶他見南院部屬，眾人肅然敬服，齊聽號令，流行版敘述原因說：「一來蕭峰神威凜凜，各人心中害怕，不敢不服，又都敬他英雄了得；二來楚王平素脾氣暴躁，無恩於人；三來自己作亂犯上，心下都好生惶恐……」新修版改爲：「一來蕭峰神威凜凜，各人一見便怕，不敢不服，又都敬他英雄了得；二來自己做亂犯上，這是殺頭滅族的大罪，心中都好生惶恐；三來楚王平素脾氣暴躁……」新修版調整了原因或理由的順序，但這一調整還是不到位，依據這些人的心理權衡，第一應該是自己做亂犯上，怕殺頭滅族；第二才是蕭峰神威凜凜，不敢不服；第三可以不變。此外，「不敢不服」後面再說「又都敬他英雄了得」這一陳述囉嗦彆扭，應該是：「各人心中害怕，又敬他英雄了得，不敢不服」，這樣才順暢。

又，阿紫議論別人說蕭峰「忘恩負義，殘忍好色」，說她媽媽另有高見，流行版中是：「……她說我爹爹也是忘恩負義，殘忍好色，只不過他是對情人好色負義，對女兒殘忍無情，說什麼也不及你……」新修版將「對女兒殘忍無情」改爲「對女兒殘忍忘恩」，這一改動反而不妥，無情之說更適合批評父親對女兒親情不夠和照顧不周。說父親對女兒「忘恩」，則讓人有點不知所云。

又，本回結尾，新修版刪除了阿紫的一段話：「我心中想得好好的，要拿這小子來折磨一番，可多有趣！你偏要放他走，我回去城裏，又有什麼可玩的？」這一段話看起來似乎不重要，實際上並非如此。一、這其實是向蕭峰表示愛情：折磨這小子是爲了蕭峰，而聽話放了他也還是爲了蕭峰；二、這話在蕭峰聽來卻恰恰相反，覺得這是孩子話，而且有胡鬧的傾向；三、這話說出，造成一次曲折跌宕，使得後面的情節在意料之外而又在阿紫的情理性格邏輯之中。總之，作者刪除這一段，相當於剪除了一片風景。此處剛好又是回末，新修版的篇幅恰好是一頁結束，不知道作者是否爲了節省紙張篇幅而要做此修剪？

第二十八回

本回開頭介紹游坦之，新修版刪除了一段：「但他讀書也不肯用心，老是胡思亂想。老師說道：『子曰，學而時習之，不亦說乎？』他便說：『那也要看學什麼而定，爹爹教我打拳，我學而時習之，也不快活。』老師怒道：『孔夫子說的是聖賢學問，經世大業，哪裡是什麼打拳弄槍之事？』游坦之道：『好，你說我伯父、爹爹打拳弄槍不好，我告訴爹爹去。』總之將老師氣走了爲止……」刪除之後，雖然表面上覺得敘述更加簡潔，但，第一，少了一段非常生動有趣的文字，使敘述乾澀；第二，有這段與老師辯論的細節，讀者對游坦之的胡鬧行爲和性格會有更深的瞭解和記憶。所以，刪除此段，得不償失。

緊接著，新修版又刪除了與游坦之有關的另一段：「他低了頭大步而行……肚中餓得咕咕直叫，東張西望的想找些什麼吃的，草原中除了枯草和白雪，什麼也沒有，心想：『倘若我是一頭牛、一頭羊，那就好了，吃草喝雪，快活得很。嗯，倘若我是一頭小羊，人家將我爹爹、媽媽這兩頭老羊牽去宰來吃了，我報仇不報？父母之仇不共戴天，當然要報啊。可是怎樣報法？用兩隻角去撞那宰殺我父母的人麼？人家養了牛羊，本來就是宰來吃的，說得上什麼報仇不報仇？』」

作者刪除此段，大概是覺得這一段不很重要。其實，這一段文字生動活潑，天才橫溢，有不朽的思想藝術價值。具體說，第一，寫游坦之死都不怕，但卻怕饑餓，這是很少人能夠想到的一點，也是人性的一大奧秘。在情緒衝動之下，游坦之固然可以找蕭峰報仇，不惜拚掉自己小命，然而時過境遷，肚子餓了，他的無法忍受卻會出人意料而絕對在情理之中。第二，從饑餓想到枯草白雪，從枯草白雪想到牛羊，這不僅是一段幽默，更是一段弱勢者心態的深刻揭示，游坦之的處境乃是弱勢者絕望之境，牛羊之喻，不僅是自我解嘲，更是自我逃避。第三，這一段對游坦之後來出人意料的服軟表現，是一個堅實的鋪墊，若無這一段，游坦之的性格邏輯就缺少了重要的一環。如此打好文章，不僅令人熱淚盈眶，更發人深思，但作者卻毫不猶豫地刪除了。此屬於修訂的嚴重失誤。

又，游坦之所得《易筋經》中隱藏了另一部書，新修版中寫道：「忽見書頁上彎彎曲曲的文字之間，竟現出一行漢字：『摩伽陀國欲三摩地斷行成就神足經』……」這怎麼可能呢？按照下一頁新增加的解釋：「圖中姿勢與運功線路，已非原書《易筋經》，而是天竺一門神異的瑜伽術，傳自摩伽陀國……」天竺摩伽陀國的瑜伽功，如何會有一行漢字？這本書乃是隱性墨水書寫，新修版下一回書中增加的解釋說「至於以隱形草液所書繪的瑜伽《神足經》，則爲天竺古修士所書，後來天竺高僧見到該書，圖字既隱，便以爲是白紙書本，輾轉帶到中土，在其上以梵文抄錄達摩祖師所創的《易筋經》……」如此，怎會有中文？

第二十九回

本回中，游坦之練習冰蠶功，新修版增加了一段：「一個月後，冰蠶在體內運行路線既熟，便即自動行走，不須以心意推運，游坦之對這本經書也即不加珍視，某次翻閱時無意撕毀數頁，便即毀去拋棄了。」這一說法不妥，第一，一個月就練會瑜伽術，不能成立；第二，即使游坦之再不珍惜，也會懂得這是一本救命奇書，不能毀損，更不會拋棄。前面尚有他「小心翼翼的翻動」之說，何以剛過了一個月，就變成了這樣不惜寶物？若是無意中毀損或丟失，當然沒有辦法，游坦之恐怕也不會爲此多麼難過，但說他自己毀損拋棄，則不成立。不寫這一段，對小說敘事毫無損失，多寫一段反而多了一處漏洞。

又，段譽替父親送信給丐幫，見到全冠清，仍說「晚生奉家父之命，有一件事要奉告貴幫……」有明顯不妥。因爲在流行版中，段正淳瞭解馬大元之死、白世鏡之死的真相，而丐幫無人瞭解，所以要專門寫信告訴丐幫，這才說得上是有一件事奉告。而新修版中，段正淳所瞭解的秘密，丐幫呂長老等人全都瞭解，完全沒有「奉告」的必要。新修版中，段正淳與馬大元之亡妻調情，丐幫非但沒有怪罪，反而對他客氣招待，所以，段正淳派段譽前來純粹是向丐幫致謝送禮，那封信也不過是一封簡單的感謝信而已。

此外，新修版同一頁中，段譽的語言還有幾處不妥，第一是讓段譽說「家父在信陽軍貴幫故馬副幫主府上……」這就不妥，在馬大元府上的事，乃是段正淳的荒唐事，如何會對自己的兒子說？也沒有必要對自己的兒子說，段譽更沒有在這公開社交場合說自己父親的荒唐經歷。只要說通常的感謝客套即可。其次，此次的主要目的是感謝、送禮，段正淳的信也不過是感謝信，因而段譽也不該說：「一來送信，二來鄭重致謝，並奉上薄禮」，而應該說「特派我來致謝，奉上薄禮，這是家父的信。」

又，段譽心想全冠清不是好人，不必跟他多說，本來就已足夠，新修版下一頁中卻又加上一句：「……你們自己人窩裏反，還是讓你們自己人來說罷！」看起來更加嚴密，實際上卻並非如此，因爲馬夫人並非丐幫所害，而是阿紫所害。更重要的是，段譽沒必要在此對整個丐幫都有怪罪心態。

第三十回

本回的開頭，茍讀要找《論語》作爲兵器，新修版中刪除了一段：「包不同插口道：『你是讀書人，連《論語》也背不出，還讀什麼書？』那儒生說：『老兄只知其一，不知其二……這叫做有書爲證。』一面說，一面仍在身上各處掏東西。」其後不久，新修版又刪除了四個小自然段：

一、「玄痛大怒，刷的一刀，橫砍過去，罵道：『什麼忠恕之道？仁義道德？你們怎麼在棺材裏放毒藥害人？……』」

二、「那書呆子退開兩步，說道：『奇哉！奇哉！誰在棺材裏放毒藥了？夫棺材者……』」

三、「包不同插口道：『非也，非也，你們的棺材裏卻不放死屍而放毒藥，只想毒死我們這些活人。』那書呆搖頭晃腦的道：『閣下以小人之心……』」

四、「包不同道：『子曰：唯女子和小人爲難養也，你是小人』……」

作者刪除上述內容，原因或許是覺得這幾個自然段有點做作過分，不符合小說的敘事情境。但，苟讀乃至神醫薛慕華的這一班師兄弟個個都是性格獨特，若癡若呆，是漫畫式的人物，表面上看起來似乎個個都不真實，但作者用誇張手法描繪出了他們的本質特徵，在藝術真實的層面上完全可信。既然其他人都是那樣，苟讀如此，也就順理成章。

再則，玄痛等人以爲他們是薛慕華一夥，必然要質問棺材裏放毒藥的事情，所以，後面的四段並非胡鬧，而是有實際內容的敘事，若沒有人追問棺材裏放毒藥一事，反而不正常了。又次，苟讀的言語辯論，也不僅僅是胡鬧，實際上是一種對敵方略，甚至可以說是一種獨特的功夫，因爲他的胡言亂語，足以分散對方的注意力，甚至動搖對方軍心。

又次，前面的一段乃是爲後面的四個自然段進行鋪墊，前後相聯，才能真正成立。最後，這幾段文字無不風趣幽默，讓人噴飯。總之，就算玄痛、包不同的某些言語在文字上可能不是十分恰當，那也最多只要進行文字修訂就可以了，全部刪除，未免得不償失。

又，新修版中說：「……薛慕華先裝假死……」這一說也有問題。首先，應該是丁春秋派人來找薛慕華前往醫治，薛慕華不從，這才裝死，並非先裝死；其次，「先裝假死」之說也彆扭，裝死也好，假死也行，爲何要說裝假死？

第三十一回

無崖子將自己的畢生功力傳輸給虛竹，流行版中的寫法是：「那人哈哈大笑，突然身形拔起，在半空中一個筋斗，頭上所戴方巾飛入屋角，左足在屋樑上一撐，頭下腳上的倒落下來，腦袋頂在虛竹的頭頂，兩人天靈蓋和天靈蓋相接。」新修版則改爲：「那人哈哈一笑……平平穩穩的坐落在地，同時雙手抓住了虛竹左右兩手的腕上穴道……」。要作此修訂，大概是爲了「合乎常理」，但小說中所描寫的「逆運百冥神功」的傳輸功力的方法，本身沒有任何常理可言，只不過是武俠小說中的一種神奇的想像。既然要傳奇，那就不如更加徹底，如流行版那樣頭頂對頭頂，讓人瞠目結舌才好。再說，流行版中的這一姿勢，還有「灌頂」之隱喻，大有發人深思的餘地：無崖子不僅傳輸了內力給虛竹，實際上也是要把自己逍遙派的價值觀念傳輸給虛竹。爲何不乾脆將傳奇寓言進行到底？

第三十六回

新修版增加了一段：「逍遙派師兄妹三人均內力深厚、武功高強，但除童姥外，其餘二人情愛不專。無崖子先與童姥相愛，後來童姥在練功時受李秋水故意干擾，身材永不能長大，相貌差了，無崖子便移愛李秋水，但對童姥卻絕口不認。」這一段不是非常恰當。首先，情愛不專有道德判斷成分在內，而逍遙子和李秋水的情況表面上如此，實質上卻是因爲「癡」，即不明白自己也不明白情愛的真諦。其次，無崖子是否曾與身材矮小的童姥相愛？或者說，是童姥對無崖子的片面單相思，還是無崖子當真曾一度愛上三焦失調的童姥，這是一個可以需要認真考慮的問題，最好是沒有簡單的結論爲好。最後，作者的道德判斷和結論，放在這裏，不前不後，既不是引話，更不是總結的地方，顯得有些突然。

第三十七回

流行版中，虛竹問李秋水：「師叔，她……你那個小妹子，是住在大理無量山中？」回答自然是「李秋水搖了搖頭，雙目向著遠處……」新修版改爲：「師叔，你從前住在大理無量山嗎？」結果是：「李秋水點了點頭，雙目向著遠處……」這一修訂明顯不妥。第一，虛竹的思維邏輯是：既然無崖子愛的是李秋水的妹妹，又叫他去無量山找人，則無量山中人當然應該是李秋水的妹妹。第二，讓李秋水搖頭要比讓李秋水點頭具有更多的人事全非的悲劇意象。

又，李秋水回顧往事，對虛竹說明了一些事情的真相，新修版增加了一些內容，其中有幾個關鍵性的問題。

例如一、「賢侄，我跟丁春秋有私情，師哥本來不知，是你師伯向你師父去告了密，事情才穿了……」此說的不妥之處在於，在小說原版中，李秋水是一個悲劇人物，那是因爲她摯愛無崖子，而無崖子卻不知不覺間愛上了自己的妹妹卻又不自覺，只是對李秋水日漸疏遠，爲了挽回這一情感關係，李秋水才想出了下策，那就是去勾引年輕人，試圖引起無崖子的嫉妒和愛情。她勾引丁春秋，也一定不是秘密行事，而是要故意讓無崖子知道，這才符合邏輯。倘若李秋水與丁春秋之間的性愛關係故意隱瞞無崖子，需要童姥告密才被無崖子發現，那麼李秋水就真的變成了一個純粹的淫蕩之人。雖然，李秋水有可能不怪自己的行爲不當，而責怪童姥「挑撥與陷害」，但人之將死，其言總該有幾分善意，有幾分明白。

二、「後來我到了西夏，成爲皇妃，一生榮華富貴。你師伯尋來，在我臉上用刀劃了井字，但那時我兒子已登極爲君……」此說邏輯成立，但時間上恐怕有點問題，李秋水說是將無崖子打下山谷後才到西夏做皇妃，那就是說是三十年前的事。要知道，李秋水比童姥小八歲，現年八十八歲，三十年前已有五十八歲，就算她顯得年輕貌美且能當上皇妃，但能否生兒子卻成了一個大問題。進而，後面我們要看到西夏國王出場，這個兒子顯然已經超過三十歲，因爲他還有一個成年女兒「夢姑」，所以，說李秋水的兒子當上了國王，年齡也不對。

三、流行版中，李秋水臨終遺言有二，第一是「我有一個女兒，是跟你師父生的，嫁在蘇州王家，你幾時有空……」但轉眼又說：「不用了，也不知她此刻是不是還活在世上，各人自己的事都還管不了……」第二是「師姊，你我兩個都是可憐蟲，都……都……教這沒良心的給騙了，哈哈，哈哈，哈哈！」新修版改爲一：「唉，不用了，各人自己的事都還管不了……」二：「師姊，你我兩個都是可憐蟲，便是你師父，直到臨死，仍不知心中愛的是誰……他還以爲心中愛的是我，那也很好啊！哈哈，哈哈，哈哈！」兩相比較，前者有一絲對女兒的關愛，靈光一閃，也令人感動，後來自我否定，則讓人感傷。再則，前者臨終之際與童姥同病相憐，恩怨盡消，也明白了自己癡情一生全成虛妄，而後者則留下了對無崖子幸災樂禍的言語心態，餘毒未消，這一最後定格，有損李秋水形象。

第三十九回

虛竹進入靈鷲宮的石窟，新修版增加了一段介紹：「虛竹心想：『她們說石窟中有數百年前舊主人遺下的圖像，這些地道、石窟建構宏偉，少說也是數十年之功，且耗費人力物力極巨，當非靈鷲宮中這些婆婆姊姊們所能爲，多半也是舊主人所遺下的。』」這段修改，仔細地介紹了石窟和道路的歷史，看上去很好。但，第一，這些細節並非至關重要，說不說都沒大關係。第二，若是作者直接介紹倒也罷了，卻偏偏要讓虛竹來介紹，但虛竹並不是一個如此細心和有見識的人，他將西夏皇宮都當成了大廟，如何有上述這樣仔細且懂行的判斷分析？

第四十二回

玄慈對蕭遠山說：「老衲曾束手袒胸，自行就死……但令郎心地仁善，不殺老衲，讓老衲活到今日……」這話有問題：玄慈正是今日才正式向蕭峰承認自己是帶頭大哥並讓蕭峰殺他，但上述表白中，似乎蕭峰早就知道這一訊息，只是不願意殺死玄慈，才讓他「活到今日」。要麼是玄慈說謊，要麼是作者疏忽。

又，流行版中，蕭峰先向慕容博挑戰，說「慕容老賊……」如何如何，新修版改爲蕭遠山先向慕容博挑戰，還是說「慕容老賊……」有點不大合適，按照蕭遠山的身分性格，若不稱對方爲「慕容老狗」，至少也會說「慕容小兒」。

第四十三回

段譽受到王語嫣的質問，「一時驚慌失措，心亂如麻」，新修版增加了一小段：「隔了半晌，才道：『我……我並不想跟慕容公子爲難。他要殺我，你說我該當任由他來殺麼？』」不好在於，一，這是邏輯思維，不是心亂如麻的表現；二，這是自我辯護，不是段譽的愛情心態，也不是段譽的一貫性格。

又，蕭遠山要向慕容博報仇，流行版中說：「你我之間的深仇大怨，不死不解。這不是較量武藝高下，自然我父子聯手齊上，取你性命。」而新修版偏要增加一些話：「……當年三次較藝，我都適可而止，手下容情，今日識破了你本來面目，你又已武功大進，自是我父子聯手齊上……」變得囉囉嗦嗦，不得要領，似乎對方武功沒有大進就不會父子聯手。實際上，從這段話的多餘程度看，新修版寫蕭遠山和慕容博之間的三次交手，其實沒有任何意義。

第四十五回

新修版將「此日是八月十二，離中秋節尚有三日」改爲「次日是三月初七，離清明節尚有二日」，這當然沒有問題。問題是：蕭峰到少林寺之際，小說中說他向皇帝告假兩個月，尋訪阿紫。現在，他從十一月初十參加少林寺聚會到三月初七，已經將近四個月時間了，對於一個官員來說，超假一倍肯定不是一件小事。最好是讓蕭峰設法解決這一問題。

第四十六回

靈鷲宮四姝出主意讓木婉清假扮段譽去求親，流行版中最後是：「菊劍道：『就算那時段公子仍不現身，木姑娘代他拜堂，卻又如何？』說著伸手按住了嘴巴，四姊妹一齊吃吃笑了起來。」新修版在其後加了一句：「蘭劍道：『就算木姑娘須得代哥哥跟嫂子洞房花燭，反正大家是女子，那也不妨，最多說穿了便是。』」這一改動，雖說更加明白，但卻缺少含蓄，也就缺少了幽默的因頭，不好笑了。

又，新修版增加了一段情節，是包不同問那個害羞宮女的名字，宮女不僅回答了，而且說「我叫曉蕾，曉風殘月的『曉』，花蕾的『蕾』，不好聽的。」這恐怕不大合適，一來這宮女明顯怕羞，恐怕不會如此大方；二來，女子的閨名也不大可能隨便告訴別人。

又，慕容復回答最愛之人是誰這個問題，流行版只說「我沒什麼最愛之人。」新修版偏要加上一句：「倒是也有人愛我，我卻沒最愛之人。」似乎是要炫耀有人愛，但卻更加暴露了自己的冷心腸。這樣一說，流行版中的那種振聾發聵的寓言震撼反倒減少了好幾分。

第四十八回

段正淳面臨情人被殺的窘境，新修版增加了一句：「情人雖愛到了心，畢竟兒子爲親。」這有點畫蛇添足，因爲前面已經讓讀者瞭解到段正淳的矛盾窘境，別無選擇，究竟如何，不妨讓讀者自己去判斷，作者說出任何話來，都會顯得多餘，而且不可能表達段正淳的複雜痛苦之情於萬一。

第五十回

虛竹和段譽擒獲耶律洪基，被蕭峰攔截，這二人站在耶律洪基身後防止他逃跑，新修版增加了一句「梅蘭竹菊四姝站在段譽身後，各挺長劍，以擋敵人射來的冷箭。」第一，這四姝剛跟上段譽，只站在段譽身後，而不再站在虛竹身後，本身就有點說不過去；第二，這四姝如何不想自己的武功能否擔任段譽這樣超級高手的侍衛？第三，此時還有少林、大理、靈鷲宮、丐幫、中原群雄等無數高手在，爲何別人不上，而只有這幾個人上去保護段譽？最後，耶律洪基被俘，誰敢向這裏射冷箭？作者無非要表現四姝跟誰向誰，但卻不分場合，因而不妥。

又，蕭峰死後，阿紫抱著蕭峰遺體，新修版中將段譽勸說阿紫的話，從「小妹，蕭大哥慷慨就義，人死不能復生……」改爲「蕭大哥慷慨就義，普惠世人……」；又將段譽示意木婉清勸說阿紫改成示意梅劍勸說阿紫，都很不妥。首先，說蕭峰慷慨就義已經包含了普惠世人的意思，而後面的「人死不能復生」則是安慰和勸說阿紫的話，新修版將這句話去掉，段譽的話就變成了悼詞，那就莫名其妙，阿紫才不管什麼普惠不普惠，世人不世人呢。其次，段譽讓木婉清去勸說阿紫，一來是因爲木婉清始終在他身邊，二來是因爲木婉清乃是阿紫的同父異母姐姐，有義務也有能力勸說阿紫，現在段譽向梅劍示意，梅劍以什麼身分勸說阿紫呢？更何況，阿紫從來就不喜歡梅劍，只會惹火她。所以，這兩點修訂都不妥當。

三、應改而未改的例子

新修版《天龍八部》中，絕大部分應該修訂的地方都作了修正，但仍然有一些漏網的問題，沒有得到應有的修訂。以下分別細說。

第三回

段譽頭上明明戴著帽子，並且在窘迫之際用帽子上的碧玉在小鎮上換了二兩銀子，但後來木婉清要他披上披風時，段譽摘下的卻並不是帽子，而是「依言除下頭上方巾，揣入懷中。」如此前後不一致。在通常的情況下，段譽這樣的王子一天換七八種帽子或方巾都沒有問題，但現在段譽是在難中，身無分文，不得不將帽子上的碧玉拿來換銀子，且小說中還專門交代說，這個小鎮上並無購買衣服帽子的舖子。因此，帶帽子、摘方巾就成了一個問題。

第四回

木婉清說到甘寶寶給自己的師父報信，作者突然寫道：「段譽心道：『鍾夫人好似天真爛漫，嬌嬌滴滴的，卻原來這般工於心計。這可是借刀殺人啊。她自己恨這兩個女子，卻要你師父去殺她們。』」這一段完全莫名其妙，作者將自己想說的話，讓給段譽去旁白，但卻忽視了：

一、段譽此時並不瞭解木紅棉、甘寶寶與王夫人、刀白鳳之間的情敵關係，如何敢下判斷說鍾夫人甘寶寶是設計陷害木紅棉？

二、甘寶寶確實是有工於心計的一面，但段譽卻並不瞭解，在與段譽的相處過程中，這個鍾夫人可並沒有表現出任何工於心計的樣子。

三、段譽的生活經歷簡單，心腸好，雖然聰明，但缺少人生經驗，絕不會在一段話中分析出鍾夫人的性格和心計，更不會從惡意方面去猜度別人。所以，這一段段譽的心理活動完全不符合實情，也不符合段譽的性格。

新修版對此稍稍修改，變成了：「只怕鍾夫人自己恨這兩個女子，卻要她師父去殺了她們。鍾夫人好似天真爛漫，嬌嬌滴滴的，什麼事都不懂，其實卻厲害得很，要得自己丈夫團團轉的。」看似有所修訂，但其實質毫無變化。只不過增加了一條證據，說鍾夫人將自己的丈夫要得團團轉。然而即使如此，段譽連她們要殺的女子是誰，有何恩怨都完全不瞭解，卻做出上述判斷，仍屬毫無道理。

第五回

段譽在懸崖再見神農幫主司空玄，「心想：這山羊鬍子倒還沒有死，難道木姑娘給他的假解藥管用，還是靈鷲宮給了他什麼靈丹妙藥？……」這個疑問本身沒有任何問題，相反，這是段譽應有的反應。因為他知道兩個事實，第一、是鍾靈的閃電貂有劇毒，咬了人七天必死；第二、是現在過了七天，司空玄還沒有死，則二者之間相互矛盾，必須有個解釋。段譽的猜想是否正確，作者必須在適當的時候給予解釋。或是假藥有效（這種可能性不大），或是靈鷲宮有某種出人意料的靈藥，或是司空玄自己試驗出了靈藥（他畢竟是是神農幫主、精通藥理和藥性），否則，這就是個不大不小的漏洞。

第七回

段譽和木婉清被囚禁在萬劫谷石室中，談及段譽伯父是否會帶領鐵甲軍前來拯救他們，段譽斬釘截鐵地說：「不然，不然！我段氏先祖原是中原武林人士，雖在大理得國稱帝，決不敢忘了中原武林的規矩。倘然仗勢欺人，倚多爲勝，大理段氏豈不教天下英雄恥笑？」木婉清道：「嗯，原來你家中的人做皇帝、王爺，卻不肯失了江湖好漢的身分。」這一段看起來沒有太大的問題，但仔細想來，有不如無。理由是，第一，段譽對武林中的規矩未必知道多少，從小說開頭到現在，我們也沒有發現段譽懂得江湖規矩，否則就不會鬧出如此多的笑話。第二，段譽既然不學武功，段正明、段正淳等人也就不大可能對他說太多的武林消息，段譽也未必對這些武林規矩和消息感興趣，所以，他也就不可能說出這番話。第三，更加重要的是，若段譽在此並不多說，而是感到左右爲難，反而會留下一個大大的懸念：段正明等人是否會帶鐵甲大軍前來呢？第四，更重要的理由是，後文中段正明出發前往萬劫谷之際，不僅能見分曉，而且小說中還會有一段解釋，那時候再來解釋，就更加令人信服。

第八回

段正明等人沒有救出段譽，便決定回皇宮再作商量，於是：「一行人回到大理。」看起來似乎沒有問題，想起來未免有點不合情理：此刻段譽和木婉清兩人正受「陰陽和合散」的春藥激發，被關在同一間石室之中，隨時有兄妹亂倫的危險，這也正是段延慶等人的目的所在。雖然一時無法解救，那也應該就地商量對策才是，爲何一定要全都回到大理去才商量？要知道，萬劫谷離大理路途不近——所以在第二回書中，鍾夫人要段譽傳話給段正淳拯救鍾靈，要爲他借來快馬——既然路途不近，爲何還要回去再說？退一步說，即使段正明要找黃眉僧人幫忙，自己回去也就是了，爲何要讓段正淳等人全都回去？而段正淳和刀白鳳又如何能放心回去？而連一個探聽消息的人也不留下？權衡之下，段氏兄弟君臣回到大理皇宮後所談的那些話，放在萬劫谷附近說，一時別無良策，後來不得不兵分兩路，一路回大理搬救兵，一路在此盯住敵手，才更合情理。

第九回

緊接著，在第九回的開頭，寫段正明「素來佩服黃眉僧的機智武功，又知他兩名弟子也武功不弱，師徒三人齊出，當可成功。」接下來：「那知等了一日一夜，竟全無消息，待要命巴天石去探聽動靜，不料巴天石以及華司徒、范司馬三人都不見了。」這樣的寫法，也同樣不合情理。

一、段正明明明知道，萬劫谷中除了段延慶之外，還有其餘三大惡人外加鍾萬仇夫婦，若段延慶敵不過黃眉僧，這些人隨時會增援，懂得軍機大策的段正明如何能夠以為僅靠黃眉僧師徒三人就能夠解決問題？更何況，段正明還明明知道，黃眉僧的武功並不比自己高明，僅對付段延慶就沒有把握，難道指望黃眉僧的兩個弟子能夠對付葉二娘等人不成？

二、段譽是大理王儲之子，更是段家的獨苗，從最起碼的人情習性判斷，如何會將拯救自家人的重任全都交給外人去做，而段家人自己則只是在皇宮之中消極等待？段正明兄弟君臣所爲難的，不過是不便對付段延慶一人而已，對葉二娘等人卻毫無顧忌，爲何不派幫手去協助黃眉僧人呢？

三、巴天石等人不向皇帝稟報自己去向，也沒有道理。作者這樣設計，不過是爲了保密，但之前已經交代過了這幾個人的動向，並無懸念可言。更重要的是，這幾個大臣如何能對皇帝和王爺隱瞞自己的動向？更加合理的安排應該是，段正明派這幾位大高手去協助黃眉僧。

又，黃眉僧回憶與姑蘇慕容相遇的段落中，迷迷糊糊中聽到母親教訓兒子：「姑蘇姓慕容的，哪有你這等不爭氣的孩兒……」其中「姑蘇姓慕容的」之說，不合口語習慣，當是「姑蘇慕容家」或乾脆「姑蘇慕容」才好。

又，段譽趕到萬劫谷，恰好見到鍾靈遇險，段譽大叫：「喂喂，你們不可傷我鍾靈妹子，她本來是我沒過門的妻子，現下是我妹子啦！」後面的話很不恰當。一、說鍾靈是自己「未過門的妻子」，顯得段譽很輕薄，本就不妥。二、說「現下是我妹子啦」，則完全不顧這件事恰恰是父親荒唐的後果，是段家的羞人隱私，段譽如何能在這裏大聲呼喊出來？實際上，在這裏，段譽只要說前一句「喂喂，你們不可傷我鍾靈妹子」即可。新修版非但沒有刪除後面的話，反而將流行版中的「妻子」換成了新修版的「老婆」，看上去更是肉麻當有趣了。

第十回

大輪明王鳩摩智拿出三冊書，說：「……這三卷武功訣要，乃慕容先生手書，闡述少林派七十二門絕技的要旨、練法，以及破解之道。」這一說法，未免有點誇張失實。少林派七十二門絕技的要旨和練法，如何是區區三卷所能容納？更何況再加上慕容先生加上的「破解之道」？這一說法，有點像《射雕英雄傳》流行版中，陳玄風將《九陰真經》下卷經文刺在自己胸前一樣不合理，所以新修版中將這一不合理的情節刪除了。更重要的是，新修版《天龍八部》中增加了慕容博和鳩摩智結識的過程，其中明明寫到每一種少林寺武功都有至少一卷書，七十二門武功當有七十二卷才是。就算慕容博將幾門武功的記載抄錄在一起，但加上自己的心得和破解之道，也不能將七十二門武功的要旨、練法、破解之道抄入區區三卷之中吧？鳩摩智後來顯示了三門少林派指法，爲何不說這三卷書乃是這三門指法的記錄和破解之道呢？

又，本回書中的結尾部分，鳩摩智抓住了段譽，流行版中，鳩摩智公然說：「這位小施主心中記得六脈神劍的圖譜……小施主就是活圖譜，在慕容先生墓前將他活活的燒了，也是一樣。」新修版刪除了「活活燒了」一句，當然很好，但問題是，新修版仍然保留了後面的一段，即，鳩摩智說：「燒了死圖譜，反得活圖譜。慕容先生地下有人相伴，可不覺寂寞！」從而並沒有從根本上改變鳩摩智公開表示要將段譽帶到慕容博墓前燒死這一細節。

這一設計其實有很多的問題。

首先，他是吐蕃國師，更是佛國高僧，表面上道貌岸然，平常也是一副慈悲模樣，取大理國的「六脈神劍」劍譜，說是要送到慕容博的墳前去焚毀，實際上他自己更有覬覦之心。如今將懂得「六脈神劍」的段譽抓住，自然是要想辦法從段譽的口中掏出簡譜來，或許是軟誘，或許是硬逼——甚至會嚇唬段譽，說若不交出劍譜就要將他在墳前活活燒死都有可能。但是，在大庭廣眾之下，卻無論如何不該、也不會這樣說的。這時候，鳩摩智既然抓住了段譽，何必還要說那些既暴露自己的兇殘本性，又會引起無窮後患的嚇唬人的殘忍語言？若是想要對方投鼠忌器，就更不應該這樣不留餘地！實際上，他越是說得含糊其詞，對方就越有可能嚇得不敢輕舉妄動；他越是客氣周到，對方就越是會麻痺大意。這就是說，鳩摩智可以說任何別的話，但就是不該說這樣的話。僅從策略上說，鳩摩智若真想去蘇州慕容家，那就更不會透露自己會去慕容家的消息。

與此同時，更重要的是，這句話，應該會引出十分嚴重的後果。鳩摩智此時或許不知道段譽的身分，但段正明、枯榮大師以及天龍寺中所有的高僧，都應該知道段譽乃是大理國的皇儲世子，日後大理國皇位的繼承人。段譽被鳩摩智擄去，已經是一個十分嚴重的大事件！更何況，鳩摩智當眾宣布要將段譽帶到蘇州去給死去的慕容博做地下之伴？那豈不是萬分重大的事件嗎？可是，我們在書中看到，段正明、枯榮大師、大理皇家寺院天龍寺中的所有高僧，在本國皇儲世子被鳩摩智擄走，並且對方還公開揚言要將段譽在慕容博墳前活活燒死之後，居然沒有任何進一步的行爲——他們只是派人去追趕鳩摩智，甚至沒有追趕（**對此書中並沒有明確描寫**）——而後，沒有任何舉動，根本就沒有派人前往蘇州救援這位身繫大理國未來的皇儲世子！甚至從來沒有派人到中原去打聽皇世子段譽的消息！是大理國人找不到鳩摩智和段譽的下落嗎？鳩摩智明明說了，是要到蘇州去拜祭慕容博，且真的去了。此後大理國君臣對段譽被俘，甚至有生命危險這樣的大事，完全沒有行動，似乎無動於衷，這就大悖情理，成了一個大大的漏洞了。

第十一回

本回的結尾處，鳩摩智高叫：「……和尚是你們公子的朋友……」如前所述，鳩摩智是西藏喇嘛，不該自稱「和尚」。

第十二回

王夫人請段譽喝酒說話，突然問道：「大理段氏乃武林世家，公子卻何以不習武功？」首先，這句話是個病句，問「公子何以不習武功」也就罷了，偏要加上一個「卻」字，使得語句非常彆扭。更重要的是，這話顯得非常突兀，沒有來由，因爲這時的語境沒有任何因素觸及武功的話題。王夫人真正感興趣的應該是段譽是否認識大理王族的貴人才對。

又，曼陀山莊管理花肥的嚴媽媽將王語嫣扣在機關裏：「驀然間喀喇一聲響，鐵柱中伸出一根弧形鋼條，套住了她纖腰。」這行為未免有些過火，首先是嚴媽媽對自家小姐如此過分無禮，缺乏必要的依據；其次是，她應該知道王語嫣不懂武功，沒有必要將她囚禁起來，也能去向王夫人請示，若能帶著王語嫣一起去請示，豈不是更好？總之，她沒有任何理由要囚禁王語嫣。

又，流行版中，嚴媽媽對王語嫣說：「小姐，小姐，慕容家姑太太說夫人偷漢子，說你……」新修版稍稍改動：「小姐，小姐，慕容家姑太太說夫人偷漢子，說你外婆更加不正經……」說不上誰好誰壞。這一段情節中真正需要修訂的地方，是王語嫣聽到這番話，完全沒有反應。無論是流行版還是新修版都沒有專門寫到王語嫣的反應，對金庸小說而言，就算是一個漏洞。

第十三回

王語嫣指點諸保昆武功，「諸爺，你使一招『鐵拐李月下過洞庭』，再使一招『鐵拐李玉洞論道』。」這一段情節很是好看，但若認真想來卻有點不合常理。第一，王語嫣從來沒有多少幽默感，這裏差不多是她唯一表現自己幽默感的地方，而恰恰是在別人生死拼鬥的場合，所以有不如無。第二，諸保昆兩拳難敵六手，已經難以抵敵，王語嫣直接說出招式來指點恐怕都很緊張，而她竟然要幽默轉彎，讓諸保昆大傷腦筋，豈不是有害於他？

又，姚伯當與司馬林爭執：「放屁，放屁……你睜大狗眼瞧瞧，眼前這三位美貌姑娘，那一位不會穿著標緻衣衫？」姚伯當和作者大概都忘了，這三位姑娘進門之前，乃是分別扮演成老年和中年漁婆，且不說中老年人的衣服該如何，至少漁婆的衣服肯定不會高級。所以，姚伯當此說，完全沒有必要讓對方專門注意這三個人的衣著。順便說一句，在敵人被包不同征服之後，作者也始終忘記了給出時間來讓這三個愛美的少女換衣服——按照常理，只要危機過去，這三位姑娘所要做的第一件事，就該是將漁婆的衣衫換下來。

又，包不同說：「二哥有信來……要我帶同阿朱、阿碧兩位妹子去查查。」這一說法沒有道理，阿朱、阿碧只不過是兩個小女孩，武功也不高，江湖經驗也不多，分明是看家的合適人選，爲何二哥要讓包不同帶她倆去查案子？作者這樣寫，不過是要給她們找到同行的機會。實際上，這種機會很容易就能找到，那就是王語嫣逃離自己家，是爲了慕容復，無論如何也不會願意在慕容家待著，肯定要吵著讓包不同帶著她去找慕容復。這樣，阿朱和阿碧也就有了機會。王語嫣總需要人陪伴和服侍，阿朱、阿碧就是最合適人選。總之，說上面主動佈置任務要帶著這兩個小姑娘去查案子，說不過去。

第十四回

包不同被喬峰的高超武功征服，於是「高聲而吟，揚長而去，倒也輸得瀟灑。」瀟灑是瀟灑，但他臨走之前，根本就不對王語嫣、阿朱、阿碧等人招呼一聲就走，未免讓人覺得不對頭。他帶阿朱、阿碧兩人前來查探線索，對這兩個姑娘的安全自然負有責任，更何況臨來之前，還專門強調了他們之間的兄妹感情？更重要的是，還有王語嫣，她是慕容復的表妹，大有可能成爲日後的主母，包不同性格再怪，如何敢對王語嫣的安危掉以輕心，不管不顧？

有意思的是，到了第十五回書中，作者又增加了一段話：「當風波惡和包不同離去之時，王語嫣和朱碧雙姝本想隨著離開，但包不同臨走時向王語嫣使了個眼色，似乎要她們不必同時離去，以免顯得『姑蘇慕容』共進同退，與丐幫爲敵……」問題是，一，之前說包不同走的時候作者不交代這一使眼色的細節，到這裏才來交代未免過晚。二，包不同的想法和說法未免不通：爲何慕容家人共進同退就是與丐幫爲敵？三，這樣一來，包不同就是故意將王語嫣這幾個女孩子當成人質留在敵意濃鬱的丐幫陣營之中了。如此，包不同還叫個人嗎？

第十五回

喬峰對全冠清說：「……喬峰並非一味婆婆媽媽的買好示惠之輩……」這話不妥，因爲當著所有人面說，無疑是說剛才赦免奚宋陳吳四大長老是「婆婆媽媽的買好示惠」，這樣一來，那些感激他赦免的人反而會因這句話感到受了侮辱。這話對四大長老、對喬峰形象都有損害。

第十七回

段譽救了王語嫣之後，說：「我拼著性命不要，定要護你周全，不料你固安然無恙，而我……」其不妥之處相當明顯，段譽的說法雖說是實事求是，但畢竟有自我表功之嫌。按照段譽的性格，他不會這樣說話，對王語嫣這個至愛之人，更不會這樣說。

第十八回

慕容復假扮西夏武士，毒倒了西夏人，並在牆上寫下了「以彼之道，還施彼身，迷人毒風，原璧歸君」十六個字，扮成慕容復的段譽居然問西夏人努兒海：「這是誰寫的？」進而，脫險之後阿朱還說：「……不知是誰暗放迷藥？那西夏將軍口口聲聲說是內奸，我看多半是西夏人自己幹的。」慕容復在牆上標明了字號（**是否應該如此，當作別論**），但段譽卻不從慕容家的名聲上去想，阿朱竟然也絲毫沒有想到是慕容公子所爲，豈不怪哉？

又，玄苦大師臨終之際對玄慈等師兄弟說：「小弟受戒之日，先師給我取名玄苦。佛祖所說七苦，乃是生、老、病、死、怨憎會、愛別離、求不得。」新修版雖然將「七苦」改成「八苦」，即在後面增加了一項「五陰熾盛」之苦，但卻沒有注意到玄苦「佛祖所說八苦，乃是……」之說，雖不是班門弄斧，也是在同行面前說常識，同樣不恰當。這是作者要借人物之口解釋「佛說八苦」，但讓玄苦在玄慈等人面前說，卻未免有些考慮不周。

又，玄苦見到喬峰，以爲他就是向自己行兇的兇手，所以對喬峰說：「你……你……原來便是你，你便是喬峰……」臨死前還接連說了三個「好」字。這玄苦大師錯認喬峰的情節，從敘事上來說，當然十分精彩。從情理上來說，也馬馬虎虎說得過去，因爲玄苦大師顯然已經有多年沒見到弟子喬峰了。之所以說情理上只是「馬馬虎虎說得通」，那是因爲，玄苦大師顯然是一個內功深湛、具有卓見之人，就算他看不出蕭遠山的年齡和喬峰的年齡的明顯差別，但蕭遠山的武功內力顯然不可能是喬峰的武功——喬峰的武功內力可是他親自教授的啊，而蕭遠山也顯然不會施展降龍十八掌之類的丐幫武功，那麼，玄苦大師何以不能從蕭遠山的武功內力上分辨出來此人不是喬峰呢？

我這樣說的依據，是喬峰躲在門外，連武功卓絕且沒有受傷的玄慈等人都沒有發現，而受了重傷的玄苦卻發現了，有這樣超卓見識之人，何以不能辨別喬峰與蕭遠山的年齡、武功的不同呢？更重要的是，玄苦大師的境界顯然超出了許多活著的少林高僧。否則就不會不要少林寺高僧爲他復仇，也不會不說出門外有人這個事實。何以這樣的高僧，在臨死之際，卻要犯這樣的錯誤，錯把喬峰當兇手呢？玄苦大師見到喬峰的模樣很像兇手，從而想到那個兇手可能與喬峰有關，從而為喬峰的身世和未來擔心，那樣不是會更好些嗎？至於錯認兇手，那個服侍玄苦的小和尚就足夠讓喬峰洗刷不清了。何必加上一個玄苦大師？讓這個超卓高僧死前還要攤上一個「見識不明」的小小汙點？

又，喬峰要找傷藥救阿朱，「伸手將她懷中物事都取了出來」，啥都有，但卻唯獨沒有提及阿朱剛剛從少林寺盜來的梵文《易筋經》，前面明明寫到阿朱「伸手從銅鏡背面摘下一個小小包裹，揣在懷裏。」這就前後文不一致，作者沒有忘記阿朱的金鎖，但卻忘了這部經書。應該在文中提上一筆，喬峰未必會打開來看，但至少應見證它的存在。否則，阿朱後來從何處變出經書來？

第十九回

少林高僧玄寂在聚賢莊中質問喬峰：「你還想抵賴？那麼你擄去那少林僧呢？這件事難道也不是你幹的？」這句話看似有理，但未免將少林高僧的智力水準降低得太多：少林寺僧眾明明無一人缺失，玄寂怎會追究喬峰擄去少林寺僧？更明顯的是，有人假扮少林寺僧虛清，玄寂爲何不追究喬峰與那個假扮虛清者之間的關係？若玄難、玄寂兩位高僧有點腦子，當能夠從喬峰帶來療傷的夥伴中了玄慈的大金剛拳這一事實中推理出蛛絲馬跡。只可惜，作者完全沒有想到這些，甚至忘了有人假扮少林寺僧人這件事。

第二十一回

本回寫到喬峰和阿朱二人南下：「過了長江，不一日又過了錢塘江……」此處「過了長江」之說容易引起誤會，因爲在一個多頁碼之前，已經寫到這兩個人到了鎮江、逛了金山寺，這表明，他們早已過了長江。

第二十九回

丐幫大智分舵中人在議論幫主人選，中有一句：「另有一人道：『說到智勇雙全，該推本幫的全舵主……』」其中「本幫」之說不妥，當爲「本舵」才是。因爲丐幫推選新幫主，並非向整個江湖招聘，而是在本幫內部推選，所有推選的對象都是本幫中人，沒有必要說「本幫全舵主」。說話人是大智分舵中人，他的真實意思，應該是推選「本舵全舵主」才對。

第三十回

薛慕華介紹自己的四師哥吳領軍：「……拜入師門之前，在大宋朝廷做過領軍將軍之職，因此大家便叫他吳領軍。」看起來似乎沒有問題，但，這個吳領軍的年紀能有多大？他們被蘇星河逐出師門已經有三十年時間，之前在師門中學習至少有十年，若要見證丁春秋和李秋水的偷情，那就要更早進入師門，四十多年前，薛慕華的年齡不過十多歲，吳領軍的年齡能有多大，是否有足夠的時間在軍中任職，且提升到領軍將軍的職位？實際上，這樣的敘事冒險並無必要，若此人會畫畫，而且精通書法，何如稱呼其爲「吳右軍」，這樣與康廣陵、范百齡、薛慕華等人的名字還能聯繫起來，都以前輩名家的名字作爲自己的名號。

又，玄難說：「中原武林之事，少林派都要插手，各位恕罪……」這一說法，即使內容上沒有問題，表述本身也有問題，少林高僧如何能如此霸道？同樣的意思，也該用另一種表述方式，如「中原武林之事，少林派都不能袖手旁觀」這樣的表述，顯然會更符合玄難的身分和語氣。

又，同一頁中，風波惡從地道中第一個衝出來，大喊：「哪一個是星宿老怪，姓風的跟你會會。」這也不妥，雖然風波惡是傷在游坦之之手而並非被丁春秋打傷，但在涼亭之中早已與丁春秋會面，並非認不出來，更不是從未見面。所以，合適的表達，當是：「星宿老怪，姓風的跟你會會！」這樣也更加簡潔。

又，丁春秋說：「……星宿老仙行事，向來獨來獨往，今天說過的話，明天便忘了……」這話有兩處問題，第一是「獨來獨往」不如「我行我素」。第二，他會不會自己說自己「今天說過的話，明天便忘了」？應該不會，因爲，一、字面上說是自己有健忘症，丁春秋如此自負，當然不會說自己健忘，新修版說他自居少年，那就更不會說自己有健忘症了。二、真正的意思當然還是說話不算數、出爾反爾，丁春秋是否會這樣說？也不會。因爲，丁春秋自視極高，不會公然違背武林或人間的基本價值。他的真正意思不過是，自己想要怎樣就怎樣，誰也無法奈何他。所以，若是嚴格要求，丁春秋的這句話不符合他的心態性格。

第三十一回

慕容復在聾啞谷與段譽相見，說：「閣下適才這一招，便是六脈神劍的劍招麼？可惜我沒瞧見，閣下能否再試一招，俾在下得一開眼界？」進而還問：「……段兄身負六脈神劍絕技，可是大理段家的嗎？」看起來這一要求沒啥不對，慕容復見到六脈神劍當然會好奇，但問題是，慕容復早就見識過段譽的六脈神劍功夫了啊！慕容復曾扮演西夏武士李延宗，見識過段譽為了保護中毒的王語嫣而以六脈神劍與西夏武士決鬥的情形。難道慕容復是故意裝假？

同一回中，丁春秋趁段延慶下棋迷糊之際，一心一意要引誘他自殺，看起來很是熱鬧，但想一想卻覺得有點不對頭：丁春秋與段延慶從未見面，無怨無仇，何以如此處心積慮地要害死段延慶呢？這有點說不通。其實，在場人中，對段延慶有顧忌之人，應該是鳩摩智，因為他曾大鬧大理天龍寺，得罪了大理段家，段延慶也是大理段家，武功如此高強，鳩摩智怕他為段譽報仇，有先下手為強害他的理由。與此同時，前文中鳩摩智要害慕容復，卻不如丁春秋來幹，丁春秋雖是慕容家姻親，但卻傷害並俘虜了慕容家將，已經大大得罪了慕容家，大有可能會一不做二不休，先下手爲強地將慕容復害了。

又，無崖子對虛竹說：「……那你就須求無量山石洞中那個女子指點。」恐怕有點問題。第一，時隔三十年，無崖子如何能判斷李秋水還在無量山石洞之中？第二，無崖子已知李秋水與丁春秋有染，知道她生性放蕩不羈，如何還會在無量山石洞中孤獨修行？第三，還有一個更大的問題，那就是李秋水乃是西夏皇妃，西夏皇帝的母親，這肯定是大大超過三十年前的事情，無崖子能不知道？如何還會讓虛竹去大理無量山找她？綜上所述，在這裏無崖子不該如此自信，而應該讓虛竹自己去找李秋水，自己去碰運氣才對。

第三十二回

提及段譽，虛竹微微一笑，道：「這位段公子兩眼發直，目不轉睛的只定在那王姑娘身上。」問題是，王語嫣雖然出現在現場，但卻沒有人介紹她，虛竹如何知道她姓王？只有段譽曾與王語嫣打招呼，難道虛竹從這一聲招呼中得知了消息？若是那樣，又未免不合虛竹的出家人身分和性格。虛竹注意到王姑娘，已經有點過，他居然還知道姑娘的姓氏，那就更過了。

第三十三回

范驊說話：「……華大哥一聽到這『墓』字，登時手癢，說道：『說不定這老兒的墓中有什麼古怪，咱們掘進去瞧瞧。』我和巴兄都不大贊成，姑蘇慕容氏名滿天下，咱們段家去掘他的墓，太也說不過去。華大哥卻道：『咱們悄悄打地道進去，神不知，鬼不覺，有誰知道了？』……」不妥之處：

第一，這些話不該由范驊當著眾人面說，尤其不該當著崔百泉和過彥之這兩個外人說。要知道，說話的范驊、被說的華赫艮乃是大理三公，如何如此不顧體統？

第二，華赫艮一心要掘慕容博的墓，唯一的理由是他喜歡這個營生，但現在既然已經是朝廷三公之一，不能不顧及體面和利害關係，何以范驊、巴天石無法勸阻？

第三，更重要的是，掘墓的結果，不過是提前洩露慕容博棺材中沒有屍體的消息，增加一個懸念，並爲慕容博的死而復生鋪墊，但這一懸念可以用別的方法製造。

寫大理三公來江南掘墓，總歸是一件非禮之事，對大理王朝的聲譽有不好的影響。

又，寫到「三十六洞洞主、七十二島島主」，小說中借慕容復等人的視野進行了介紹，說這些人「既不屬於任何門派，又不隸什麼幫會」進而說他們「人人獨來獨往……」這一介紹有點問題，這些人並非沒有門派或幫會，更不是人人獨來獨往，最典型的例子是無量劍變成了無量洞，這顯然是一個門派或幫會，而且徒眾甚多，洞主並非獨來獨往。若是別人不知道詳情倒也罷了，慕容家族關係江湖資訊，不該對這些人全無知識。

第三十四回

烏老大說他們在靈鷲宮冒險的經歷，其中說到：「……安洞主突然說道：『莫……莫非老夫人生了……生了……』」敘述的過程中，突然學起了安洞主的口吃，這顯然是沒有任何必要的做法。第一，烏老大並非說書人，沒有必要模仿每個人的言行舉止特徵，重要的是安洞主話中的意思，而不是安洞主說話的方式。第二，安洞主既然口吃，而且這口吃乃是因「生死符」而來，安洞主不願與人交往，甚至不願與人見面，也正是因為口吃的緣故，可見口吃的毛病讓安洞主十分難過，而烏老大非但不忌諱，而且還毫無必要地當眾模仿，是何道理？有意思的是，烏老大模仿了兩次之後，再也不模仿了，作者寫道：「眾人均知安洞主當時說話決無如此流暢，只是烏老大不便引述他口吃之言，令人訕笑；而他不願與慕容復、不平道人相見，自也因口吃之故。」——既然如此謹慎，當初為何還要明知故犯？

第三十五回

天山童姥在虛竹背後說話：「你跟縹緲峰有甚淵源？何以不顧自己性命，冒險去救此人？」這話的不妥之處在於：天山童姥說話並非有意要欺騙虛竹，只不過是虛竹自己沒有想到背後的啞巴居然會說話，更想不到如此蒼老的聲音乃是由背後的小姑娘發出而已。童姥何須稱呼自己為「此人」，而要把話說得如此彆扭？她只要說：「……何以不顧自己性命，冒險救人？」就可以了。

又，烏老大見天山童姥練功，立即說出了功法名稱。流行版說：「這……這是『八荒六合唯我獨尊功』……」，新修版說：「這……這是『天長地久不老長春功』……」問題不在於功法名稱的改變，而是：烏老大如何一眼就能看出這是什麼功？他不可能見到過，只是「曾聽人說」而已，如何一看就知道這就是？

又，天山童姥說：「不但你聽見過我說話，……聽過我說話的人著實不少……若不裝作啞巴，說不定便給你們認出……」有意思的是，精明能幹的烏老大到現在也沒有聽出這個蒼老的聲音乃是童姥！這恐怕不是烏老大的疏忽，而是作者的疏忽，作者要表現烏老大的精明，但卻不讓他聽出童姥的聲音，如此一來，童姥裝啞巴豈不是白費精神？

第三十六回

虛竹和童姥來到西夏皇宮中的冰庫門前，作者有一段敘述：「其時天氣漸熱，高峰雖仍積雪，平地上早已冰雪消融，花開似錦繡……」這段話本來沒有問題，因爲在流行版中，蘇星河邀約棋會的時間是二月初八，虛竹離開棋會之後奔波一段時間，也該到花開似錦的時節。但在新修版中，作者將蘇星河邀約棋會的時間從二月初八改爲六月十五，棋會結束後，就不再是「天氣漸熱」而應該是「天氣正熱」，再說什麼「冰雪消融、花開似錦」就變得完全不合時宜了。

又，童姥逼迫虛竹吃葷，虛竹不從，童姥以為虛竹會偷食，「哪知回來後將這幾碗菜肴拿到光亮下一看，竟然連一滴湯水也沒動過。」可是，冰庫中沒有光亮，前文中專門說「冰庫中無晝無夜，一團漆黑。」這就意味著，童姥若要找光亮處，那就要到門外去，至少要到門口去。恐怕童姥不肯如此冒險。所以，要判斷虛竹是否偷食，還是要另想辦法。童姥如此高手，難道不會暗中視察？

又，虛竹練習「天山六陽掌」，書中說「第四日上，童姥命他調勻內息……」問題是，這「第四日」的排序從何而來？前文中有「他花了四日功夫，才將九種法門練熟。」這兩個「四日」肯定會打架。不如說「又過了四日」，或者乾脆說「數日後」，含糊一點，反而沒有問題。

第三十七回

童姥從冰庫上層摔下，「正好碰在虛竹身上，彈向李秋水右側……」這一說法容易引起誤會，以為童姥摔到了李秋水的身邊，其實她是摔在虛竹的身邊，中間隔著虛竹，另一邊才是李秋水，否則，李秋水還不乘機給她致命一擊？所以，這一敘述的座標不對，不應是「李秋水右側」，而應是「虛竹右側」。

第三十八回

「虛竹雖也中過生死符，但隨即服食解藥，得跟著童姥傳授法門化解，並未經歷過這等慘酷煎熬，眼見那胖子這般驚心動魄的情狀，才深切體會到眾人如此畏懼童姥之故。」這話不妥，需要修訂。首先是這一說法不很準確，虛竹中了生死符，並非馬上就得到化解，而是受了一段痛苦煎熬。其次，佛家的高人，對所有人間痛苦都能感同身受，即使沒有受過的痛苦也能體會，更何況虛竹曾經親身感受過這樣的痛苦？所以，準確地說法，應該是「虛竹曾經……深切體會。」

又，寫卓不凡在天山童姥殺害「一字慧劍門」滿門之後，「逃到長白山中荒僻極寒之地苦研劍法，無意中得了前輩高手遺下的一部劍經，勤練二十年……」雖然將流行版中「勤練三十年」改爲「勤練二十年」，但仍然有不妥之處，即這劍神卓不凡乃是福建「一字慧劍門」的弟子，該門的大本營既然在福建，如何能夠在長白山中荒僻之處「無意中得到前輩高手遺下來的一部劍經」？真實的情況只能是：卓不凡躲過了童姥的屠殺，帶著本門的劍經，躲避到長白山中苦練，幾十年後，重新出山。所以，上述表述應該是：「無意中得到了前輩高手遺下的一部劍經，逃到了長白山……勤練二十年。」

又，劍神卓不凡劍刺虛竹：「劍刃從他腋下穿過，將他的舊僧袍劃破了長長一條。」這有點疑問：虛竹上縹緲峰之前，明明換了一身新袍子，何以此處只說將舊僧袍劃破，而不說新袍子？就算虛竹將僧袍仍然穿在身上，那也應該穿在新袍子的裏面，若舊僧袍被劃破，新袍子必然難免。

第三十九回

進入石窟後，梅蘭竹菊四姝受不了高深武學的刺激而致萎頓，虛竹聽了她們的解釋以後說：「確實如此，這些圖解若讓功力不足之人見到了，那比任何毒藥利器更有禍害……」這一說法不妥，片刻之前，虛竹還對四姝的萎頓莫名其妙，等到她們自己說明後才明白，如何能夠馬上就說這些懂行話？實際上，虛竹此刻武功內力雖然高深，武學見識恐怕還在少林小和尚的水準下，即使四姝說明了情況，虛竹恐怕也還是知其然不知其所以然。虛竹並非虛榮之人，從來不說假話唬人哄人，他既不懂，就絕不會說這些話。

又，虛竹回到少林寺，見到自己的師父慧輪，剛說到犯了葷戒和酒戒，慧輪就說：「你犯戒太多，我也沒法迴護於你……」這裏有一點匆忙，因爲，慧輪還沒有聽虛竹說完他到底違反了哪些戒律，何以就匆忙下此結論？慧輪可是虛竹的師父啊，除非是確知虛竹所犯戒律太多、且情節太嚴重，自己根本「無法回護」，否則一定要盡可能加以回護的。集合的鐘聲敲響，當然是慧輪急於將虛竹的事情草草結束的一個重要原因，但，這鐘聲畢竟剛剛敲響，慧輪至少應該有時間聽聽虛竹犯戒的「概要」吧？總之，這一說法雖然沒有根本性的大問題，但卻未免將慧輪這個師父的形象簡單化了。

第四十回

「過不多時，鳩摩智、神山、觀心等客寺高僧來到大殿。鐘聲響起，慧字輩、虛字輩、空字輩群僧又列隊而入，站立兩廂。」這是第二次召喚全寺僧眾，從情節看，似乎沒有這樣必要。第一次召集僧眾，是想讓大家聆聽外來高僧說法，現在已經知道，這些高僧並非來說法，而是來找碴。這一次集合，是要向外來高僧說明虛竹的犯戒情況和處理方式，何以要剛剛回到各自僧舍的眾僧折騰回來？退一步說，即使要集合，也只要簡單說「鐘聲響起，眾僧再度入殿，站立兩廂」也就可以了，沒必要再說「慧字輩、虛字輩、空字輩」如何如何。

又，「玄慈方丈與師兄弟會商數日，都猜測這莊聚賢多半便是喬峰的化名，以他的武功機謀，要殺了丐幫中與他為敵的長老，奪回幫主之位，自不為難……」這段推測，有不合理的地方。第一是他們這樣推測，表明他們沒有瞭解喬峰當時退出丐幫的情況，若喬峰要奪回幫主之位，當時完全可以不退出。第二，這樣的猜測未免將丐幫群雄的民族覺悟估計過低，要知道喬峰與丐幫長老和幫眾的矛盾並非因普通的爭奪權位而起，而是因為喬峰是契丹人，在聚賢莊上，喬峰已經公開與大宋武林為敵，且殺死了丐幫長老，丐幫眾人如何還會容忍喬峰回來？第三，最關鍵的一點，就算流行版可以這樣寫，新修版也不能這樣寫，因為在新修版中，玄慈等五大少林高手曾經專門會晤過喬峰，深入地瞭解了喬峰這個人，知道他不是一個為了權力而不惜與武林作對的人。所以，這一猜想，在新修版中，就顯得更加刺眼，不是因為誤解了喬峰，而是使玄慈等人顯得過於無知無能。

第四十一回

蕭峰「目光環掃，在人叢中見到了段正淳和阮星竹……」見到段正淳當然沒有問題，但阮星竹卻化裝爲中年男子，蕭峰如何能夠認出她來？

第四十二回

在段譽和慕容復的打鬥中，蕭峰出言指點段譽：「三弟，你這六脈神劍尙未純熟，六門劍法齊使，轉換之時中間留有空隙，對方便能乘機趨避。你不妨只使一門劍法試試。」蕭峰的這段話看起來沒有問題，但在段譽緊張的打鬥中若是囉嗦這麼一通，不但容易長久分散段譽的注意力，而且還會讓段譽抓不住重點。其實，這句話的重點只有一句：「不妨只使一門劍法」。其餘都沒有必要說，若作者想要對讀者交代清楚，不妨在這句話說完之後再由作者出面解釋。讓蕭峰說這些話很不合適，因爲他有打鬥經驗，知道這時候場外指揮說話越簡單越好。

又，丁春秋中了「生死符」後，「伸手亂扯自己鬍鬚，將一叢銀也似的美髯扯得一根根隨風飛舞……」作者似乎忘了，丁春秋的美髯幾個月前曾在聾啞谷被燒得七零八落，而且後來丁春秋還決定要將自己鬍鬚全部剪掉以便顯得年輕，如何到了這裏又有一部美髯？

又，蕭遠山露出真面目之際，書中寫到群雄「啊」的一聲驚呼，但後面只寫了此人的相貌，即「只見他方面大耳……約莫六十歲左右年紀」，但卻沒有寫出眾人驚呼的真正原因，那就是蕭遠山的形象與蕭峰極其相似。這是一個缺失。

又，玄慈問慕容博爲何要殺柯百歲？慕容博說：「……這件事倒要請你猜上一（猜）……」這句話的語氣和語態都不夠準確：此刻慕容博的身分、野心和密謀都被揭露，處在被審問的地位，不僅蕭氏父子要找他算賬，玄慈和少林寺也要找他算賬，慕容博如何還能夠如此輕鬆如意地讓對方猜謎？

第四十三回

慕容博要說服蕭遠山，讓慕容復拿出大燕玉璽和慕容氏世系表來給蕭遠山等人看。每次看到這裏，總是覺得有點彆扭：慕容復爲何要將皇帝玉璽和帝王家族世系表總是隨身帶著？這東西十分珍貴，丟失了怎辦？且這東西被人知道就是圖謀不軌之罪，十分危險，爲何要隨身帶著呢？

又，鳩摩智對慕容博說：「慕容先生，常言說得好，非我族類，其心必異……」這話別人說還罷了，鳩摩智說顯然不合適：他本人與慕容博也不是一個「族類」啊！

第四十四回

虛竹父母死後：「他見到蕭峰，大喜之下，搶步走近……」這樣交代虛竹和蕭峰的重會，未免太簡單化了。首先，虛竹的父親、母親剛剛死去；而且父母親都還沒有安葬；而且，少林寺肯定不能允許將葉二娘的遺體埋葬在玄慈大師的旁邊。那麼，虛竹該如何處理這一件事，虛竹又將如何看待、如何評價自己的父親、母親的情感關係？作爲一個兒子，當然有一種評價；但作爲一個和尚，勢必有一種不同於眾的看法和評價。這些問題，足以構成虛竹心中的一團死結。

其次，虛竹親眼見到了自己父母的死亡，而這死亡是由蕭遠山帶來的，正是蕭遠山揭露了玄慈和葉二娘之間的關係，玄慈才會自盡；玄慈的自盡，才會帶來葉二娘的自盡，可以說，蕭遠山乃是逼死玄慈和葉二娘的人。然而，蕭遠山卻又是自己的結義兄長蕭峰的父親，而且，更複雜的是，玄慈大師當年恰恰是帶頭殺害蕭峰母親、逼迫蕭峰父親蕭遠山幾十年心懷深仇大恨的人！也可以說，是自己的父親玄慈「作惡」在先。蕭遠山的行爲只不過是「報復」而已。所有這些，勢必構成虛竹心中的另一團死結。

如此，虛竹再一次見到蕭峰的時候，他們之間的關係已經不再單純，而是錯綜複雜，人事全非。作爲一個心地善良、熱血正直的青年，尤其是作爲一個在少林寺生活了幾十年且虔誠信佛的小高僧，虛竹一定會有一番化解。而且，還需要在這短短的幾個時辰之中化解。而與蕭峰見面，則正是對虛竹的形象和小說的主題進行深化描寫和發掘的一次大好機會。對此複雜的人生處境和更加複雜的心理糾結，若不加關注，僅僅用「大喜之下，快步走近」八個字描述虛竹再見蕭峰的情狀，未免太過簡單。

又：虛竹要陪段譽去西夏，臨行前到少林寺山門前叩拜：「……三來向父親玄慈、母親葉二娘的亡靈告別。」這裏卻是籠統地說到玄慈、葉二娘的亡靈，忽略了其中存在一個大大的難題：少林寺僧是否會將葉二娘的亡靈安放在少林寺中？即：少林寺僧是否有可能將葉二娘和玄慈的亡靈擺在一起？照理是不可能的。所以，必須在前面就做出系統合理的安排。而且，只有虛竹才能做主安排。否則，虛竹如何能夠心安？進而，面對玄慈、葉二娘的亡靈，蕭峰肯定有一番感慨，而段譽更應該有一番精彩的想法和說法才好。

第四十五回

岳老三說：「………今日全靠雲老四救了你這個……你這個老婆……我這個師娘……」這話很精彩，只不過，南海鱷神憑什麼這樣說？他什麼時候、從何處得知王姑娘是「我這個師娘」？他看到王姑娘的時候，總是見到王姑娘和慕容復在一起，不過是看到段譽呆呆地看著王姑娘而已。莫非南海鱷神憑段譽的眼神，就能判斷這王姑娘遲早要做自己的「這個師娘」？還是此刻見到段譽如此熱心著急，判斷出段譽把王姑娘當成自己的「這個老婆」？對此，至少應稍作解說。

又，岳老三救了王語嫣，段譽對他說：「……爲師感激不盡。下次我真的教你幾手功夫！」段譽是個至誠君子，雖然與岳老三說話常常是打趣，但此刻岳老三救了他心愛的王語嫣，當滿懷感激之情，說話應有更加質樸真誠的言語。這樣，也可以爲以後岳老三拯救段譽而犧牲進行鋪墊。

第四十六回

「這錦袍貴官便是一品堂總管赫連鐵樹……他曾見過阿朱所扮的假喬峰……此刻殿上的真蕭峰和假段譽他卻沒見過。」這裏的問題是，阿朱所扮假喬峰，連丐幫的長老都分不清真假，赫連鐵樹既然見過，那就應該認識。同時，他也應該認出慕容復。至於段譽，當然是另外一回事。其實，這話不說也罷。

第四十七回

王夫人說：「哼，我瞧這中間定有古怪，那老狗從西夏南下……」這「老狗」指的是段正淳，問題是，段正淳不過是從大宋南下，如何說他是從西夏南下?段譽去了西夏，段正淳可沒有去啊!

第四十八回

段延慶的回憶，即小說新修版中的第三段《往事依稀》，沒有大的問題，只有一個小小的疑問：段延慶渾身傷痕，垂死掙扎到大理天龍寺求見枯榮長老未果，書中說

「對待這樣一個人不像人、鬼不像鬼的臭叫化，知客僧這麼說話，已可算得十分客氣了。」此處若是衙門或客棧當然無話可說，但此處乃是大理國皇家寺院，佛家有慈悲之說，不知為何對受傷的段延慶完全沒有慈悲之心？

第四十九回

蕭峰對耶律洪基說：「陛下喜愛朋友，那也不難。臣在中原有兩個結義兄弟，一是靈鷲宮的虛竹子，一是大理國段譽……」此說不妥，因為靈鷲宮在西域，大理在南疆，都不是「中原」。蕭峰只是在中原結識了他們，而不是說他們都在中原。其實，蕭峰根本沒有必要說「在中原」三個字，只要說我有兩個朋友即可。

第五十回

蕭峰來到雁門關外，「側頭只見一片山壁上斧鑿的印痕宛然可見，正是玄慈將蕭遠山所留字跡削去之處。」這一說法，令人難以置信。若玄慈將蕭遠山的遺言從石壁上剷除，那就是想隱瞞歷史的真相，小說新修版卻又花了大力氣改變玄慈的形象，讓他變成一個主動懺悔之人，哪有一個人一邊真心懺悔而一邊卻又消除自己的罪證的道理？除非玄慈在當年就拓片之後即剷除這些字跡，但若那樣，那麼智光大師有關讓蕭峰去看、不該剷除等說法就有了問題。

四、有關段譽與木婉清

段譽和木婉清的關係，在流行版中非常清楚，木婉清愛段譽，而段譽雖然曾答應對方婚事，實際上卻並沒有對她產生男女之情。因為木婉清是段正淳的私生女，與段譽有兄妹關係，這段片面的愛情最後也只能不了了之。儘管刀白鳳臨終前告訴段譽，他是段延慶的兒子，因而與木婉清等人沒有血緣關係，想娶誰就可以娶誰，但段譽最後還是娶了王語嫣，而沒有娶木婉清。

在新修版中，木婉情對段譽固然一往情深，段譽對木婉清的情感態度和心理也有了很大的變化。新修版的最後，我們看到，段譽讓木婉清當了自己的貴妃。也許正是因為最後的結局，作者才要對前文中二人的情感關係進行調整，實際上，其中大部分的調整，並不恰當。以下逐一討論。

第四回書中，段譽爲木婉清塗抹傷藥，流行版中寫的是：「金瘡藥也做得像胭脂一般，女孩兒家的心思可真有趣。」如此一派天真，充滿情趣。新修版硬是要改爲：「金瘡藥也做得像胭脂一般，搽在雪白的皮肉上也真好看。」人爲地將段譽的靈動幽默的心思換成色瞇瞇的眼光，這有損段譽的形象。

進而，在同一回中，段譽第二次爲木婉清搽藥，明明仍然是不敢多看，但作者卻要加上一句「喃喃的道：『你的背脊我看是看的，但不是偷看。』」不倫不類，莫名其妙，同樣是大煞風景。

進而，同一回中，南海鱷神的嘯聲使得木婉清感到絕望，溫柔地對段譽說話，流行版中，段譽說：「木姑娘，我喜歡聽你這麼說話，那才像是個斯文美貌的好姑娘。」不過是就事論事，禮貌客氣而已，迴避了木婉清「有時能想念我一刻」這一危險話題，正是段譽個性心理的準確把握。新修版卻改爲：「段譽……微笑道：『木姑娘，我喜歡你聽你這麼說話，那才是個斯文美貌的好姑娘。我不是有時會想念你一刻，我會時時刻刻想念你。』木婉清哼的一聲，道：『時時刻刻想念我，那不累麼？』段譽道：『不累，不累，想到你就會甜甜的』……」這一改動，不僅做作，而且無聊，更重要的是徹底改變了流行版中對段譽心理與個性的基本設定，即他幫助鍾靈也好，幫助木婉清也罷，都與對無量劍和神農幫一樣發自赤子心腸，而沒有絲毫的猥褻和輕佻；木婉清情不自禁之際，段譽也會小心翼翼地避開，深怕惹出對方不必要的誤會。最初段譽情竇未開，而在湖底深宮之中見到玉女雕像，則從此「曾經滄海難為水」，對木婉清不可能表現出超越同伴界線的男女之情。而現在倒好，作者偏要讓段譽不斷招惹木婉清，全然不顧段譽的個性和心態，不顧段譽已癡迷玉女，不可能胡亂招蜂惹蝶。

在新修版中，類似的例子不斷出現。

例如在同一回書中，木婉清對段譽掀開面紗之際，流行版寫道：「……段譽但覺她楚楚可憐，嬌柔婉轉，哪裡是一個殺人不眨眼的女魔頭？」段譽的感受，不過是覺得她是一個可憐的女孩子，而不像是一個天生女魔頭，因而產生更加強烈的俠義同情心。但新修版卻改成了：「……段譽但覺她楚楚可憐，嬌柔婉轉，忍不住憐意大生，只想摟她在懷，細加撫慰，保護她平安喜樂……」

同一回中，木婉清一廂情願地揭開面紗，認定第一個見到她面容的段譽是她的丈夫，段譽大驚，說這不過是騙南海鱷神的，當不得真，新修版中卻又莫名其妙地增加一句：「不過不管做不做（丈夫），我決不捨得扭你的脖子。」進而在木婉清打了他一耳光、又跌入他的懷中，新修版中增加說：「段譽一抱到她柔軟的身子，心中柔情登生，說道：『別生氣，咱們慢慢商量』……」

同一回中，段譽被迫答應木婉清的婚事，本來不過是覺得自己要死，不願讓木姑娘傷心，而自己並無情感欲望，新修版卻增加一段說：「娶了這樣一個美女爲妻，當真是上上大吉，《易》歸妹卦：『歸妹衍期，遲歸有時。』嗯，他不能及時嫁我，要遲些時候，那也不打緊。」又：「突然之間，想到了那神仙姊姊，但想神仙姊姊，可以爲師，可以膜拜，卻決不能爲妻，兩事並不矛盾，便道：『我……我願娶你爲妻。』」又：「段譽心道：『她天真無邪，真情流露，可愛之極。』」又：「段譽道：『我愛你親你，一點也不怪……』」

上述種種變化，作者是想要將段譽對木婉清的愛情落到實處，即出於青年男子對年輕且美麗異性的本能的欲望和愛戀。但這樣一來，未免大大改變甚至徹底背離了《天龍八部》段譽形象的本質。流行版中的段譽初出江湖，如同悟道過程中的佛祖釋迦牟尼當年，此人一半是一個寫實的武俠人物，一半則是象徵性的寓言人物。段譽之愛，首先是佛子的慈悲大愛，而不是個人的私情；其次，即使是個人私情，也只是純粹的靈性之愛，而不是通常的肉體欲望。因而，他對玉女雕像的愛和對一個活生生的少女的愛全無分別。而在上段書中，作者自己竟然打破這一美好建構，明說「神仙姐姐可以膜拜而不可爲妻」，即表明段譽的愛情只是人間的肉欲而不是靈性的美感追求，這就徹底破壞了段譽的形象及其深刻的象徵意義和審美價值。不客氣說，此時的作者已經不能真正理解自己當年的天才創作。

又，第五回書中，段譽趕來救木婉清，木婉清責問段譽爲何不早來，段譽說自己一直爲人所制，動彈不得，已經足夠。但新修版卻讓段譽加上一句：「你是我媳婦兒，可不會賴吧？」木婉清說「我幹麼要賴」於是「段譽大喜，抱得她更加緊了。」似乎段譽當真很在乎這一權宜之計的訂婚關係，其實不是這樣的，否則，後面他就不會對他媽媽說這樁訂婚「也可說是真，也可說是假」。＊若段譽心裏沒將這樁事當真，那就不會說出來，他對木婉清的關心，是出於人道的同情，當然還有普遍的愛美之心，但卻不是要把這個姑娘摟在懷裏。若段譽以夫婦關係爲名如此行事，則段譽就成了一個登徒子了。段譽不是登徒子，所以，上面增加的這句話就不恰當。

＊見第六回書中段譽初見刀白鳳時所說。

同一回書中，閃回到段譽遇到莽牯朱蛤：「……誰又想得到外形絕麗，內裏卻具劇毒。神仙姊姊，我可不是說你。」新修版在後面硬要加上一句「**更不是說我的媳婦兒木姑娘。**」這句加得看似合理，實際上卻並無道理，且矛盾重重。一、段譽當真會認木婉清爲自己的未婚妻？否則爲何說對方是自己的媳婦兒？要知道段譽的個性與楊過不同，即使是楊過，在背後也不會稱陸無雙是媳婦兒。二、相反，段譽若當真認木婉清是媳婦兒，那又如何能稱呼自己的媳婦兒爲「木姑娘」？三、想到神仙姐姐，那是覺得神仙無處不在，所以要加上說明。此時想到木婉清已經有點不妥，後面加上「更不是」，即說明段譽將木婉清看得比神仙姐姐還重，那就更成問題了。四、原文十分幽默，加上這一句後，幽默變成了陳述，而且是不準確的陳述，未免大煞風景。

新修版的作者似乎認定段譽已經深深愛上了木婉清，所以在一路上不斷加料，例如第六回書中段譽不願回家，半夜邀木婉清逃走，真正的原因是怕回家之後「再也不能出來」，客氣的說法也不過是「只怕再見你一面也不容易」，但新修版卻還要加料，讓段譽說：「婉妹，今後我要天天見你，再也不分開了。」

進而，在木婉清要下地阻擊雲中鶴，段譽抱住她，流行版的說法是：「使不得，使不得，我不能讓你冒險！」但新修版卻將這話改爲「使不得，使不得，我捨不得讓你冒險！」前者出於人道關懷，後者出於愛者私心，這樣一來，段譽與木婉清的關係更加篤定，然而，這樣就不免成了一個道地的庸夫俗子。

進而，在同回大理的路上，木婉清大不放心，不禁公開質詢段譽是否會說話不算數，流行版中段譽安慰她說：「我是求之不得，你放心，我媽媽也很喜歡你呢。」新修版則改爲：「……低聲道：『我決不負心，你可也別負心。』木婉清道：『我怎會負心？』段譽道：『婉妹，你肯嫁我，我是求之不得……』」反而變成段譽怕木婉清負心，段譽的情感態度似乎十分明確，且十分堅定。

又，第十二回書中，段譽在曼陀山莊種完花，新修版增加了兩段心理活動，其中一段涉及木婉清：「婉妹的容光眼色，也是這般嫵媚。咦，奇了，她自從叫我『段郎』之後，對我便只有嬌媚，決不再有半分橫蠻。」這一增加，看起來相當自然，但卻忘卻了段譽應有的心態，即他與木婉清乃是兄妹，情感關聯應該成爲自覺的「禁忌」才對，何以會有如此情色聯想？

又，第十二回的結尾處，新修版增加了這樣一句話：「段譽……不禁想起：『王姑娘全心全意只在她表哥身上，哪有婉妹這麼對我好。便是鍾靈這小丫頭，也對我好得多。』」這話嚴重不妥，第一，段譽全無禁忌，經常想到木婉清，似乎當真情根深種，本來就已經不妥。第二，和王語嫣在一起，還作如此聯想，那就更加不妥，這樣寫，稀釋了段譽對王語嫣的情感濃度。第三，段譽與王語嫣相處，完全沒有功利的想法，從一開始就知道王語嫣全心全意地在慕容復身上，但也還是對王語嫣情不自禁一往情深。若寫到段譽如此患得患失，那就大大破壞了段譽對王語嫣情感的純粹度。

說上述調整不恰當，最重要的原因是：若段譽早早地愛上了木婉清，爲何還會對王語嫣一見鍾情且如癡如醉發瘋發狂？

作者在新修版的最後，讓段譽放棄了王語嫣，而將木婉清封爲貴妃，使得木婉清成了段譽的第一夫人。就算這一修訂能夠成立，也不能抹殺段譽曾經熱戀過王語嫣這一事實。情人眼裏揉不得沙子，段譽又不是登徒子，如何能夠如此朝三暮四，見一個愛一個？若段譽如此，則根本就不是原來的段譽了。

五、有關段譽與阿碧

新修版中另一處值得注意的重要修訂，是段譽對阿碧的情感態度和情感心理的變化。

在流行版中，阿碧小姑娘曾得到過許多人的好感，當然也引起了段譽的好感，但段譽的好感僅僅是好感而已。到了新修版中，段譽對阿碧的好感，上升到一種值得注意的情感態度，在欲望和愛情之間，搞出了一對有情無欲的哥哥妹妹來。以下我們具體掃描分析。

首先是第十一回結尾，新修版增加了兩個自然段。其中第一段說段譽：「他心中平靜，水聲輕悠，湖上清香，晨曦初上，但見船尾阿碧划動木槳，皓腕如玉，綠衫微動，平時讀過關於江南美女的詞句，一句句在心底流過……」這也罷了。關鍵是第二段：「段譽往日在天龍寺、皇宮等壁畫中，見過不少在天上飛翔歌舞的天竺天女像，這些天女容貌美麗，身材豐腴，衣帶飄揚，白足纖細，酥胸半露，他少年心情，看到時頗涉遐思，往往流連幾個時辰不肯遽去。後來在無量山山洞中見到神仙姊姊的玉像，乍見仙女，更加如癡如狂。及後邂逅木婉清，石屋中肌膚相接，兩情如火，若非強自克制，幾及於亂，自此日夕思念，頗難不涉男女之事。今日在江南初見阿碧，忽然又是一番光景，但覺此女清秀溫雅，柔情似水，在她身畔，說不出愉悅平和，彈幾句《采桑子》，唱一曲《二社良辰》，令人心神俱醉。心想倘得長臥小舟，以此女為伴，但求永為良友，共弄綠水，仰觀星辰，此生更無他求了。」

上述引文中，第一個自然段也還罷了，書生段譽來到江南，由眼前的美色和美景，想到前人關於江南美女的詞句，還算是正常現象。第二自然段中的一些說法，就值得注意了。首先，說皇宮和寺廟的宗教壁畫觸動了段譽的性意識，這對於一般青年來說，當然沒有問題，但對於段譽來說，卻有些過，若是段譽的性意識早早啓蒙萌動，則段譽對異性的表現就不會是現在這個樣子了。其次，說玉女雕像讓段譽如癡如醉，暗示也是性本能的觸動，這也扭曲了段譽對「神仙姊姊」的情感本質，那時候，段譽所收到的是純粹的情感觸動，是靈性範疇，而非肉體範疇。再次，前面鋪墊段譽的性意識啓蒙，後面卻又說段譽對阿碧的情感只是一片純情，不涉及本能的欲望，則前後文之間的敘述邏輯就成了問題。

又，在第十二回書中，段譽種完花，新修版中增加了兩段心理活動，第一段是由名種眼兒媚想到木婉清，如前所述，已經不妥。第二段則是想到阿碧：「又想：『阿碧雙眼中沒半分媚態，卻有天然的溫柔，她不是眼兒媚，是名種春水綠波』！」這一段聯想也屬不當，此時阿朱和阿碧都被王夫人扣留在曼陀山莊，生死未卜，段譽沒想起她們也就罷了，想到她們居然不關注她們的生死，而只關注她們的容貌情色，如此，段譽成了一個什麼人啊?!

又，新修版第十二回書的結尾處，增加了一段：「段譽……向阿碧瞧了一眼，忽然閃過一個念頭：『就算世上只有阿碧一人，偶然對我思念片刻，那也好得很了。唉，但即使是她，只怕也是思念慕容公子的多，思念我段譽的少。』」這一段心裏話加得莫名其妙，一是段譽在王語嫣身邊居然東想西想，想到阿碧頭上，如此自傷自歎未免對段譽的形象有損，使他顯得比較自私，也全然不合情境；二，段譽對阿碧的想法，也自相矛盾。三，流行版中寫到段譽的莫名感傷，新修版卻要想方設法將這種莫名變成「有因」，降低了小說的藝術境界。

又，流行版第十三回結尾處，段譽憤然離開，鬱悶難當，臨走前聽到阿碧說道：「阿朱姊姊，公子替換的內衣褲夠不夠？今晚咱兩個趕著一人縫一套好不好？……」新修版的此回結尾刪除了這一細節，只寫到他「……但扳槳划得幾下，小船只團團打轉，便像昨日鳩摩智那樣，說什麼也沒法將船划得離岸。」這一細節的改動，原因當然是要爲後面的重大情節改動服務。僅僅就細節而言，新修版的改動有兩點嚴重不妥：第一，阿碧生來溫柔，對慕容家感恩不盡，從而對慕容公子關懷備至，乃是自然而然天經地義的事，新修版將阿碧對慕容復的感情和關心儘量淡化，不合情理。第二，阿碧的最後這一說，對她來說是自然而然，而對段譽來說可謂雪上加霜，本來已經鬱悶難忍才要馬上離開，聽到阿碧還是在關心慕容復，豈不更加鬱悶欲狂？這對後面的情節，是一個極好的情緒鋪墊。新修版改掉這個細節，使得段譽在無錫見喬峰的情緒缺失了三分。

又，新修版的改動並非到此爲止，在第十四回的開頭，更有大幅修訂文章，即新修版中阿碧沒有關心慕容復的衣褲細節，而是要親自划船送段譽離開。表面上看，這一送似乎也有一定的理由，一是段譽不會划船，二是阿碧爲人很好，三是段譽還曾兩次救過阿碧和阿朱，阿碧要划船「報答」，也是應有之義。可是，這樣一來，毛病卻也來了。

第一，是使得段譽的性格有不小的損失。段譽雖然隨和善良，但骨子裏卻如阿碧所言，其實「高傲得緊」，既然受到了侮辱，心中憤懣，說了自己划船，那就一定會堅持到底，哪怕是在湖中落水、淹死，也決不會回頭，再讓人送的。要說段譽不會划船，那完全不是一個問題，鳩摩智原來不會划船，但很快就學會了。段譽年輕聰明，豈能學不會划船？就算是當真不會划船、也學不會划船，段譽又怎能爲此而掉頭改道，讓阿碧送行？這個段譽，越是傲氣，就越有強烈的失落感；而失落感越是強烈，也就越發激發刺激他的傲氣啊！否則，就不是真正的段譽了。

第二，阿碧對自己家的公子慕容復從來一往情深，現在包不同等人正在商量與慕容復有關的事情，阿碧怎能不去全神貫注於慕容公子身上，卻要來送什麼段公子？即使要送，這裏應該有的是下人僕役，隨便讓一個人送也就是了——當然，那樣一來，段譽會更加生氣，從而會堅決拒絕。如果阿碧堅持要送段公子，於阿碧對慕容公子的關心上不免有所削弱，這又是一個損失。實際上，阿碧像王語嫣一樣關心慕容復，所以她出來送人，不合情理。

第三，還有更重要的一點，是段譽有阿碧送行，甚而在船上結拜起什麼兄妹——有關這個修改設計，後面再做討論——如何還有憤懣的心情？如果段譽沒有了那種有生以來第一次被忽視、被輕賤之後的要命的憤懣，如何會到酒樓上喝酒？如何會借酒澆愁？如何會與喬峰鬥酒？小說原版中的有關段落，可說是天衣無縫，精彩之極，若段譽改變了心情，那就人為地搞出一個漏洞出來了。若說段譽有阿碧相送，而且還與阿碧結拜了兄妹，心情仍然是憤懣不已，那同樣是一個漏洞，因為那不真實。段譽的憤懣，不僅是因為失戀而已，即不僅是因為王語嫣一心掛念慕容復，對他沒有正眼相看，更是因為，阿朱、阿碧這兩個姑娘也同樣不把他放在心上，從而讓這個從小錦衣玉食、被人關懷備至的公子第一次嘗到了被人冷落的滋味，這才產生了一種無名的、然而卻是要命的憒憒啊。

第四，小說的增訂部分，也寫得不好。例如書中寫到段譽：「轉念又想：要是我一生一世跟一個姑娘在太湖中乘舟蕩漾，若跟王姑娘在一起，我會神不守舍，魂不附體；跟婉妹在一起，難保不惹動情亂倫之孽；若跟靈妹在一起，兩人從早到晚胡說八道，嘻嘻哈哈。若跟阿碧在一起，我會憐她惜她，疼她照顧她。唉，木婉清和鍾靈明明是我親妹子，我卻原本不當她們是妹子。阿碧明明原本不是我妹子，我卻想認她做妹子……想到這裏，呆氣發作，不自禁叫道：『小妹子……』」這一段莫名其妙，段譽爲王語嫣神魂顛倒，又因王語嫣無視他的存在而鬱悶，此時此刻，哪裡還會有這些心思？是妹子不當成妹子之說，有亂倫的潛在意識，這不符合段譽的修養；阿碧不是妹子卻想認妹子之說，則未免肉麻，既不符合當時心態，更不符合段譽性格。

至於後來，段譽對阿碧說：「我夜裏做夢就叫你小妹子，日裏沒別人聽見時我也叫，你說好不好？」以及寫段譽「跪在船頭，舉起右手道：『我段譽鄭重立誓，要真正當阿碧姑娘是自己小妹子，決沒半分不正經的歪心腸……我段譽一定規規矩矩的照顧阿碧妹子……』說著叩下頭去，碰頭船板，咚咚有聲。」就更讓人目瞪口呆了。小說中明明寫道，蘇州人叫女子「妹妹」，往往當她是情人，所以，阿碧理所當然正經八百地拒絕了段譽的要求。實際上，作者、段譽和讀者也都知道，在別的地方，稱呼一個剛相識的女孩爲「妹妹」也是一種不禮貌，其中含有情色甚至猥褻的成分。偏偏，段譽在爲王語嫣苦悶不堪的時刻，居然有心要爲自己找「一個不是本來想把她當成妻子的妹子」——且不說這句話纏夾不清，大非金庸先生慣常手筆——關鍵的問題是，若段譽對阿碧當真沒有半點情色之念，又何必定要叫她是妹子呢？他想關心她，無論她是怎樣的身分，不也一樣可以關心？更何況，青年男女間是否當真會存在沒有絲毫情欲因素的非血緣哥哥妹妹關係，本身還是一個重大的情感心理學和欲望心理學的課題。

又次，段譽如此做作，卻又偏偏不是爲了情感轉移，豈不怕有損於段譽對王語嫣的一廂癡念？又次，阿碧要送段譽，完成了結拜兄妹關係的儀式任務後，作者要面對一個問題，那就是阿碧如何與王語嫣、阿朱一起出現在杏子林中？作者居然在太湖之中安排了這樣的一個細節：「阿碧見前方有艘空舟隨波蕩漾」，於是阿碧很容易地「划近空舟，跨了過去」。好像當年的太湖如同現代北歐發達國家的大學校園，到處都擺放了自行車，隨時隨地供人使用。

又，第十四回書中，段譽與王語嫣、阿朱、阿碧等在杏子林中重逢，新修版中增加了阿朱、阿碧與段譽招呼的細節，使得小說更加合情合理。但段譽既然和阿碧結拜了兄妹，作者便不得不讓段譽「心中加上一句：『阿碧小妹子。』阿碧嫣然微笑，臉頰忽地紅了。」這樣看起來，阿碧對段譽也產生了某種情感，而且，這情感與段譽的絕對兄妹情感恐怕不一樣，否則如何會臉紅？於是，在此後不久，阿碧終於開口認了段譽這個哥哥：當段譽在杏子林中爲風波惡吸出毒液時，阿碧「心裏感激，向段譽低聲道：『阿哥……多謝你了。』」

又，第十七回的開頭，新修版增加了段譽的一個心理活動：「又想：『我只管救王姑娘，卻沒去搭救我那阿碧小妹子。我這麼偏心，可見我內心對兩人確然大有分別！』」這一段的問題是：

一、在王語嫣身邊，是否還會想起阿碧？這是一個大問題。

二、若段譽誰也想不起倒也罷了，讀者能夠瞭解，王語嫣此刻是段譽的一切。而若段譽只想到要救阿碧，卻全然忘記與阿碧在一起的阿朱，這實際上是貶低了段譽的人格：只想到要救結拜的妹子，而不去想營救同樣遭難的阿朱，如此一來，段譽俠心大愛何在？與一般的庸夫俗子還有什麼區別？

又，第十七回中，王語嫣脫險之後，提及阿朱、阿碧二人還在危險之中，段譽跳起身來，大聲說：「正是！阿朱、阿碧兩位姑娘有難，須當即速前去，設法相救。」新修版又加上一句：「他已認了阿碧做妹子，想到她或會遭難，便要趕去相救。」這又是一句多餘話，即使沒有結拜兄妹，段譽難道不會去救阿朱和阿碧？加上這一句，只會讓人看到段譽的私心，而看不到段譽的俠氣和慈悲。如此，豈不是嚴重破壞了段譽的形象？

類似的情形還會不斷增加。如第十八回的開頭，寫段譽、王語嫣和阿朱、阿碧相遇，新修版的改動處是，一、段譽叫道「阿朱姑娘，阿碧小……姑娘」；二、其後又寫段譽「向阿碧瞧了一眼，覺得沒有救她，頗有歉意，心道：『結拜了兄弟，或者結拜了兄妹的，該當有義氣才成！』」這幾個小小段落，把段譽的人間大愛情懷強行變成結拜兄弟或結拜兄妹之間的小愛心腸，只能顯示出段譽的小氣、委瑣、囉嗦、俗氣。這不是真正的段譽。

進而，在第二十九回中，新修版回述段譽故事，增加了一句：「唯有阿碧眼中流露出盼望段譽同行，但她溫順靦腆，不敢出口。」也還罷了。第三十一回，段譽和王語嫣在聾啞谷重逢，新修版中，王語嫣對段譽說：「段公子，你找阿碧嗎？我表哥派人送她回蘇州去了。家裏沒人照應……」這話從何說起？第一，王語嫣明知道段譽對她情有獨鍾，何以牽扯到阿碧身上？第二，段譽與阿碧結拜，乃是一樁秘密行動，只在雙方心裏默認，王語嫣如何知道？

又，在第三十三回中，巴天石向段譽講述他們在慕容府上的經歷，說到阿碧，流行版中阿碧的臺詞是「公子爺，儂在外頭冷吧？儂啥辰光才回來？」，新修版中是：「沒用的，沒用的，他壓根兒就半點也沒把我放在心上，多想他有什麼用？」起到了一箭雙雕的作用，既寫了阿碧的思念，又讓巴天石等人借此話提醒段譽。問題是，新修版同一頁中還增加了一段：「其實段譽對阿碧雖甚有好感，卻無相思之情……殊不知阿碧思念的是慕容公子，段譽卻誤會是阿碧勸他不必去思念王語嫣……」第一句，說起來也是實情，有點要給段譽和阿碧關係降溫的意思。最後一句，作者明確說「阿碧思念的是慕容公子」，則作者在前面將阿碧對慕容公子的思念和關懷儘量淡化的作法就出現了前後不一致：按照新修版前面的鋪墊，阿碧就不應該思念慕容公子，而應該思念段譽公子才對；若按此處作者的權威結論，則阿碧在前面就應該保持流行版中那樣對慕容公子一往情深，而不讓段譽有任何結拜兄妹的可能。

在原版小說中，阿碧已經是一個美好的形象。這美好，不僅包括她對段譽好，包括她對所有人都溫柔善良，也包括她對慕容公子的柔情無限、無論貴賤、窮通、生死，都會對慕容復死心塌地。如前所述，按照阿碧的身世和性格，她愛上慕容公子，是必然的。因爲，在她的生活中，除了慕容公子，還有誰呢？再則，按照阿碧的性格和爲人，慕容公子當了皇帝也好，作了瘋子也罷，她都願意陪伴在其身邊，一來，這是她的生活慣性，二來這是她的性格，三來這是她的自主選擇，是她的自由意志的表現。在原版中，阿碧思念慕容復，最後陪伴在慕容復身邊，是小說中最動人的場景之一。阿碧的行爲，也是對人間真情最動人、當然也最令人心酸的最好詮釋。對阿碧，只要在慕容公子身邊，就是人間最大的幸福。

而現在，與段譽結拜兄妹，並非阿碧的自由意志，而是段譽一廂情願。更要命的是，新修版折騰了半天，最後還是無法改變小說原有的格局：段譽還是無法真正關心阿碧這個多出來的妹妹，而阿碧也還是要跟隨慕容復。既然如此，新修版的前面情節敘述中大量淡化阿碧對慕容復的情感深度和濃度，豈不是成了自己跟自己過不去的典型敗筆？

總之，新修版段譽和阿碧之間的哥哥妹妹關係，不能成立。與此有關的修訂只是作者的一廂情願，對段譽和阿碧兩個人物都是有損無益。

六、有關少林寺的情節變動

新修版中，有關少林寺故事情節的變動較多，主要有：一，少林五老會喬峰；二，神山帶人上少林；三，玄慈當眾約蕭峰。以下我們分別說。

一、有關少林五老會喬峰

第二十一回書中，作者增寫了一個很長的情節段落，我們不妨將這一情節段落簡稱爲「少林五老會喬峰」。＊

新增加的少林五老會喬峰的情節，大概是想要表現少林寺高僧的作爲，要表現玄慈方丈的品德，由此設想，不難理解。

問題是，這一設計，卻並不完美，反而矛盾重重，甚至難以自圓其說。

首先，出家人不該妄言欺世、謊言騙人，少林寺小和尚虛竹尚且能夠遵守，但以

＊這一情節段落的長度為六頁半，從遠流新修版第三冊第九〇八頁至九一四頁。

玄慈爲首的少林五大高僧卻喬裝打扮，說什麼自己「姓遲，是淮北人氏」，如此等等，豈不是違犯不妄言、不說謊的佛門戒律？其中還有一個更加要命的問題，此前喬峰與玄慈已經見過面，此刻玄慈帶人前來，喬峰居然沒有任何反應，也就是說沒有認出玄慈來，是喬峰眼睛瞎了，還是玄慈等人化妝易容了？前者應無可能，然而若是後者，則玄慈等人的毛病又多了一個。

其次，更重要的是，他自己明明就是帶頭大哥，但卻就是隱瞞不說，如此當面欺騙，這是何等行徑？他們說什麼：「……那位帶頭大哥說道，爲了他一人，江湖上已有這許多好朋友因而送命。他自覺罪孽深重。聚賢莊一戰，損傷的人更多。那帶頭大哥說：當年雁門關外那件事，他是大大的錯了，早就該償了自己的性命謝罪，喬大爺若去找他報仇，他決意挺胸受戮，絕不逃避……」可是，當喬峰問他們誰是帶頭大哥的時候，他們卻又搖頭不說！這一來更加莫名其妙，既然如此，爲何不告訴喬峰，誰是帶頭大哥？若不告訴真相，讓喬峰找誰報仇去？若他們不是當面欺騙，即如果少林方丈玄慈當真想要懺悔，爲何當時喬峰進入少林之際，不將自己是當年的帶頭大哥這一重大消息說出來？退一步說，如果他當真要懺悔，爲何不現在當著喬峰說出來？作者爲了自圓其說，編造了一個理由，說是怕蕭峰殺了帶頭大哥，從而引起帶頭大哥屬下的報復，玄慈爲何不乾脆對自己的師弟、僧眾、武林同道說明情況？少林高僧，乃至天下武林，難道還有人能不相信、不遵守少林方丈玄慈的解釋和指示嗎？

再次，說少林方丈玄慈有懺悔之心，恐難讓人信服。最重要的證據是，他爲何對自己與葉二娘的私情秘密始終不說出來？難道他不知道自己犯了淫戒且多年隱瞞，不配高僧之名、不配領袖少林群僧、不配享受武林令名？相對而言，玄慈當年做帶頭大哥，率領中原英雄去阻擊蕭遠山，就算是殺錯了人，即殺了不該殺的人，且對宋遼外交正常化帶來了重大危機，但畢竟，他們的動機還是出於對少林寺、對大宋人民的熱愛和忠誠。這一行爲，算不上是怎樣的罪孽。就算是罪孽，也遠遠比不上玄慈與葉二娘的偷情，並由此過失而製造出葉二娘這樣一個「天下第二大惡人」的罪孽更大。

又次，出人意料的是，這五個少林高僧居然還要與蕭峰對掌比武試功夫！蕭峰是少林寺玄苦大師的弟子，且是武學方面的天才，又是當世絕頂高手，當然能分辨出對方的少林內功。而且，更加莫名其妙的是，杜先生說「多謝喬幫主大仁大義，助我悟成了這『般若掌』中『一空到底』的境界！」這就出現了另外一個問題：既然要比武，既然知道比武過程中，喬峰肯定會識別出少林武功真相來，既然玄慈要公開說自己的武功是「般若掌」，也就是說，既然他們知道自己少林寺僧的真正身分無法隱瞞得住，那他們又何必如此費心地喬裝打扮呢？

有意思的是，喬裝後的玄慈還對喬峰說：「老朽在江湖上薄有微名，我這四位師弟也都不是無名之輩，我們五個人言出如山，此刻未能奉告真實姓名，喬大爺事後必知。」這又引出了一個問題：喬峰既然知道他們都是名人，且知道他們是少林寺出身，爲何自始至終都沒有想到這些人是少林寺高僧？少林寺有名的高僧並非數不勝數，而喬峰卻始終都不知道這些人是誰，這喬峰還是那個膽大心細且富有江湖經驗和閱歷的喬峰嗎？

又次，五老之來，既喬裝打扮，又含糊其辭，似乎純粹是「逗你玩」。若說有一個成果，那至少是他們應該知道喬峰的爲人：即他們知道了喬峰並不是殺害喬三槐夫婦、玄苦大師、徐長老、譚氏夫婦、趙錢孫、單氏父子等人的兇手，並且發現他是一個「不顧自己性命，不肯輕易傷人的仁義英雄」，最後還公開向喬峰表示「喬大爺，你與我等對掌之後，已成生死之交。」但自相矛盾的是，他們明知喬峰不會胡亂殺人，但卻又要警告喬峰對智光大師「手下留情」。更加自相矛盾的是，他們明明知道這些重大訊息，但卻始終不向武林公告，始終不爲喬峰平反昭雪！喬峰此後仍然生活在無邊冤屈的深淵之中。這，算得上是哪門子的「生死之交」，又算得上是哪門子的

「武林領袖」？

最後，作者增加了這一段篇幅較大的情節，但卻並沒有抓住真正的重點，那就是，喬峰的重點，其實並非糾纏在當年雁門關外的父母喪生這件事上，而是要追尋那個殺害喬三槐夫婦、玄苦大師、徐長老等人並且使他蒙冤受屈的兇手。

在喬峰的心中，當年的帶頭大哥，可能是後來的兇手。玄慈等人此來，至少能夠解釋清楚一個問題，那就是：當年的帶頭大哥絕不是殺害喬三槐夫婦和玄苦大師等人的兇手。如此一來，至少喬峰不會繼續將帶頭大哥誤會成後來的兇手。可是，我們在這一段情節中，始終沒有看到有關這方面的解釋。

實際上，玄慈等少林高僧，若懷疑喬峰是殺害喬三槐與玄苦的兇手，那麼這次會面，就應該追究查明此事，或者是懲戒喬峰，或者是爲他洗刷罪名。若相信喬峰所說，即相信喬峰不是殺人兇手，那就該與喬峰一起探討殺人兇手的蛛絲馬跡，大家一起找出兇手來，爲喬峰平反昭雪，替武林除去禍害。但，我們在這整段情節中，都沒有看到玄慈等人有這方面的想法和說法。這當然是因爲作者也沒有這方面的想法，所以才會沒有這方面的說法。取代真正關鍵性焦點的是，玄慈此來的重心，似乎是要利用喬峰的絕世武功，幫助他完成「一空到底」的武功！即「我自己空了，連對手也空了，這才是真正的『一空到底』。」結果是，如前所說，玄慈此來，明知喬峰大仁大義，但卻並不在乎他的榮辱聲名。如此「空」法，如何能讓人信服？

綜上所述，我當然明白，作者的意圖，是要讓玄慈的形象，尤其是要讓少林寺的聲譽更加美好，這樣改寫，非但不能使得方丈玄慈和少林寺的形象變得更加光彩，反而會有不小的損害。實際上，即使按照原版本的故事，一點也不作修改，玄慈和少林寺的形象其實也並沒有受到怎樣的損害：任何一個人類社會群體之中，總會有道德高尚且嚴於律己的人，同時也總會有智力低下且不能遵守所有規範的人，這應該是一個人類的共識。就算玄慈沒有及時地爲自己與葉二娘的私情、爲自己對蕭遠山之死的責任而懺悔，但他最後終究是懺悔了，不僅接受了少林寺的處罰，而且還主動付出了生命的代價。如此，誰還會責怪玄慈呢？

更重要的是，玄慈這樣的人，也會犯錯誤，就像丐幫的執法長老白世鏡居然是康敏的情夫那樣，讓人震驚之餘，也格外的發人深省！正因爲這些情節，使得《天龍八部》這部小說對人性的揭示達到了其他小說根本無法企及的深度！如果把玄慈描寫成一個純粹的道德高尚的人，反而會失去深度。更何況，只要有葉二娘、虛竹母子的故事存在，玄慈就算不上一個純粹的道德高尚的人。

我的結論十分明顯。那就是，不要「爲尊者諱、爲賢者諱」，讓玄慈保持原版中的那個形象，那是一個非常生動、非常動人的形象。總之，這一段情節中，有如此之多的問題，顯然是有不如無。

二、有關神山帶人上少林

在新修版第三十九回書中，神山等人到少林寺的目的已經不是要找回波羅星，而是因懷疑蕭峰殺害丐幫徐長老，而來向少林寺興師問罪。總體上說，這一改動非常必要，也相當成功。

簡要說來，流行版中的情節，一、天竺僧波羅星前來少林寺盜竊武學經典，這個設計本身就有點勉強。二、哲羅星與神山的師弟不打不成交的情節就更加巧合。三、神山的圖謀未免卑鄙下流，而且不無牽強之處。四、最重要的是，這段情節與小說敘事的大情節沒有任何關聯，純粹是節外生枝。

而新修版的修改，則改變了這一情形。

其一，蕭峰是小說的主角，有關他的情節不僅都很重要，而且有必要說得更加詳細周密。蕭峰是否殺害了徐長老，雖然小說中有知情人，但並非所有武林中人都知道，神山等人前來興師問罪，在情理之中。

其二，通過這樣情節，說明了少林寺方丈派人追蹤蕭峰，表明少林寺對中原武林中所發生的大事絕不袖手旁觀的立場，這樣就塡補了流行版的一大漏洞——在流行版中，少林寺對蕭峰的所作所爲很少干預，似乎與他們無關。實際上，蕭峰畢竟是中原武林中的頭號新聞人物，且還是少林寺弟子，更不必說蕭峰所要尋找的帶頭大哥恰是當今少林方丈玄慈，少林寺無所作爲，說不過去。在新修版的這段情節中，我們看到了少林寺有所作爲，使得小說敘事更加周密合理。

其三，通過這一修改，使得蕭峰故事與少林寺故事關係密切，而且使得小說敘事一以貫之，前後情節環環相扣，敘事大爲通暢。

其四，這段情節中，不但說明了蕭峰不可能是殺害徐長老、單正一家的兇手，而且還解開了智光大師自殺之謎，進而還增加了一個出人意料的情節和懸念，即智光大師的遺體曾遭到「摩訶指」的毀損。

由於新修版中重寫的情節太長，在這裏沒有必要一一引述。總體上說，這一段情節改得非常精彩周密。當然，其中也有幾個小小的問題，需要點出。

一是，神山說徐長老及其丐幫在江南無錫聚會的時間是在「前年四月間」，這就有問題。因爲丐幫聚會雖在前年，但卻並非四月間，而是在三月間，因爲小說中還專門描寫了杏花開放的盛景。

二是，玄垢的敘述中，說喬峰「跟那個瘦骨伶仃的小姑娘會齊了」，也有不妥之處。阿朱並非以瘦骨伶仃爲特徵，玄垢乃佛門中人，知道阿朱之名，不妨直接稱呼；若不知道，也該稱呼「一個姑娘」或「那個姑娘」才是。

三是，玄慈方丈派玄生去取兩門武學經典來給大家看，中間插入一段對神山和尚來歷的介紹，然後才繼續敘述玄生的回答，*這也不大妥當。介紹神山當然沒有問題，但應該讓玄生答應出門後，在玄生取書的空檔中介紹才好。即使要說玄生的輕功好，動作快，也並無妨礙。

四是，玄慈方丈說：「就算是俗家弟子，敝寺也向來不教他修煉一門絕技以上，以免他貪多務得，深中貪毒。」這一現象或許存在，但作爲一條少林寺的規章制度，則有些過分，難怪會被鳩摩智抓住把柄。

---

*玄慈下令和玄生應答，分別在遠流新修版第四冊第一六七二、一六七三頁。

在金庸先生的武俠小說中，少林寺多次被寫到，但從來也沒聽說有這個規矩，顯然是這次修訂中作者專門增加的一條新規章，爲了鳩摩智有機會發難，就要讓少林寺如此拘泥刻板且固步自封，未免有點得不償失。更何況，此後不久，書中又說：「雖有人同精三四門絕技，那也是以互相並不抵觸爲限。」這說明，少林寺中存在精通三四門絕技的人，也就是說，不許修習一門以上絕技的規則並沒有嚴格執行。或者不如說，少林寺本來就沒有這條規則。至於要說有些絕技互相抵觸，那是另一回事了。

三、玄慈當眾約蕭峰

在新修版第四十一回書中，正當慕容復公然挑戰蕭峰之際，突然插入一段玄慈方丈當眾邀約蕭峰進入少林寺會面的情節。這一段情節，不合理處甚多，總體上是不成功的，甚至可以說是不能成立的。

首先，玄慈邀約蕭峰入寺見面，主要目的之一，是要向鳩摩智、神山等人說明，他們曾經跟蹤考察過蕭峰，覺得蕭峰不是殺人兇手，這才放過了他。表明少林寺的立場鮮明而且堅定，絕不會因爲蕭峰是少林寺弟子而姑息養奸。這理由似乎相當充足，但，爲何不在少林寺外當眾宣布，而要入寺來向少數人說明呢？少林領袖大宋武林，要對天下武林負責，而不僅是要對這個臨時董事會負責。

其次，玄慈邀約蕭峰入寺的另一個目的，是要向他公開表明自己是帶頭大哥的身分，讓蕭峰將他打死。但如前所說，這一表面上很合理的動機，實際上有太多的不合理因素在內。若玄慈當真要坦露自己的身分，爲何在天臺山上不向蕭峰透露？爲何不在少林寺外當眾透露？

又次，玄慈邀約蕭峰入寺，而不當眾宣布上述消息，只有一個真正說得過去的理由，那就是要設法讓蕭峰避開群雄的攻擊，從寺廟的後門逃走。但，這樣一來，玄慈的身分立場就更加值得懷疑了：一方面要向鳩摩智等人表明少林寺絕不姑息養奸，但同時卻又冒天下之大不韙將大宋武林的公敵，即契丹人蕭峰偷偷放走，玄慈如何向大宋武林同道交代？更不用說，他若瞭解蕭峰的性格，第一是不會殺他，第二是不會偷偷溜走，玄慈的做法，就更加荒唐可笑了。玄慈如此不禮貌地公開打斷慕容復的挑戰，違背在場千百大宋武林英雄的心願，若是會見之後蕭峰當真逃走，玄慈如何向在場的英雄交代呢？難道玄慈竟然打算爲了挽救契丹人蕭峰而與天下英雄爲敵？

又次，這段情節的開頭，還有一個硬傷，那就是玄慈、鳩摩智、神山等人都已經在少林寺外的聚會現場，但少林四老邀請蕭峰入寺的時候，卻沒有與玄慈等人同行，似乎玄慈等人早已在寺中，或者至少先行一步。但作者忘了，聚會的場所在少林寺外，離少林大門還有一段不小的距離——從聚會末期，慕容博、蕭遠山等人竭力跑向少林寺山門的情形中就可以找到證據——如此，玄慈等人又是何時入寺的呢？

又次，蕭峰與玄慈等少林五老見面，不僅認出了他們喬裝的身分：遲先生、杜先生、金先生、褚先生和孫先生，而且同時報出了他們的法號：玄慈方丈、玄渡大師、玄因大師、玄止大師、玄生大師，這就是說，蕭峰實際上早就認識這些人。如此就出現了一個問題，在少林五老會喬峰之際，蕭峰是真不認識，還是裝假？無論如何對蕭峰和少林五老的形象都是一種傷害。

又次，玄慈說，五老會喬峰之際，若發現對方真的是殺人兇手，「我們便即五人合力，誅除了他」這當然沒有問題，但若殺死了喬峰，則玄慈這個帶頭大哥所謂懺悔、所謂寧可讓蕭峰打死爲其母報仇之說，不就是一句空話了嗎？

又次，這一段中專門寫到喬峰沒有懷疑玄慈是帶頭大哥的原因：「素知玄慈方丈爲人慈和，決不致沒來由的帶人殺我爹娘……」這一說更是欲蓋彌彰，帶頭大哥殺害蕭遠山夫婦，可不是因爲殘忍或者慈和，而是要保護少林寺、保護大宋武林和江山的利益，蕭峰深知這一點，甚至並不因此而過分怪罪帶頭大哥。蕭峰怪罪的乃是有人殺害喬三槐夫婦和玄苦大師，並讓他蒙受不白之冤。也就是說，書中沒有寫蕭峰懷疑玄慈，其實是這部小說的一個最薄弱的環節：蕭峰無論如何都應該將大宋武林中有威望的高手排查分析一遍，而只要那樣做，玄慈肯定是帶頭大哥最可能人選，即最值得懷疑的對象。

最後，玄慈打斷了慕容復對蕭峰的挑戰，不僅破壞了現場的氣氛，改變了小說敘事的節奏，顯然是得不償失。進而，在會見結束之後，非但沒有向慕容復和要殺蕭峰的人道歉，竟然沒有任何解釋，這也說不通。

綜上所述，這一段玄慈當眾約蕭峰的情節，實在問題太多，難以自圓其說。因此，這樣的情節，利少弊多，有不如無。

七、有關馬夫人的秘密

新修版對蕭峰瞭解馬夫人的秘密的過程，進行了較大幅度的修訂，牽涉到小說的第二十三、二十四兩回中的內容，還牽涉到小說中一些重要的人物關係的改變，而且新修版的修訂有成功之處，但也出現了一些新的問題。所以，對於這一修訂的情節，需要進行專題研究和分析。

這段情節的修訂要點有三，第一，是黑衣人即蕭遠山沒有出現在馬大元家，有關白世鏡和康敏聯合殺死馬大元的秘密，並非由黑衣人裝扮成殭屍嚇唬並迫使白世鏡老實交代出來，而是改由蕭峰自己出手制服白世鏡，迫使他交代謀殺的陰謀和過程。這一改動，十分重要。流行版中的設計，雖然很有傳奇性，但讓蕭遠山始終在蕭峰和阿朱前後，非但不與他們見面，反而不斷破壞蕭峰尋找的線索，彷彿專門和蕭峰作對，從情理上不容易說得通。其次，蕭遠山始終跟隨或趕在蕭峰前面一步，在實踐上也有很大的難處，蕭遠山畢竟不是神仙，因而不大可能這樣去做。再次，蕭遠山出現在馬大元家，用鎖喉功迫使白世鏡交代問題，故意搞得鬼氣森森，似乎白世鏡被鬼魂嚇壞了，多少有點勉強，人為痕跡明顯。而改成蕭峰主動出擊，既有這方面的動機，又有這樣的機會，也有這樣的本領，讓他參與武力審訊，即用出神入化的武功迫使白世鏡交代問題，則顯得天衣無縫。

第二，在這段新修的情節中，我們還看到，徐長老爺並非被黑衣人蕭遠山所殺，而是被白世鏡所殺。殺人的原因，是徐長老與白世鏡爭風吃醋，而且要迫使白世鏡成為他的工具，白世鏡只能一不作二不休，殺了徐長老。這一安排，比流行版中安排黑衣人蕭遠山殺害徐長老要合理得多。因爲蕭遠山殺害徐長老，實在沒有真正充足的理由，行爲的可信程度也就要大打折扣。

第三，新修版中增加了丐幫幾位長老出現在馬大元夫人家附近的情節，這一情節的設計和實施中，有許多難題，也有不少漏洞。首先是關鍵性的細節方面有問題：因爲書中既要寫到丐幫的出現，又不能讓他們影響馬夫人家的故事進程，只好讓蕭峰出面將十幾個人的穴道點了，事後再一一爲他們解開穴道。然而，蕭峰的武功雖然高強，超乎丐幫所有的長老舵主，但頃刻之間要將所有這些人的穴道都點中，而居然沒有一個人能夠出聲或防備，且室內的段正淳、白世鏡等大高手都沒有發現，恐怕就不是一件簡單的事情。蕭峰能夠辦到嗎？就算蕭峰能夠辦到，但後來，蕭峰給這些人一一解開穴道，而這些人居然絲毫沒有反應，居然沒有一個人想到要尋找這個給他們點穴、解穴之人，更沒有人發現蕭峰的蹤跡，甚至沒有人懷疑這是蕭峰作了手腳，這就未免成天方夜譚，難以讓人置信了。

進而，更重要的地方在於，丐幫長老們據說是聽了弟子的報信，說是在這附近發現了蕭峰的蹤跡，才集中於此的。這就難免讓人疑惑，丐幫的長老，尤其是分舵舵主，一向散處八方，若沒有重大事件，何以能夠如此迅速地集合起來？進而，就算丐幫長老舵主能夠及時集合，他們爲何不早去通知馬夫人，讓她及早迴避，免得遭到蕭峰的毒手，何以還要在廟裏先開會，然後再趕往馬家，竟然讓蕭峰等人趕上了前面呢？

實際上，這裏還有一個不小的問題，那就是白世鏡，從馬夫人家裏的情況看，顯然是白世鏡設計，讓馬夫人將段正淳如此這般料理了，然後兩人一起離開此地。也就是說，白世鏡必然是打著「保護馬夫人」的旗號行事，有白長老在馬夫人家，一方面，白長老決不會希望或允許別的人再來打攪；而另一方面，丐幫其他的長老則也應該因爲有白長老在馬夫人家保護照應，讓馬夫人迅速離開此地，沒有必要再多事集中這麼些人來做儀仗隊了。

最重要的是，丐幫的這些長老如此聚會，除了當場瞭解白世鏡長老、馬大元夫人、徐長老等人的秘密之外，只不過是讓康敏上演了一場以色誘人自保脫身的醜劇。然而這一情節的增加，卻又增加了許多新的問題，甚至新的漏洞。總體的評估，顯然是有些得不償失。白長老等人的秘密，大可等到段正淳的書信中揭露出來——其實，只要蕭峰明白，讀者明白，就已經足夠了。丐幫長老什麼時候知道，並不重要。相反，讓丐幫長老和弟子長期誤會蕭峰殺了徐長老之後，又殺了白世鏡、康敏，只有好處，沒有壞處。這裏故意讓丐幫長老明知這些人不是蕭峰所殺，卻要繼續隱瞞事實真相，這就未免是故意在丐幫長老的臉上抹黑了。這沒有什麼好處。總之，丐幫長老和舵主聚會南陽馬家的情節，並不高明。

除此三大情節修訂要點之外，這一段修訂的敘事過程中也還有不少具體的問題，有些寫得很好，而有些則稱問題。以下我們分別細說。

首先，在修訂篇幅開始之際，即第二十三回的結尾部分，就出現了一個新的敘事漏洞。新修版中寫到蕭峰「只見巷口有家小客棧，便進去要了一間房間……」這就是一個問題：前面剛剛寫到，蕭峰此時已經追蹤阿紫的暗號來到了馬大元家附近，而馬大元家乃是在信陽城西三十里之外的鄉下，附近並沒有人家，更沒有什麼「小巷」，自然也沒有「客棧」。流行版中寫的是「見道旁有座破廟……」這才差不多。新修版失誤明顯。除非說，蕭峰從馬大元家又回到了信陽城中，否則，他在客棧大堂中聽到丐幫弟子的說話，也不可能。問題是，蕭峰為何要從馬大元家再回信陽城呢？

不過，若不考慮蕭峰走進巷口客棧是否合理，則蕭峰易容時懷念阿朱、想到阿朱才會易容這一細節，倒是非常精彩，也頗讓人感動。

進而，小說中寫到蕭峰聽到了丐幫長老要在韓家祠堂聚會的消息，「蕭峰知韓家祠堂是在城北，待兩名丐幫弟子走遠，這才會鈔，慢慢踱到城北。」這就更讓人搞不清楚了：蕭峰此時究竟是在信陽城內，還是在馬大元家附近？若是在城裏，則書中並未專門交代；若是在馬大元家附近某處，那就絕對不可能從城西郊外三十里處「慢慢踱到城北」。

第二十四回中，「段正淳料得是背後助己之人到了。便即大叫：『他是馬大元，他是馬大元！白長老，你串通他老婆，謀殺親夫，馬大元向你討命來啦！』」這就比流行版巧妙得多，流行版中沒有寫到段正淳想到自己的外援，更沒有寫到段正淳在此關鍵時刻嚇唬敵手、奮勇自救的行爲。＊這裏補充了這兩點，同時還增加了恐怖氣氛，也爲蕭峰後面的行爲動作進行了鋪墊。新修版下一頁中段正淳的第二次呼喊，也可以作如是觀。

又，新修版刪除了流行版中黑衣人故意裝神弄鬼的情節，改成了：「只聽得那人終於開口說道：『馬大元是不是你殺死的？你不說，我即刻揑死你！』」使得小說情節更加合理：白世鏡身爲丐幫執法長老，恐不會如此怕鬼怕殭屍，他最怕的當然還是

＊流行版中只寫到了段正淳和蕭峰心想「這人武功了得，那是誰啊？」。

厲害的武功，隨時可以要了他的命。而馬夫人雖說怕鬼怕殭屍，但卻不怕馬大元，因爲她從心裏看不起馬大元，即使對方化爲厲鬼，她也不怕。所以，有關恐怖殭屍氣氛的渲染，其實經不住推敲，因爲那不符合蕭遠山的性格和行爲作風。如今改爲蕭峰出面武力審問，一切都變得自然。說不定，白世鏡心裏也可能才想到是蕭峰來了，因此他才更加害怕，也更加顧忌。

又，新修版中，丐幫傳功長老呂章及時交代：「周兄弟、王兄弟，請你們護送大理國段王爺，以及王爺的四位女眷，回信陽城中大客棧休息，好酒好飯款待。」＊這一修訂，雖然並不比流行版中由蕭峰解開秦紅棉、阮星竹等人穴道並由她們將段正淳馬上帶走更好，但也算得上是合情合理。段正淳乃是大理王儲，雖然與馬大元夫人有染，但丐幫沒必要爲了一個淫婦而得罪大理段家。

又，白世鏡被蕭峰點中穴道，看到傳功長老呂章等人，不得不交代自己的罪行：「去年八月十四……」以下是他與馬夫人調情的細節。這一交代，有太多人爲痕跡。就算丐幫長老要審問白世鏡，白世鏡要交代自己的罪行，敘述情節也就可以了，一句

＊這一自然段以及下面兩個自然段都是敘述段正淳被送走的情節，見遠流新修版第一〇五六～一〇五七頁。

話可以帶過的事情，怎麼會如此細緻地將自己與康敏調情的每一個細節都說出來？這不合常理。除非是有變態的審判官在現場，逼迫當事人說出淫穢的細節。但，此刻並沒有這樣的變態審判官。莫非白世鏡心理有病，喜歡說這些淫穢的細節？什麼「我左手摟著她柔軟的細細腰肢」云云，完全不像白世鏡的話語。這樣的香豔細節，與小說的風格境界不合，有不如無。

同樣，馬夫人當眾說「是我引誘這色鬼的，那不錯，那晚的情景，他倒記得清清楚楚。我幹麼要引誘他呢？是瞧中了他的鬍子生得俊嗎？那倒不見得，說到相貌一表堂堂，咱們呂長老可俊得多了。」諸如此類，色相引誘，既不符合人物的真實心境和性格，也沒有任何審美價值，純屬多餘。

又，新修版中寫道：「蕭峰聽得丐幫眾人只顧念私利，維護丐幫名聲，卻將事實真相和是非一筆勾銷，什麼江湖道義、品格節操盡數置之腦後，本來已消了不少的怨氣又回入胸中，只覺江湖中人重利輕義，於是非黑白全然不顧，委實卑鄙之極，自己與這些人一刀兩斷，倒也乾淨俐落。」對於丐幫整體，他這樣說，實在不算公平；對於整個中原武林來說，更不公平。同時，這樣的思想，實際上也使得蕭峰形象乃至整部小說都受到了一定程度的損害。小說對人性的關照和悲憫，並不像蕭峰所感慨的那樣，而蕭峰這一主要英雄人物如此感慨，豈不是同時要使自己的形象也受到一定程度的影響和損害？

又，正在審問期間，「馬夫人突然站起身來，說道：『各位口渴了吧？我去沖些茶來，要是不放心，派人跟著我就是。這裏荒郊之地，我便想逃，也沒地方走。』……」於是，康敏居然在眾目睽睽之下公然溜走，而這些人也居然讓她溜走，點穴、解穴的人並未發現，室外居然沒有任何崗哨！這些，顯然是人為的結果，而這實際上是一個不大不小的漏洞：康敏現在可不是副幫主夫人，而是殺害馬副幫主的元兇，如何能夠輕易放過？更加要命的是，蕭峰發現了康敏要逃走，也將她抓住了，但卻並不帶她離開此地，而是將她放置在冬天的樹上。讀者難免要想：既然康敏都能夠逃脫，蕭峰的武功比她高出百倍，為何不能逃走？有關馬大元之死、徐長老之死，蕭峰已經知道了真相，他的下一個重要任務，就是要從康敏口中問出帶頭大哥的名字，將她帶到一個便於審問查詢的地方去，豈不是十分順理成章？當然，蕭峰不能這樣幹，因為後面的情節需要康敏繼續留在此地。

有意思的是，等到丐幫群眾走得乾乾淨淨，再也沒有人干擾蕭峰向康敏查詢帶頭大哥的消息了，蕭峰並不立即將康敏送回家去馬上進行審問，而是將她放入草垛中。

進而，他仍然不馬上進行審問，而是到井臺上喝水，然後自顧自地想心思，最後竟「靠在井欄之上，不覺沉沉睡去。」這一連串不合常情的安排，顯然是出於作者的人爲。作者讓蕭峰幹出如此沒有道理的事情，是因爲迫不得已，他不能馬上審問康敏，必須等到阿紫到來，將康敏折騰得面目全非，然後他們才能見面，繼續展開小說的情節。

流行版中黑衣人出現，雖然有許多不合理處，然而此人的存在至少有一個非常重要的作用：即他的離去使得蕭峰追蹤而去，以至於不能及時審問康敏，等他回到康敏居所時，發現她已經被折騰得面目全非。流行版中的這一情節安排雖非天衣無縫（例如黑衣人蕭遠山為何要逃避自己的兒子蕭峰、為何拒絕與兒子早日相認？），但就引走蕭峰而言則完全沒有問題。新修版刪除了黑衣人的情節，因而只能重新設計。我們看到，作者爲阿紫殘害康敏而設計讓蕭峰如此這般不合情理的行爲，實在不能算高明之計。還有一個更大的破綻，那就是，井臺理當離康敏家不遠，就算蕭峰睡著了，難道阿紫折磨康敏的時候居然沒有半點聲音？難道慣經江湖歷練、做事謹慎小心的蕭峰能不被驚醒？

又，蕭峰再見康敏後，流行版中有一段寫道：「蕭峰心想：『我生怕秦紅棉、阮星竹喝醋，一出手便殺了馬夫人，沒了活口，不能再向她盤問。哪知阿紫這小丫頭這般殘忍惡毒』……」新修版隨著情節變動，改爲：「蕭峰心想：適才阿紫突然不見，原來是躲了起來，待丐幫眾人和自己走遠，這才溜出來施這狠毒手段，便道：『你先跟我說，署名在那信上的，是什麼名字？』……」這一改動的好處不僅在隨即調整了心理敘述的內容，而是讓蕭峰單刀直入地開始詢問帶頭大哥的名字，不似流行版那樣在誰殘害康敏這一問題上過多糾纏。

又，聽到康敏的咒罵，蕭峰說：「不錯，就算是皇帝，又有什麼了不起？我從來不以爲自己天下無敵。」新修版增加了一句：「……倘若真有本事，也不會給人作弄到這地步了。」這句話能讓人流淚，當然是好。

八、關於丁春秋

丁春秋這個人物的故事在修訂本中也有一些改變。新修版中，這一人物的故事有了兩方面的新內容，第一是十分重視對長生不老的追求，第二是引誘師父的情人李秋水，大大傷害了師徒之情。單獨說來，丁春秋的這兩個新特點，並非沒有根據。人性中有這樣的弱點，特別是上了年紀的人總希望能夠長生不老，丁春秋出身於逍遙派，逍遙派屬於道家或者道教，道家和道教有著追求長生不老的悠久傳統，因而，說丁春秋一直設法苦練「天長地久長春不老功」，本身並無問題。同樣，逍遙派追求情感自由，甚而追求情感放浪，則丁春秋去誘惑自己師父的情人，或者是被師父的情人所誘惑，這本身也沒有問題。

問題是，有關丁春秋的這兩點新訊息應該如何說、在何時、在何地、由何人、以何種方式說才最爲合適？

我們看到，新修版第三十回中，薛慕華向玄難、包不同等人介紹丁春秋的情況，增加了這樣的內容：「那丁春秋……這件事說起來，於我們師門實在太不光彩。那丁春秋仗著比我祖師爺年輕二三十歲，又生得俊俏，竟去姘上了我祖師爺的情人。這件事大傷我祖師爺臉面，我們也只心照，誰也不敢提上一句，當面背後，都裝聾作啞。祖師爺也就詐作不知，那是啞子吃黃連……」這一段話，實際上是代作者敘事，不完全符合小說中人的性格特徵。薛慕華在自己師兄弟中算是最富有江湖經驗的一個，在介紹丁春秋的背景的時候，是否有必要講述他與祖師爺情人之間的放蕩關係？退一步說，即使要講述，是否有必要講述「我們也只心照」這類的話？若僅僅是說這些，也還罷了。

有意思的是，在同一回中，新修版還專門增加了慕容家大將鄧百川對丁春秋的介紹：

「各位說得坦率，醜事也不隱瞞，確是夠朋友了。大敵當前，待會死活難知，我們姑蘇慕容也當將所知一五一十相告。當年慕容老爺跟我們談論，說到丁春秋的祖師爺所學之中，有一門『天長地久不老長春功』。慕容老爺說道，長生成仙是騙人的，世上決無不死之人。但如內功修得對了，卻可駐顏不老。三四十歲的女子，可練得宛似十八九歲；五六十歲的婦人，可練得皮光肉滑，面白唇紅，便如二三十歲一般。女子人人想長保青春，男子何嘗不然？……」

這一大段話讓人莫名其妙，鄧百川不是一個喜歡多嘴多舌的人，身為慕容家的第一大將，性格是謹慎寡言，言必有中，但在這裏卻一反常態，囉囉嗦嗦一大通廢話。上述這些話與丁春秋及其眼前的危難可以說毫無關聯。

更要命的是，這「不老長春功」乃是逍遙派的神功絕技，鄧百川居然給薛慕華等一群逍遙派的弟子上課。鄧百川這段話中，唯一有點資訊價值的，只有一句「多半要到蘇州來查書」，但這也只是完全沒有依據的推測之辭，既無前因，也無後果，還是廢話。至於「苟先生雖學富五車，丁春秋想查的那『長春功』功訣，只怕不在五車之內，是在第六車中。丁春秋勾引了祖師爺的情人，兩人逃來蘇州，隱居之地就在太湖的一處莊子。他兩人盜來的大批武功秘笈，也就葬在蘇州。」云云，與眼前的危機還是沒有任何直接或間接的關聯，鄧百川在這裏，只是做了作者的傳聲筒。而在這裏敘述丁春秋的這段故事，實際上也提前洩露了天機，資訊不斷重複，小說的懸念也就不復存在，如此真正是得不償失。

進而，仍在同一回書中，新修版還讓薛慕華重新解釋「化功大法」：「聽說這門邪功，要借用不少毒蛇毒蟲的毒汁毒液，吸入了手掌，與人動手之時，再將這些劇毒傳入對方經脈。咱們練功，內力出自經脈，如『關亢穴』是三陰任脈之會，『大椎穴』是手足三陽督脈之會。這兩個穴道若沾上了毒質，任脈督脈中的內力剎那間消得無影無蹤。常人以訛傳訛，說道丁老怪能化人功力，其實以在下之見，功力既然練成，便化不去了。丁老怪是以劇毒侵入經脈，使人內力一時施展不出，身受者便以爲內力給他化去了。便如一人中毒之後，毒質侵入頭腦，令人手足麻痹，倒不是化去了手足之力……」

這些解釋，看起來更加合理，但這又會帶來新的問題，假若化功大法的奧妙是用毒質將對方的中樞神經麻痹從而凍結內力，那麼後面慕容復如何能夠將自己作爲「傳導管」，將毒質輸送給丁春秋的弟子，而自己本身卻全然不受毒質的影響？其實，作者作此修改，或許是受了那些具有「寫實主義觀念」的讀者的影響，而武俠小說的武功想像，只受想像和假定制約，不必有現實與真理的依據。作者如此追求生物化學和神經生理學的道理，反而使得武俠小說的武功描寫受到不當制約，從而前後矛盾，甚至後患無窮。

又，第三十回書，流行版中，丁春秋對玄難自稱「老夫」，而新修版則改爲自稱「小弟」，作者解釋說：「他要自居少年，不稱『老夫』，而稱『小弟』。」看起來沒有問題，而且還妙趣橫生，但其中實際上還是有一個關鍵性的問題，那就是自居少年只是針對自己的容貌，而自居「老夫」則是針對自己的江湖身分和地位。丁春秋最熱心的是虛名，最喜歡弟子對他進行大肆吹捧，表明他十分重視自己在武林中的地位，「老夫」表明年高德劭，是一號重要人物；「小弟」誰會尊重？因而，丁春秋如何自稱，遠沒有新修版修訂的這樣簡單。

當然，並非新修版所增加的內容全都不好，第三十一回書中，無崖子對虛竹說：「當年這逆徒勾結了我師妹，突然發難，將我打入深谷之中……幸得我師妹良心發現，阻止了他更下毒手……」這一增加就大有道理。若非李秋水幫忙，而讓丁春秋獨立打敗無崖子、蘇星河師徒二人，實在難以讓人置信，而有李秋水幫忙，那就變得天衣無縫了。進而，若非李秋水「良心發現」，阻止丁春秋趕盡殺絕，按照丁春秋的性格，肯定要將師父的生死存亡查個水落石出才對，但有李秋水的阻擾，丁春秋便無可奈何。所以，這一段往事，由此變得更加合理。

接下來就又不是那麼回事了。第三十二回中，新修版增加了丁春秋弟子歌頌丁春秋的諛辭：「老仙年壽雖高，但長春不老，千歲年少，綺年玉貌，翩翩少年。不知者以為後輩初學，然觀其蓋世武功，方知己為井底之蛙，不知仙姿之永保青春也！該尊之為『少俠』，而不宜稱『老仙』也。」首先，文章最後說不宜稱呼老仙，但文章開頭卻稱呼老仙，自相矛盾。其次，這篇文章的標題是《恭頌星宿老仙揚威中原贊》，題目中也還是「老仙」。又次，頌歌標題是揚威中原，文章中卻只是稱讚青春年少，完全文不對題。最後，觀看整部新修版，丁春秋並非始終自稱「少俠」或「小弟」，多半時候仍然是自稱「老夫」，前後不一致處極多，這也不是金庸小說應有的水準和風範。

又，第三十二回書中，蘇星河與虛竹談論本門往事，新修版刪除了一段：「虛竹聽他說到『美少年』，眉頭微皺，心想：『修練武功，跟相貌美醜又有什麼干係？他師徒二人一再提到傳人的形貌，不知是什麼緣故？』……」增加了蘇星河的解釋：「……再者，我有個師叔，內力武功均著實不低，不知怎地，她竟為丁春秋所惑，和他聯手對付我師父。這位師叔喜歡英俊瀟灑的美少年，當年丁春秋年輕俊雅，由此而討得師叔歡心。丁春秋有此武功，好比小無相功，就是從這位師叔處學得。倘若我們向丁春秋發難，這位師叔又全力助他，除他便大大不易……」其中問題較多，本來，對於虛竹而言，最重要的問題之一，是為何他們總要強調相貌英俊，新修版刪除了重點疑問段落，使得讀者無法抓住敘事的要點。進而，上面所引述的新修版的段落，邏輯相當混亂，夾在前後文中，突兀地說出這一段，其實並不恰當。

又次，再次談論丁春秋和李秋水的關係，不但多次重複，而且也不合蘇星河的身分，這畢竟是師門醜事。最後，他的重點是應該解釋之所以要找相貌英俊的傳人，乃是要派他到李秋水那裏去學習，但蘇星河說了半天，卻不得要領，反而說李秋水可能幫助丁春秋，如此讓人更如入五里霧中。

第三十三回，新修版中增加了丁春秋心理：「我待會有空，連這點兒鬍子也都剃光了，好顯得更加年輕。」這一增加，本身很好，只是沒能讓丁春秋的這一心態一直貫徹下去，不免有些遺憾。

更遺憾的是，這一回中寫到丁春秋與慕容復見面並打鬥，新修版刪除了丁春秋向慕容復敬毒酒的情節段落。從而使得這兩人的衝突失去了許多精彩場面，不符合「先禮後兵」的習慣，也不符合丁春秋和慕容復這兩個人的習慣，新修版中這兩人還有姻親關係，但卻讓這兩人見面就開打，那就更不對頭。

總體說來，新修版對丁春秋的修訂算不上成功。

首先是作者的思路並不是十分清晰，從而在敘事過程中就很難做到重點突出。丁春秋欲望未免太多，雖然不乏人性的依據，但卻使得這個人物形象顯得模糊不清。人性中的病態和弱點千奇百怪，總不能在一部小說中寫盡，更不能在一個人物身上體現出來。世界上確實有人爲了追求長生不老而處心積慮，甚至作惡多端，這樣的人物和故事，何不在別的地方專門講述？

其次，若丁春秋的人生理想重點在追求長生不老，同時追求美貌女性，不免會干擾他原有的追求權勢和地位、虛名和吹捧的形象觀感。雖然不是直接相矛盾，但卻使得重點不能突出，掩蓋了丁春秋形象的真正價值。雖然丁春秋不是啥好人，讓他多做一點壞事並沒有關係，但這個人物這也想要，那也想要，他到底最想要的是什麼？若他當真是一個好色之徒，那麼美麗的阿紫恐怕就保不住清白。而且，根據常識，要追求長生不老，最重要的一點，就是要節欲，丁春秋不可能不懂得這一點。爲何他一面要追求長生不老，而與此同時卻又淫蕩好色？

又次，有關丁春秋的設計和敘述，真正有價值的資訊其實只有一點，那就是他曾經引誘過李秋水，並在李秋水的幫助下打敗了自己的師父和師兄。但是，小說中對這一資訊的發佈，卻沒有獨特的匠心安排，讓許多並不相干的人物在不同的場合不斷重複，使得這條重要資訊變得囉嗦而又乏味。

又次，有關丁春秋追求長生不老的設計，實際上並沒有真正完成。用神木皇鼎來練功，既可以練習「長春不老功」，又可以練習「化功大法」，二者關係究竟如何，到最後也沒有一個令人信服的解釋，甚至根本就沒有解釋。進而，丁春秋渴望年輕，到底是要自稱「少俠」還是要自稱「老夫」，僅僅是一個稱呼也前後不一致，更不用說其複雜的心理和行爲方式的統一。

最後，也是最重要的一點，新修版的改寫，非但沒有深化小說的主題，反而使得人們對逍遙派人物故事的理解停留在一個相對低淺的層面。逍遙派人物故事的深刻之處，原本在於，逍遙派的人無疑是要追求逍遙，也就是自由的人生，然而，卻因爲情欲、權勢欲及其引發的仇恨、爭鬥，使得這些人誰也得不到逍遙和自由——這一主題，正是對《天龍八部》的小說總主題的一個很好的支持和詮釋。

九、關於「往事依稀」

新修版中，比較引人注目的修訂是增加了兩段以《往事依稀》爲標題的插敘。第一段是在第四十回中鳩摩智的回憶插敘，第二段是在第四十二回中慕容博的回憶插敘。以下分別掃描分析。

一、鳩摩智的《往事依稀》

鳩摩智的故事中，有一個重要的修訂，即新修版中沒有讓鳩摩智與游坦之相遇，鳩摩智當然也就沒有從游坦之那裏搶奪《易筋經》，流行版中有關鳩摩智與《易筋經》的情節和細節全部被刪除了。另一方面，鳩摩智得到「小無相功」的線索則得到了加強。新增加的《往事依稀》的主要情節，就是鳩摩智到曼陀山莊盜取《小無相功》秘笈的過程。

對於這一增訂，很難簡單地說好或說不好。我們不妨比較一下說好和說不好的理由，然後再得出一種結論、判斷的思路線索。

說好的理由是：首先，是彌補了小說的一個可能的漏洞，或者說是解釋了一個重大的疑問，那就是鳩摩智從何處學得「小無相功」？流行版中根本沒有回答這一問題，所以很容易被看成是一個漏洞。因爲，「小無相功」乃是逍遙派的不傳之秘，甚至逍遙派的高手天山童姥都不會，只有李秋水曾經習得，並傳給了無崖子，又通過無崖子傳給了虛竹。鳩摩智這位吐蕃僧人如何獲得這一秘笈，就成了一個需要交代的問題。現在，這段《往事依稀》中，就清楚地交代了鳩摩智獲得「小無相功」的經歷，那就是從曼陀山莊盜取。李秋水將這一秘笈留在了曼陀山莊，丁春秋瞭解這一功法的練習訣竅，鳩摩智巧聆秘密，從而獲取。我們看到，鳩摩智進入和走出曼陀山莊並獲得功法秘笈的情節，雖然有些巧合成分，但沒有太大的漏洞。

其次，這一段回憶還有一個順帶的作用，那就是交代了鳩摩智在阿碧的住處錦瑟居被阿朱、阿碧害得落水之後的情節。流行版中對此後的情節完全沒有交代，讓鳩摩智完全徒勞無功，從此銷聲匿跡一段時間。這不符合此人的性格。而新修版中寫他落水之後設計逼迫衙役帶他尋找參合莊，然後巧上王夫人的船，終於找到了一份重要的秘笈，這才離去。這樣，此人的故事得到了充實，貪心而又堅韌的性格特點也顯得更加突出。

再次，這一段回憶還有一個間接的作用，那就是寫到了王夫人在女兒王語嫣離家出走之後的反應和行爲。流行版中對此完全沒有交代，好像王夫人對自己的女兒王語嫣的出走根本就不關心，當然也不會去尋找。修訂版中，鳩摩智的這段回憶中寫到了王夫人帶人氣勢洶洶地來到參合莊找人的情節。主要的功能，當然是要把鳩摩智帶上四面環水的曼陀山莊。

說不好的理由也有幾條。首先，這一段回憶插敘來得根本不是地方，因爲這段插敘，乃是在鳩摩智和虛竹激烈打鬥之際，而且還是在鳩摩智心中吃驚、漸趨下風之際，此時鳩摩智若是「想起了那日在蘇州曼陀山莊中的往事」，即如此心不在焉地對付虛竹，豈不是要糟糕透頂、一敗塗地？武俠小說雖可以自由想像，並鼓勵大膽創新，但想像和創新也必須遵守一定的規則。公然讓武俠人物在打鬥過程之中如此胡亂走神，放下自己的工作不幹而去幫助作者敘事，並不合理。

再說，這段回憶專門取名《往事依稀》，也顯得非常刺眼。因爲這部小說只有回目，回目中沒有任何小標題，現在加上了這個《往事依稀》，當然算是一種創新，看起來似乎也很新鮮，但卻與小說的敘事形勢和體例明顯不相符合。看起來，這段《往事依稀》似乎是作者不留神將自己的修訂備忘錄中的標題也一起抄入了小說之中。至少是一次技術事故。

再次，鳩摩智當然必須練習小無相功，否則虛竹就無法識別並且動手。但其中又有一個問題，那就是鳩摩智在短短兩年時間內能否將小無相功練成？還有一個問題是，他在大理天龍寺中也曾演練過許多門少林功夫，那時候應該是真正的少林內功了？因爲若當時表演得有什麼不到之處，大理天龍寺高僧豈能輕易被瞞過？尤其是那個枯榮長老，應該慧眼獨具。這就出現了另一個問題，假如鳩摩智沒有小無相功，也能將少林絕技練好，那麼他爲何還要苦練小無相功呢？

又次，這一段交代鳩摩智偷學小無相功的往事，放在這裏當然也無不可，只不過，若要在這裏交代，那就應該非常簡練，只說情節，不說細節。而且，最好是由作者自己敘述，而不要借人物的回憶形式。現在的這段人物回憶的情節極不合理，且其中有太多的細節，使得這段回憶十分冗長，不僅與少林寺此刻的上下文難以銜接，而且言多難免有失，反而自己給自己增加了許多不必要的問題。

又，這段敘述中說到鳩摩智在參合莊書房內翻找，「只是些《十三經注疏》、

《殿本二十二史》、《諸子集成》之類書生所用的書本……」其中也有明顯的問題。蓋此時是北宋時期，雖然有多家分別注釋十三種儒家經典，但《十三經注疏》一書是到南宋以後才開始合刻，之前似乎不存在這樣一部大書。而《殿本二十二史》就更加離譜，北宋時期只有《十七史》，明朝嘉靖年間加上宋、遼、金、元四史也才合成《二十一史》，清乾隆時《明史》告成，才有《二十二史》之稱。且所謂「殿本」也常指清代「武英殿本」的簡稱，宋朝「殿本」不知是否有據。

又，鳩摩智似乎做小偷習慣了，所以來到少林寺仍然要故技重施：「鳩摩智悄悄在大殿外竊聽方丈玄慈與神山、觀心等外來高僧講論拳掌武學，聽到玄慈論及少林僧人以剛柔功夫相反，不能同練降魔掌與摩訶指，他便即施展輕功奔到山門之外，再以內力傳送聲音……」這是新增加的細節，目的明確，那就是要戳穿鳩摩智的把戲，不想讓鳩摩智的武功太過神奇。

作者的用心能夠理解，但卻實在沒有必要，甚至有副作用。沒有必要，是因爲段譽後來也曾在外面就聽到了大殿中的說話，鳩摩智也是一個絕世高手，何以不能聽見，還要到大殿外面去偷聽才能聽到？副作用是，鳩摩智這樣先在殿外偷聽，然後又奔到山門外，未免將少林寺的保衛部門太不放在眼裏啦！光天化日之下，他如此進進出出，居然無人看到，等於是說少林寺無能。少林僧在大殿集會，總不至於不留崗哨和有關值班人員，鳩摩智弄這些花巧時，那些「有司職的人」幹啥去了？更重要的是，鳩摩智的要害，並非道德的敗壞，而是更加深奧的貪嗔典型，外面保持高僧形象，但內心卻蒙昧成癡，與佛學佛理背道而馳。

又，《往事依稀》中，作者故意設計丁春秋拿走一本小無相功秘笈，使得這一功法殘缺不全，從而讓他和虛竹打鬥中「兩人雙臂相交，觸動了沖脈諸穴，這正是鳩摩智內功中的弱點所在……」這也有人爲的痕跡，更重要的是把問題簡單化和低俗化了。後面少林老僧說慕容博、蕭遠山和鳩摩智等人各有問題，專門說鳩摩智練功「秩序顛倒」，主要是說他們心中充滿仇恨和貪欲，從而導致靈性蒙昧，表現爲身體和心理受傷。也就是說，即使鳩摩智學全了小無相功，也還是照樣有傷病的徵象。甚至，他學習得越多越全，他的傷病肯定會越深越難以自拔。這裏說他是因爲少學了一本，看起來似乎更容易理解，但卻大大損害了小說佛法寓言的境界，反而失去了令人深思的餘地空間。

二、有關慕容博的《往事依稀》

第四十二回書中，灰衣僧和黑衣僧一番對話之後，新修版增補了：「灰衣僧在大樹下閉目打坐，過去幾十年的往事，一幕幕的在心中紛至迭來」，然後就開始了一段慕容博的《往事依稀》。

這一段插敘，當然並非沒有必要，也並非沒有價值。好的一面是，首先，它詳細交代了慕容博為何要假傳訊息並導致玄慈率領中原群雄殺害蕭遠山夫婦的原因和過程。新修版中的解釋合情合理。其次，交代了慕容博在過去幾十年中化名燕龍淵在北方活動，在少林寺盜取七十二絕技經典一一抄錄副本的過程。雖然沒有講述從少林寺藏經閣中盜竊的困難，似乎如入無人之境，但在簡單的情節敘述中如此交代，也不算是問題。再次，插敘中專門交代了慕容博化名活動，在兩淮一帶招兵買馬的情節，填補了流行版的一個漏洞。又次，插敘中還交代了阿朱、阿碧當日戲弄鳩摩智乃是請示了慕容夫人這一重要細節，從而回應了細心讀者有關阿朱為何敢如此大膽戲弄老爺的朋友這一疑問。

只不過，利弊相較，問題顯然更加突出些。以下說不好的地方。

首先，有意思的是，前面剛剛說一幕幕往事出現在慕容博心中，但《往事依稀》的第一段第一句卻是「這個灰衣僧，便是慕容復的父親慕容博……」——這根本就不是慕容博的回憶語氣，而是作者敘述的口氣。實際上，這一段插敘，本該由作者敘述，因爲這是作者的任務，且作者敘述的自由度也更大。由慕容博自己來回憶，不免有太多的限制，以至於一開始就出現語調不一致不協調的情形。

其次，這段插曲所安插的也不是地方，至少不是最合適的地方。最合適的地方，當然應該是在玄慈大師出人意料地揭露慕容博的身分、慕容復一番天大的驚喜之後。放在現在這個地方，玄慈揭露慕容博身分的鎮靜效果就完全沒有了，這對於小說敘事是一個不小的、本不應有的損失。

再次，這一插敘的重點，應該是有關慕容博的若干情節要點，即他如何度過這三十年？如何從少林寺藏經閣中盜取武功秘笈？如何裝死？以及爲何要裝死且連自己的兒子都要瞞過？而現在的這段《往事依稀》中，非但沒有將這些最重要的情節要點用最簡潔的語言敘述出來，反而糾纏在一些無關緊要的細節上。不但沒有很好地完成插敘的任務，且因敘述零碎和不必要的細微末節而帶來了許多新問題，以至於這段插敘在整體得不償失。

又次，這段插敘中不恰當地將慕容博和蕭遠山的三次交手作爲敘事的重點，以至於影響到關鍵性問題的敘述交代。此二人的交手，實際上既沒有必要，也沒有意義。蕭遠山對慕容博說：「你偷學少林武功，成就不錯了吧，待我試試」，這一比武因頭，實在有點無聊。

又次，插敘中的另一個非必要的重點，就是詳細敘述慕容博與鳩摩智的交往過程。新修版設計出來的這段過程，簡直如同兒戲。開始時兩人見面，本身就沒有道理。進而鳩摩智主動用「火焰刀」武功交換慕容博的武功，也完全沒有考慮到這兩個人的性格和心計，沒有不打不相識，沒有利害關係的牽連，純粹是完成作者交代的任務。進而，慕容博不但居然將一個陌生人帶到自己的隱居處，而且還對這個陌生人說「這些年來，在下潛入少林寺藏經閣，借抄了七十二門絕技……」好像他入少林寺盜竊是一件值得炫耀的光彩之事，毫無「偷來的鑼鼓打不得」的顧忌，這慕容博簡直比段譽更爽直且更缺乏江湖經驗。如此生編硬造，實際上不如不說，因爲不說反而能夠給讀者留下想像的空間。

最後，這段插敘最大的失誤，在於忽視了最關鍵的問題，即必須徹底揭開慕容博失蹤之謎和裝死之謎。諸如開始時爲何沒有裝死，而最後爲何要裝死？爲何要瞞住自己的兒子，如何能夠瞞住自己的兒子，這些雖有涉及，但卻不夠充分。作者的筆墨花費在不該花費的地方，關鍵處卻匆匆一筆帶過。

三、段延慶的「往事依稀」

上面我們分析了新增的兩段《往事依稀》，實際上，小說中還有第三段《往事依稀》，即原有的第四十八回中段延慶的回憶，在新修版中也被冠以《往事依稀》之名。需要說明的是，這一段回憶插敘，在流行版中早已存在，新修版只是加了一個題目而已，內容則沒有增刪改動，所以沒有專題討論的必要。

只不過，既然說到了這裏，我們也還是要面對一個問題，那就是是否有必要加上《往事依稀》這個標題？我的看法是：沒有必要。一來是與小說體例畢竟不符，回目中再分標題，沒有必要。二來，冠以「往事依稀」之名，將作者的插敘強行改為人物的回憶，雖然也有好處，但也有不便之處。例如，在這段插敘中，就有「那女子這時心下惱恨已達極點，只想設法尋死，既決意報復丈夫的負心薄倖，又自暴自棄的要極力作踐自己。她見到這化子的形狀如此可怖，初時吃了一驚，轉身便要逃開，但隨即心想：『我要找一個天下最醜陋、最汙穢、最卑賤的男人來和他相好……』」刀白鳳的心理活動如何能夠出現在段延慶的回憶中？如何能從段延慶的視角敘述？這就是一個問題。若沒有《往事依稀》之名，即不強調段延慶的視角，那就完全沒有問題了。

十、關於王語嫣

在修訂本中，王語嫣的故事、形象和最後結局有較大的改變。對於這些改變，需要進行專題研究和分析。

王語嫣故事的改變，從新修版第四十五回開始。在王語嫣自殺被救之後，新修版增加了一段王語嫣的回憶，即公冶乾勸說王語嫣的言語。

公冶乾勸說王語嫣，有兩個相關的目的。第一，是怕王姑娘傷心過度，勸她想開一點，說這個世界上有很多的小夥子值得她去愛，不僅僅是慕容公子而已，大理國段王子也很可愛。公冶乾勸說的目的，顯然是希望王姑娘移情別戀，不要繼續糾纏慕容復，從而讓慕容復一心一意地去求親。進而，還有第二個目的，也是更主要的目的，那就是不但要勸說王姑娘移情別戀，而且還希望王姑娘使用「美人計」將段譽纏住，從而讓慕容公子減少一個最大的競爭對手。從這個目的出發，公冶乾才會如此誇獎段王子的各方面。

這段話，實際上成了王語嫣的催命符，王語嫣之所以要自殺，肯定是因爲聽了這段話之後的絕望行爲。當然，這段話還有另一個作用，那就是這段話會使得王姑娘從另一個角度去看待段譽，尤其是從個人情感的真摯和無私這個方面，從而造成王姑娘的情感立場無形之中悄悄轉變的一個堅實的基礎。這段話對王姑娘產生的影響，會在關鍵時刻顯露出來。從這一意義上看，新增加的這段情節，優點十分明顯。

當然，這樣一來，對公冶乾的個人形象多少會有一些影響，因爲在前文中，我們看到公冶乾等人對王語嫣的處境表現出明顯的同情心。而現在，公冶乾卻要擔任將王語嫣推下山谷的角色。但，從公冶乾的身分地位看，爲了慕容集團的利益，他完全可能會這樣勸說王語嫣爲大局著想。這些話不見得是他的個人良知，而是他不得不說「職務語言」，出於不得不做的職位責任，讀者也能諒解。

需要說明的是，這段增加的情節中並非完全沒有瑕疵。

例如公冶乾說：「他大理國皇子來到興州，金銀賄賂早花了十萬八萬，再花二三十萬也不稀奇，慕容家無論如何比不上。」這話不確切。慕容家的財富或許比不上大理皇家，但十萬八萬、二三十萬的金錢卻還不在話下。爲了求得西夏駙馬，慕容家肯定不惜資財，而這點錢也肯定花得起，並非無論如何比不上。這段話的真正重點，應該是慕容家的家世無論如何比不上大理皇家。

又如公冶乾說：「我們的公子爺，他從早到晚，心裏念念不忘的，就是怎樣興復燕國。憂心忡忡之下，懷抱既放不開，自難瀟灑了。」這段話有問題，第一，公冶乾未必有這樣的眼光，也不會有這樣的語言。第二，公冶乾不該也不會如此說自己的少主，公冶乾可以稱讚段譽的長處，但沒必要處處貶低慕容復。第三，這話容易引起王語嫣的反感，因爲情人眼裏出西施。第四，這句話沒有抓住真正的重點，即段譽比慕容復年輕得多、也無憂無慮得多，這才是關鍵。

又如王語嫣的心裏話：「……表哥最近有了一兩根白頭髮，我必須假裝瞧不見，免得他不高興。」作爲心理活動特徵，這話有不當之處，在現實生活中，王語嫣很可能看慕容復的臉色，但不會主動去構想這樣的心計。若如此，王語嫣的純淨形象就會受到一定程度的損害。

以上都不過是些小問題。新修版在第四十五回書中，對王語嫣的心理和情感狀態進行了重要的修訂。流行版中，王語嫣聽到慕容復的當面拒絕，「……傷心欲狂，幾乎要吐出血來，突然心想：『段公子對我一片癡心，我卻從來不假以辭色，此番他更為我而死，實在對他不起。反正我也不想活了，這口深井，段公子摔入其中而死，想必下面有甚尖岩硬石。我不如和他死在一起，以報答他對我的一番深意。』」進而，看到慕容復竟然對自己見死不救，「……連那窮兇極惡的雲中鶴尚自不如，此人竟然涼薄如此，當下更無別念，叫道：『段公子，我和你死在一起！』縱身一躍……」

流行版中的這兩段，要點有二，第一是想到了段譽對自己一往情深，在他被害之後不禁為他感傷；第二是看穿了慕容復的真面目。這兩點，正是王語嫣的情感焦點轉移的關鍵所在。到井下發現段譽沒死，相互表白情感，就變得自然而然，順理成章。但新修版則相應改為：「……本來段譽已允她去搶駙馬，但他既已給表哥投入井中害死，這番指望也沒了，萬念俱灰，心想便死在表哥面前，一了百了……」進而：「……連那窮兇極惡的雲中鶴尚自不如，我除死之外，更無別路，當下縱身一躍……」

我們看到，新修版中，上述兩個關鍵點都被作者有意模糊了，在這裏，看不到王語嫣對段譽有任何情分或愧疚，也看不到她對慕容復心性涼薄的清醒認識和絕望感受，王語嫣想到的只是自己無路可走。這不免損害了王語嫣的形象，更重要的是，王語嫣在跳井之前沒有完成情感的蛻變和轉移，井下的突變就要困難或生硬得多。

有意思的是，新修版中明明增加了公冶乾對王語嫣的勸告，使得她對段譽有了重新認識的基礎，但到跳井時刻，公冶乾的大肆鋪墊竟然沒有發揮絲毫的影響作用。如此看來，新修版的這一處理，實在是前後都不順暢。

再看落井之後，流行版中寫王語嫣：「……當時自傷身世，決意一死以報段譽，卻不料段譽與自己都沒有死，事出意外，當真是滿心歡喜。她向來嫻雅守禮，端莊自持，但此刻倏經巨變，激動之下，忍不住向段譽吐露心事，說道：『段公子，我只道你已經故世了，想到你對我的種種好處，實在又是傷心，又是後悔，幸好老天爺有眼，你安好無恙。我在上面說的那句話，想必你聽見了？』說到這裏，不由得嬌羞無限，將臉藏在段譽頸邊……」新修版中卻變成了：「……當時爲一向鍾情的表哥所拒，決意一死，卻不料段譽與自己都沒有死，猶似人在大海，正當爲水所淹、勢在必死之際，忽然碰到一根大木，自然牢牢抱住，再也不肯放手。」——在新修版中，王語嫣只不過把段譽當成一根水中浮木。這已經大大降低了王語嫣的情感品質，更有甚者，新修版中繼續寫：「直到最近公冶乾跟她分剖段譽的種種優越之處，竟勝過了表哥，登時眼界大開，才想到世上可嫁之人，實不止表哥一個……」這一段話，將王語嫣寫成了一個婚姻市場上逡巡挑選夫婿的世俗女子，價值觀念實在俗不可耐。

再看下面的對話：段譽說：「謝謝老天爺保佑，你要待我好一點兒，現在倒還來得及，你要怎樣待我好一點兒？是不是要我去搶西夏駙馬來做？」王語嫣說：「我不想嫁表哥了。因爲……因爲……你待我太好。」如此對話，真是又假又俗，段譽對王語嫣的情感變了味兒，而王語嫣的語氣則像是在哄騙嫖客。

進而，流行版中，段譽和王語嫣聽慕容復說大家已成一家人：「段譽宅心忠厚，王語嫣天真爛漫，一般的不通世務，兩人一聽之下，都是大喜過望，一個道：『多謝慕容兄。』一個道：『多謝表哥！』」慕容復說自己要去做西夏駙馬，希望段譽不要從中作梗，流行版中寫：「段譽道：『這個自然。我但得與令表妹成爲眷屬，更無第二個心願，便是做神仙，做羅漢，我也不願。』王語嫣輕輕倚在他身旁，喜樂無限。」而新修版則刪除了前一段，且將後一段改爲：「段譽道：『這個自然。』王語嫣輕輕倚在段譽身旁，聽慕容復口口聲聲，仍一心一意要做西夏駙馬，不由得一陣悵然。」天知道，王語嫣這時候心裏在想些啥！

作者之所以要這樣改，當然不是完全沒有原因。這原因就是爲最後段譽和王語嫣的分手進行鋪墊。新修版第四十八回的結尾處，增加了一段很長的情節，重點就是講述王語嫣與段譽的分手。

在這一段增補文章開始前，作者就讓段正明教導段譽當皇帝的兩原則，即一愛民、二納諫，改爲三原則，即再加上一條節欲：「……自己每當想要什麼，不論是珍玩財物，還是美女宮室，均以置之度外爲宜……」這句話很難讀懂，不知道段正明是說要將珍玩財物和美女宮室的需求置之度外，還是要他將需要的數量置之度外？若是前者，等於是讓段譽放棄世俗生活；若是後者則說不通。

進而，在登基大典結束之後，書中寫道：「段譽連日來忙於諸般政務，對王語嫣等三女之事暫且置之腦後，這些事一想起來便十分頭痛。然這些日子來，心中不住盤旋一個異常的難題……可是要娶王姑娘，便得向眾承認，我不是爹爹的親生兒子，這豈不是既損了爹爹的聲名，又汙了媽媽的清白名節。』」這一點成了段譽的心結。

其實，這也算不上多大的麻煩，一來知道王語嫣是段正淳的女兒這一機密的，本身就沒有幾個人，段譽既然將自己的身世之謎講給段正明聽了，不妨也告訴這幾個人，然後讓他們保密，這樣的皇家秘密，誰敢亂說？二來，這既然是皇家秘密，外人根本不知道內情，誰會懷疑蘇州的一個王姑娘，竟然是大理段王爺的骨血？其中既然牽涉到如此之多的皇家隱秘，乾脆不說，卻又如何？最重要的是，段譽最終還是要面對這一問題。有意思的是，段譽最後娶了難度更大的木婉清和鍾靈——因為這兩個人是段正淳私生女兒的事實被更多人瞭解，幾乎轟動整個大理——而放棄了相對少有人知且被段譽所愛最深的王語嫣。所以，這一點到最後實際上也說不通。

進而，作者終於寫到，段譽要放棄王語嫣，還有其他原因。那就是想到一個重大問題，即木婉清、鍾靈「比語嫣對我好得多。」甚而「霎時之間，腦海中出現了王語嫣幾次三番對他冷漠相待的情景……他幾次背負她脫險，她從不真心致謝……」這倒是一個放棄王語嫣的重大原因或理由。然而，這些理由若是成立，那就要徹底扭轉段譽的形象。第一，人類常在愛我之人和我愛之人之間難以選擇，段譽性格隨和但卻不失主動性，他的選擇一向非常明確，那就是選擇己之所愛，而不選愛己之人。第二，若要比較王語嫣與木婉清誰對段譽更好，王語嫣當然不占上風，但這樣的比較本身就是俗氣和自私，完全並不符合段譽的性格。第三，王語嫣先前深愛慕容復，段譽當時只求能夠效力當前，從不計較王語嫣對他是否另眼相看。現在居然計較王語嫣是否真心致謝，一來冤枉了王語嫣（**她有致謝真心**），二來更扭曲了段譽的摯愛情感和佛子天性，將他徹底惡俗化了。

進而，作者還寫到，段譽對王語嫣的愛不足寶貴，相反，乃是一種佛家所謂「心魔」：「一人若爲『心魔』所纏，所愛者其實已是自己心中所構成的『心魔』，而非外在的本人。『心魔』能任意變幻……佛家、道家修行，重在克制『心魔』，所謂『揮慧劍斬奼女』，主要便是此意，更高的道德修爲，是無思無念，『心魔』根本不生，就不用去『消除』了。」這一段說教，是作者讓段譽改變對王語嫣的情感態度的理論依據。

「心魔」之說，並非沒有道理。然而對於段譽卻並不合適，而且對於《天龍八部》這部書的主題來說也是一種損害。因爲這部小說並非簡單的宗教寓言，而是更深刻的人文詩篇。段譽和虛竹的故事，正是具有宗教情懷者超渡苦海也超越宗教束縛的光輝典範。現在作者出面否定段譽對王語嫣的人間愛情，無形中成了對人性健康充實和發展超度的否定。

有意思的是，王語嫣也變卦了，原因不詳，作者根本不作交代。或許是王語嫣受到兄妹不能結婚的倫理約束，而段譽也許根本就沒有將自己是段延慶之子的大秘密告訴心上人王語嫣！如此，段譽便又多了一條罪過。更要命的是，在王語嫣表示自己要回蘇州曼陀山莊的時候，段譽居然想：「那也很好，嫣妹一生便是想嫁給表哥。我下過決心，愛一個人，便要使她心中快樂，得償所願。嫣妹如能嫁得表哥，那是她一生的大願望。我如真正愛她，便是要她心中幸福喜樂。」段譽明知道王語嫣對慕容復已經絕望，明知道慕容復並非王語嫣的良配，明知道王語嫣對自己的愛一片至誠，但他自己要顧及父母的名聲而要放棄王語嫣，卻還要說這些道貌岸然的話，表面上似乎還是在做好事、為他人著想。這樣虛偽的段譽，在中國歷史文化和現實生活中常能見到，實在是令人噁心。

進而，段譽為了補償王語嫣，表示「我派人去將曼陀山莊好好修一修」且「我從大理派幾位蒔花名匠過去，再帶上十八學士、風塵三俠等幾本名種茶花……然後給你起幾間書房……」這時的段譽，幾乎完全像是一個惡俗的商人為了擺脫一個不愛的女人而開出的條件。有趣的是，在此之前，段譽發現大理國中有人餓死，曾「提起手掌猛擊自己面頰」，說「這孩子是我害死的！」進而罵自己「我狼心狗肺，對不起大理百姓！我喪心病狂，不配為君！」最後作出大理君臣都要帶頭節衣縮食的決定。且不說段譽的行為和語言低俗如同一個村長，而現在則更像是一個說大話的騙子，因為他要節衣縮食，但卻要為擺脫王語嫣而開出大筆賠償金。如此一來，段譽那裏還有那個赤忱君子和仁人典範的影子呢？

王語嫣性格的最大改變，還是在第五十回的最後，作者專門為她增加了很長的一段篇幅，從「曉蕾與梅蘭竹菊對虛竹夫婦依依不捨，灑淚而別。段譽等一行自中原沿四川、吐蕃南行，進入大理國境」開始，到「又玩了半日，眼見天色將黑，段譽吩咐回宮……」，將近十個頁碼。

這十個頁碼，是典型的畫蛇添足，而且所添的還是雞足變鴨足。

從見面開始，王語嫣就問段譽：「……你封誰做皇后，誰做妃子啊？」又感慨自己衰老：「我昨天多了一根白頭髮，左邊眼角上多了一道皺紋，你不再留心我了，因此你瞧不出來，我是一天老過一天了。」進而還批評段譽：「你現今說假話，就說整個全句，不說半句，要不然就說兩句三句、十句八句。唉！生老病死，我寧可快些生病、快快死了，免得變成個醜老太婆，天天聽你說假話騙我。」顯得俗不可耐，簡直是莫名其妙：王語嫣區區二十歲，何來白髮？段譽向來誠摯坦蕩，又何來「整個全句」的謊言？

更要命的是，作者還要花費大量篇幅，讓王語嫣逼迫段譽陪她尋找「不老長春谷」。且不說作者將英國小說家詹姆士希爾登的小說《失去的地平線》中有關香格里拉的描寫搬入《天龍八部》這部偉大的寓言之書，＊本身就是一種毫無意義的無聊之

＊說金庸先生將《失去的地平線》中場景搬入這部小說中，並非主觀武斷之論，讀者可以在新修版第五十回末的作者新增注釋中找到根據。

舉，更可怕的是如此一來，便將王語嫣寫成了一個害怕衰老、追求長生的人。這對於王語嫣的形象，是一種極爲殘忍的扭曲。

作者以爲女孩子害怕衰老乃是一種普遍規律，但恐怕沒有專門研究或思考過「怕老心理學」和「追求長生心理學」。世間當然有許多害怕衰老、追求長生的人，但通常只有這樣幾種人才會如此：一是老人，二是俗人，三是愚人，四是極度自私的人。當然，那些又老又俗又愚又空虛自私的人，更會如此。

老人生命衰落，深知人生短暫，大部分老人會坦然接受或順其自然。但也會有一小部分老人會因特別害怕衰老，而設法追求長生。俗人心靈空虛，沒有精神寄託，不懂生老病死的自然規律，且沒有自己的靈性世界，從而跟著時尚風潮，想方設法追求青春不老。

愚人不知生命價值，但卻本能惜命，貪生怕死，是佛家所謂「癡」者，因爲蒙昧而追求長生不老之術，結果往往適得其反，《紅樓夢》中的賈敬即是。

所謂極度自私的人，是指那些根本就不會去愛別人，甚至不會愛世間任何對象，而只是本能地極端自私和自愛的人。這種人由於極端自私，而至於精神空虛，無所寄託，從而只有一個人生目標，即追求長生不老。

本來，王語嫣不是老人，她不過二十來歲，離衰老還有十萬八千里；也不是俗人，她心地單純清潔，不通世務，毫無塵俗之氣；也不是愚人，她聰明伶俐，博學多知，充滿靈秀之氣；更不是自私的人，她甚至連自己的美貌都沒有多少意識：從一開始熱戀慕容復，將慕容復的一切都看得比天還大，對自己的生死存亡根本就沒有顧忌，後來愛上段譽，也是一心一意，充滿熱情和溫柔，這樣的人不可能是一個極端自私和極端空虛的人。而作者虛構王語嫣一心尋訪「不老長春谷」，實際上等於是要把王語嫣寫成一個又俗氣、又愚蠢、又自私、又空虛無聊的人。

讓人難以接受的是，在新增段情節中，王語嫣恰恰成了這樣的一個人。尋訪「不老長春谷」不成，又去無量山劍湖底的玉洞中，最後打破了那尊玉像。作者或許是想寫一個寓言，實際上卻是在煞風景——不論玉像的原型李秋水和玉像的創作者無崖子如何蒙昧，玉像本身就是一個最傑出的藝術寓言。打碎玉像，就是煞風景。王語嫣所謂「我不要無常……」，既蠢且俗，同樣煞風景。

作者在這一段中，再次強調「心魔」之說：「段譽再次見到玉像，霎時之間，心中一片冰涼，登時明白：『以前我一見語嫣便為她著迷，整個心都給她綁住了，完全不能自主。人家取笑也罷，譏刺也罷，我絲毫不覺羞愧。語嫣對我不理不睬，視若無睹，我也全然不以為意。之所以如此自輕自賤，只因我把她當作了山洞中的神仙姊姊』，竟令我昏昏沉沉、糊裏糊塗，做了一隻不知羞恥的癩蛤蟆。那並不是語嫣有什麼魔力迷住了我，全是我自己心生『心魔』，迷住了自己。」這樣的話，前面已經說過，這裏再說，已經重複，本身就是小說的忌諱。更何況，如此演繹佛家教條，不免將這部偉大小說降格到古代低俗小說講經佈道的層次。將段譽對王語嫣至深至純的愛戀貶低為自輕自賤、不知羞恥，才是對段譽、對愛情、對人性的極大玷污，是對小說的偉大人文主題的極大玷污和背叛。

在小說最後，作者不顧人物性格發展邏輯，將王語嫣發配到慕容復的身邊去，且讓人「見阿碧和王語嫣瞧著慕容復的眼色中柔情無限」，則是將王語嫣進一步扭曲得不成人形。理由是，一，王語嫣曾看透慕容復，才轉向愛上段譽，若王語嫣當時的看透和轉向是真，則她就根本不可能回到慕容復身邊去，更不要說回到已經發瘋的慕容復身邊去。若她心甘情願地回到發瘋的慕容復身邊，則當初的看透和轉向就都是十足的愚蠢或有意騙人。二，王語嫣若是一個追求長生不老的人，則不會愛上別人；若王語嫣寧肯跟著慕容復吃苦勞碌，對慕容復柔情無限，那她就不可能是那個自私自利只愛自己只想追求長生不老的人。

與此相關的是，段譽曾吩咐朱丹臣去庫房領五千兩銀子交給王語嫣和阿碧，且讓他保密，看起來這是一樁善事，其實不然。第一，慕容家處心積慮要復國，當然會準備大量資財，王夫人也留下了曼陀山莊等大筆遺產，慕容復和王語嫣肯定不會缺錢，段譽此舉沒有必要。第二，他們，尤其是王語嫣，缺少的是真情關愛，段譽卻不想給她。覺得愛上她乃是「心魔」。有趣的是，新修版又寫段譽：「立木婉清爲貴妃，鍾靈爲賢妃，曉蕾爲淑妃。」木、鍾二位也就罷了，我們都知道曉蕾是虛竹贈送的禮物，段譽對她、她對段譽都未必有情，段譽將有情的王語嫣趕走，卻將沒有情感基礎的曉蕾封爲淑妃，如此，段譽的婚姻豈不是與千百年來無愛的婚姻沒有任何區別？段譽豈不是與古往今來的所有庸夫毫無區別？這樣一來，對這部小說的主旨豈不是最徹底的顛覆？

順便說一句，小說結尾處的三月街之類的敘述，也沒有必要。新增的那些無聊的插曲，幾乎將小說中最重要的結局，即慕容復在墳頭上接受小兒朝拜這一關鍵點給淹沒了。

說這些新增情節並非必要，甚至有些無聊，最大的理由是，在蕭峰這一大英雄死後，別的情節，都會顯得拖遝和冗長。原版中在蕭峰死後，只是非常簡潔、迅速地交代了阿紫、游坦之的跳崖，而後交代了慕容復的結局，就立即結束了，那已經非常之好。流行版的結局，幾乎是增一分則嫌長，減一分則嫌短。

而現在，作者增加大量的篇幅，若是當真精彩或真有深意也還罷了，問題是，這些篇幅中所說的故事幾乎沒有創造性光彩，反而會增加新的疑問和漏洞。王語嫣的故事和性格如此發展，就完全無法說通，也不大可能深入人心。

我無論如何也想不通：作者爲何要這樣？即，作者爲何要將美麗純潔的王語嫣扭曲成這種不倫不類的形象？若此人曾有原型，則這一懸案只能期待金庸傳記和生平研究者給予解釋和回答。

十一、關於三兄弟的最後表演

新修版中，蕭峰被救出之後，犧牲之前，新修版進行了大規模的修訂，增加了很多的篇幅，即從第五冊的「虛竹不放心，帶了四女過來探視蕭峰、段譽。丐幫中吳長風等與蕭峰睽別已久，好生依戀，過來坐在蕭峰背後……」直到「當下李清露和蕭峰、段譽告別，登車退回，與靈鷲宮九天九部諸女相聚。曉蕾與四劍在車子旁護送。」新增了將近九個頁碼。

新增加的情節中，包括三方面的內容，恰好讓蕭峰、虛竹、段譽三兄弟每人表演一段。具體說，第一段是蕭峰傳功，即將丐幫的「打狗棒法」和「降龍廿八掌」傳授給虛竹，委託虛竹傳給未來的丐幫幫主。第二是虛竹送禮，即將銀川公主的貼身丫環曉蕾和靈鷲宮的梅蘭竹菊四姝當成禮物送給段譽。第三是段譽說佛法，說給虛竹聽，也說給大家聽。若要對此新增加的情節內容及其成就作出評價，首先自然要問這樣兩個互相關聯的問題：一是這些新增加的情節是否精彩？二是這些新增加的情節內容是否必要？

以下按照順序，對此三段情節進行逐一分析。

一，蕭峰傳功

蕭峰要將打狗棒、降龍廿八掌的功夫傳給虛竹，讓他傳給未來的丐幫幫主，這是一個很有意思的設計。不提此事，固然算不上是什麼漏洞，即人們不會責怪蕭峰將丐幫的功夫帶走，而後來的丐幫幫主從哪裡學得打狗棒法與降龍十八掌，人們也不會較真，但有了這樣一個情節設計，讓人們瞭解蕭峰對丐幫的關懷和深情，瞭解蕭峰的無私和高貴，都有積極的幫助作用。相對而言，新增加的情節中，較有價值的正是蕭峰傳功這一段落。

只不過，在這一情節段落的具體敘述中，也增加了一連串的新問題。

例如，蕭峰對虛竹說：「你我義結金蘭，我歡喜得很，可是大哥沒什麼好處給你，卻要你做一件大大的難事。」蕭峰說這些客套話，看起來似乎沒啥，通常社交場合人人都這樣說。但，蕭峰和虛竹的關係是生死之交，當年在少林寺虛竹冒死認蕭峰，如今又冒死救蕭峰，面對這樣的生死兄弟，蕭峰還要說這樣的客套話，恐怕是把蕭峰寫得俗氣了。這有損於蕭峰的大英雄形象，也有損於虛竹的形象，同時降低了他們之間的生死情誼關係層次。

又，虛竹答應了之後，心裏又有一番嘀咕：「莫非你要叫我做叫化頭兒?這可要了我小命啦。但我答允在先，卻推託不得，那便如何是好？」虛竹的這段心理活動也不妥當，首先是蕭峰沒有權力任命丐幫幫主，其次是虛竹的心理也變得俗氣，要知道這可是生死關頭，蕭峰所託，必然是自己遺囑。再次，作者這樣寫大概是爲了幽默，但在這樣的時候，這樣的幽默只能破壞神聖悲劇的氛圍，也損害有關人物形象。

又，書中說：「虛竹記性甚好，人又靈活……」這句總結性評價也不合適。虛竹在這部小說中，沒有任何跡象表明他的靈活之處。說他專注、有韌性、能刻苦耐勞都可以，要說他很機靈，恐怕讓人難以置信。

又，書中說：「蕭峰跟著傳他『降龍廿八掌』，這是一門高深武學，既非至剛，又非至柔，兼具儒家與道家的兩門哲理……」作者的意思，應該是「兼具儒家和道家兩門的哲理」，而不是「儒家和道家的兩門哲理」。更重要的是，丐幫的祖傳武功，弄得如此文雅深奧抽象，難免讓人難以置信，是所謂過猶不及也。

又，傳到第十八掌時已到天明時分，蕭峰說：「……以後這十掌，威力卻遠不如頭上的十八掌。我平日細思，常覺最後這十掌似有蛇足之嫌，它的精要之處，已盡數包含於前面的十八掌之中。只因我恩師汪劍通所傳，且是丐幫百餘年的傳承，我不便自行刪削……」看到這裏我們才明白，作者在這次修訂中花費大量筆墨，硬將眾所周知的「降龍十八掌」改爲「降龍廿八掌」，就是爲了這一刻，要讓蕭峰這一武學天才對此進行刪削。

這也罷了，蕭峰確實是一個武學天才，他的武功見識無可懷疑，讓他臨死之前爲丐幫武功作出如此里程碑式的貢獻也無不可。問題是，說汪劍通幫主所傳也就罷了，卻又說降龍廿八掌乃是「丐幫百餘年的傳承」，這豈不是說丐幫百餘年來的幫主全都是在玩蛇足？

又，書中說「過得多年，丐幫中出了一位少年英雄，爲人穩重能幹，人緣既佳，群丐公議，推之爲主。各人尊重蕭峰原意，送此人去靈鷲宮，先由虛竹考核認可，再傳他『打狗棒法』和『降龍十八掌』。這少年幫主不負所托，學得神功，又將丐幫整頓得蒸蒸日上……」這一段，扯得太遠，且說得太細，沒有必要。

總之，雖然說蕭峰傳功這一段並無不可——不說也沒啥——但沒有必要如此仔細，乃至囉嗦。有意思的是，蕭峰這位武學天才能夠刪繁就簡，將丐幫祖傳的「降龍廿八掌」改爲「降龍十八掌」，而金庸這位大師級武學天才卻竟然要反其道而行之，不分輕重且不避囉嗦，將「十八掌」變爲「廿八掌」。

二，虛竹送禮

如果說蕭峰傳功多少還有點必要性，至少是可以理解，而接下來的情節，即虛竹送禮，則是純粹多餘，搞出「降龍卅掌」來了。

在虛竹送禮之前，有一長段鋪墊，那就是虛竹的夫人西夏銀川公主李清露要拜見蕭峰大哥、段譽三弟，有一大套禮儀規程。問題是，西夏公主是否會隨行？倘若隨行，而等到第二天晚上才來拜見大哥豈不是失禮？更重要的是，這位「夢姑」只出現在黑暗的冰窖之中，出現在黑暗處，飄渺入夢，且是最發人深思的人類最原始最本能的性欲衝動的象徵。而現在，作者硬要讓這個欲望符號化身為人，出現在眾人的面前，雖然還是面紗遮掩，但畢竟是公開出場了。進而，既然拜見蕭峰大哥，卻又不取下面紗，談何「見面」？如此見面，豈不是更加失禮？

李清露出現，主要目的就是要給段譽送禮。所送之禮，並非財富寶物，亦非寵物奇珍，而是宮女曉蕾外加梅蘭竹菊四姝共五個大活人。在那個時代，將宮女和侍女送人當然並非少見，問題是，虛竹和段譽都是傳奇英雄，且都是讀者寄望深重的典範人物，作者巴巴兒的講述他們將人當物送來送去的故事，津津樂道，豈不是大大降低了這兩個佛子的成色，也大大降低了這部小說的境界？因爲段譽曾往西夏求親，而銀川公主卻與夢郎虛竹重逢，所以李清露說「我們只求她向你補報，否則內心有愧。」這雖有點俗氣，也還罷了，何以虛竹也如此想？

更有意思的是，段譽竟也毫不推辭，來者不拒。段譽乃是大理皇帝，大理盛產美女，大理皇帝當然不會缺少美女，而且皇帝自應有皇帝的尊嚴，怎能對他人的宮娥丫環婢女如此貪婪，不僅對曉蕾來者不拒，而且對梅蘭竹菊四姊妹也照單全收？難道不想一想，這樣做，既是奪人所愛，又有損大理皇家尊嚴？更重要的是，段譽的性格受到損害：就算虛竹、李清露要將自己貼身的丫環宮女送給段譽，但，君子不奪人所愛，段譽一向君子，何以明知故犯？

又，書中寫道：「四女齊聲笑道：『主人，我們四姊妹都嫁了你做小老婆罷！』」只這一句話，便大大降低了梅蘭竹菊四姝的審美價值。公然說要做主人的小老婆，而且還要姊妹四人一起做，這就連《紅樓夢》中的鴛鴦姑娘也比不上了。倘若她們當真愛虛竹，當然可另當別論，問題是虛竹將她們送給段譽，她們也還是高高興興，並沒有任何愛上虛竹的跡象。如此一來，這四姝沒有人格尊嚴意識，給人當成禮物和玩物還如此興高采烈，此何人哉？

又，虛竹說：「我早已有了人間第一、世上無雙的好老婆，決不能再娶第二個了……」第一，這不是虛竹的說法，虛竹不是一個油嘴滑舌之人，更不是一個喜歡炫耀之人，何以如此說話？第二，若虛竹這樣說，喜悅之情溢於言表，爲何片刻之後卻又說自己不開心、是因爲當不成少林寺的和尚？讓人不明白他究竟是愛自己的老婆還是不愛。如此自相矛盾，使得虛竹的形象也變得虛僞了。若他是真想做和尚，就不該帶著老婆到處跑；若他真心愛戀自己的老婆，那就不該這樣想、不該這樣說。作者爲何要讓這個人物如此自相矛盾？

又，李清露公開說，要麼將梅蘭竹菊四姝封爲嬪妃，若她們調皮則將她們打入天牢，段譽說要將她們封爲郡主，四姝中，蘭劍說「千秋萬載，忠於陛下……哥哥」如此等等，段譽如此全都笑納，卻又不讓她們做自己的嬪妃，而是要封四個郡主，這有何人性的依據呢？若要讓佛洛伊德先生來分析這個案例，或許會分析出段譽因爲所愛都是自己胞妹，從而受到嚴重壓抑以至於心理變態，產生了喜歡玩弄哥哥妹妹把戲的變態行爲。可是，作者的原意和作品的主題都並非如此，我們就只能說，這一寫法實在有些無聊。

總之，虛竹送禮之情節，完全沒有必要，其中也沒有任何讓人感動之處。作者似乎完全忘了，此刻他們並沒有脫離危險，而蕭峰雖然救出，心裏必然飽受煎熬：作爲一個契丹人卻不得不被迫背叛契丹皇帝，此後目標何處，只能一片茫然。虛竹、段譽和作者一點也不爲蕭峰著想，而在他面前如此嬉笑胡鬧，是何道理？

三，段譽說法

段譽說法，因虛竹心裏想當和尚而不得的不痛快而起。篇幅倒不是很長，從「段譽道：『二哥，我的佛法修爲遠不如你。我說一段大乘經《維摩詰所說經》，請你指教……』」到「菊劍拍手笑道：『哈哈，我們的皇上哥哥，比小和尚還更加老和尚。』」爲止。

問題是，如前所說，虛竹深愛自己的妻子李清露，對塵俗生活顯然也頗樂意和滿足，想當和尚而不得的苦惱乃是與夢姑重逢之前的前塵往事，不可能保留至今。也就是說，段譽說法的前提，並不成立。

進而，段譽和讀者全都知道，虛竹曾是二十多年的職業和尚，比段譽這位業餘佛徒的佛學修爲肯定要高深得多，段譽何以還會這樣班門弄斧？即使是要勸說虛竹，也只要指點一二，提及《維摩詰所說經》中片言隻語就可以了，虛竹肯定知道原文，爲何還要背誦一段？而且，後面所說，也不是背誦，而是翻譯。

進而，若段譽此說當真能夠爲全書點題倒也罷了，問題是段譽所說，虛竹所悟，仍不過是「只要心存佛教，向慕正法，發阿耨多羅三藐三菩提心，『是即出家，是即具足』！學習佛法，需當圓融……」如此而已。並無任何發人深思之處，讀者所得也不過向佛之道而已，雖非與小說的人文主題背道而馳，至少也是與小說的人文境界相差甚遠。這樣一來，最多也不過是宣揚佛理，與作者在《釋名》增訂中所說「本書內容常涉及佛教，但不是宗教性小說，主旨也不在宣揚宗教」的說法自相矛盾。

綜上所述，我們可以得出結論：新增加的內容其實都是沒有必要的。是典型的畫蛇添足，人為地要把「降龍十八掌」變為「降龍廾八掌」——蕭峰被救之後，不僅有虛竹和段譽陪伴在他身邊，而且有少林僧眾、中原群雄，更有丐幫弟子在蕭峰身邊，他們也為拯救蕭峰出生入死，休息時也必然要圍繞在蕭峰身邊。另一方面，蕭峰對這些人必然心存感激，必然要和他們談說喝酒，怎麼會像現在這樣對他們竟沒有半點言辭？實際上，在逃避遼軍的幾日之中，軍情緊迫之際，群雄同仇敵愾慷慨激昂，蕭峰卻別有懷抱而又無計可施，此種情形複雜萬端，其中空間宜留給讀者想像，豈能只是三兄弟每人表演一段節目的聯歡會？作者如此增補，實際上是將一貫性的大手筆變成了不顧現場環境和人情事理的做作。

流行版中對蕭峰被救到蕭峰犧牲的過程的敘述，一氣呵成，氣勢如虹，讓人沒有半點喘息的機會，已經是十分簡潔完美且完整不可分割的高潮段落。作者在新修版中，硬要將簡潔大氣的「降龍十八掌」加上蕭峰傳功、虛竹送禮、段譽說法三掌，變為「降龍廾八掌」，非但沒有多少審美威力，對小說的完美性反而是一個大大的傷害。叫人想不通：作者為何要拆散精美至極的七寶樓臺，在縫隙間加蓋這幾座不倫不類的茅舍窩棚？

十二、關於遺留問題的簡短小結

以上對《天龍八部》的新修版進行了比較詳細的掃描分析，現在該是結束這篇長文的時候了。不過，還有幾個問題，要在這裏簡要陳述。

按照金庸先生在《〈金庸作品集〉新序》中提出的小說藝術原則，即「小說的內容是人。小說寫一個人、幾個人、一群人或成千上萬人的性格和感情。他們的性格和感情從橫面的環境中反映出來，從縱面的遭遇中反映出來，從人與人的交往與關係中反映出來。」感到小說中對段譽、虛竹和蕭峰三大主角的性格刻畫和情感敘述，仍存在某些值得斟酌的問題。

一、關於段譽

在段譽的形象和感情的刻畫中，流行版最大的弱點，是當他被鳩摩智擒獲到蘇州之後，書中沒有寫到大理王朝對這一嚴重危機的應對行爲，也沒有寫到段譽對父母親人和家鄉故國的思念和言行。這一點，在新修版中彌補了，即寫了段正淳及時趕到中原，也寫到了段譽及時回到了大理。

但新修版的修訂卻又有過分的地方，那就是讓段譽否定了與王語嫣之間的感情，從而將王語嫣從他身邊擠兌走，進而將美麗純情的王語嫣變成了一個空虛無聊且莫名其妙的人。看起來這似乎是個小問題，有些人不喜歡王語嫣，覺得這樣的改動沒啥不好。問題是，將純潔深摯的愛情，當成了佛家所謂的「心魔」，這實際上變成了對小說人文主題的一種自我顛覆。

《天龍八部》最偉大的成就，在於它立足於佛家的悲憫情懷，但卻並非無條件地宣揚佛教教義，其中最根本的一點，就是對個體現世人生價值的肯定，不把現實的人生當成空無，更不把男女間的美好情感當成汙穢或者「心魔」。段譽形象的要點，正在於融合了佛家的情懷，同時又經歷並肯定了個體現世人生的洗禮，他與王語嫣交往與關係中所經歷的痛苦與歡欣，正是感人至深的人生實際內容，牽繫了小說肯定個體現世人生這一重大價值原則。若否定了這段感情，改變了王語嫣的形象，否定了這段情感的價值，實際上也就完全回到了演繹佛教教義的老路，從而讓小說的人文思想主題蒙受重大損失。

小說最後，讓段譽將沒有感情關係的西夏宮女曉蕾封爲淑妃，而將感情深厚的王語嫣排除在外，這可以說是對人間情感的玷污，所肯定的不過是男女間的本能欲望，或者皇帝的無情婚姻。總之，改變段譽和王語嫣之間的關係，實際上是要改變這部小說的人文主題。

二、關於虛竹

關於虛竹，新修版改動不大，但問題依然存在。

具體的問題在前面的有關地方已經說到，那就是虛竹的父親玄慈、母親葉二娘在少林寺外先後自殺，作者對一些細節考慮不周。葉二娘的遺體是否會被少林寺接納？這就是一個大問題。按理說，少林寺絕對不可能將葉二娘的遺體接入少林寺，更不可能將玄慈和葉二娘的遺體停放在一處。理由非常簡單：他們非但不是夫妻，而玄慈正是因爲大犯佛門戒律，影響少林清譽而受罰並最終自殺，如此，少林寺如何能夠讓他們像普通夫妻那樣停靈於一處？既然不能停靈在一處，且葉二娘不能停靈於少林寺中，則虛竹在陪伴段譽前往西夏之前到少林寺祭拜的情節就不能成立。

更進一步的問題是，當虛竹面對自己父母遺體和上輩人之間的恩怨，應該充分顯示出他的情感痛苦和智慧思路。這是他所面臨的一個全新的人生課題，剛剛得見自己的父母，轉眼間就生離死別，虛竹不能不有所感且有所思。他當然不會像普通的武林人士那樣，因爲蕭遠山揭露了玄慈和葉二娘的大秘密，並導致這兩人的自殺而懷恨蕭遠山或蕭峰，但對這一悲劇因果鎖鏈，虛竹不能不有所思慮。但我們在流行版和新修版中都沒有看到虛竹的思慮，而是看到他甚至根本就沒想到要爲父母舉行葬禮才能隨段譽和蕭峰離去。

更進一步的問題，是對虛竹的整體把握有些模糊。虛竹的傳奇故事及其獨特形象的價值，在於進一步點明並深化小說的人文主題。他離開寺廟，走向塵俗，實際上是完成了一次對佛家傳統的偉大超越，夢姑和夢郎的故事，不是簡單的性欲衝動和滿足，而是對人性本能的充分肯定，其價值有如西方的《十日談》中的某個段落。要知道，虛竹從小出家，並非他自己的主動選擇，而是命運的安排；與夢姑的結合，雖說也是由於天山童姥的策劃，但畢竟是出於他本人的本能欲望。而後，經歷了父母的死亡，當受到人間真情的震撼和感動，並啓發他有關人生的思維靈感。後來與夢姑重逢，則是他從一個徹底否定人性欲望和情感的和尚向一個肯定個人情感欲望及其現世人生的世俗中人轉化的關鍵，同時也是完成小說人文主題的重要基礎和標誌。在新修版中，虛竹娶了妻子，且享受了俗世人生的歡樂，但卻還是想做和尚，還需要段譽爲他講經說法，不但是對虛竹形象的貶損，實際上也是對小說的人文主題的一種無形的貶損。

三，關於蕭峰

蕭峰在中原的經歷，有兩個問題，第一是他在尋找「帶頭大哥」的過程之中，爲何從來就沒有想到少林寺方丈玄慈身上？這是作者有意安排，恐怕很難讓人信服，因爲無論從身分地位或與少林寺的關係而言，玄慈都應該是第一懷疑對象。蕭峰富有江湖經驗，且頭腦清楚，加上阿朱聰明伶俐，爲何從來不去懷疑玄慈這個人呢？要想解決這個問題，含糊其詞不是辦法，應該有更加合理的解釋。

第二個問題與第一個問題密切相關，那就是在對段正淳的「審問」中，有明顯的人爲痕跡，不符合蕭峰的性格，更不符合阿朱的身分和心理。新修版雖加若干修訂，但根本的問題卻沒有解決。這兩個問題，即不能懷疑玄慈、必須認定段正淳，乃是不可改變的情節，如何解決，就成了作者應該重點考慮的核心問題。

進而，當蕭峰回到遼國之後，對自己的身世來源，即自己的父親母親家族應該有起碼的好奇心。新修版雖然增加了一段蕭峰不願對遼國皇太后、皇后等人談及自己身世的解釋。但這一解釋即使適合於社交場合，也不適合於蕭峰內心的情感要求：他要爲自己父母報仇，怎能對自己父母的生平、爲人等等毫不關心，又怎能對父母的親人和家族毫無興趣？更重要的是，透過尋根之舉，讓蕭峰得到某種情感的薰染，乃至精神的昇華。

附帶說一句，對蕭遠山過去三十年的經歷以及他的心路歷程，小說流行版和新修版中仍然存在一些問題。這應該做整體的設計，包括，他爲何沒有及時與蕭峰見面？爲何不及時報仇？爲何不早日回到遼國去？那些人當真是他殺的嗎？他爲何要殺這些人？不管講述出多少，在作者的設計中，至少都要有一個大致不差的履歷表。例如，我們可以設想，蕭遠山從深谷裏出來之後，首先是要將自己的夫人葬了，然後當然是要去找自己的兒子。但，很長時間，他都沒有找到。否則，他就不會、也沒有必要將玄慈的兒子也搶走，從而讓玄慈、葉二娘嘗到兒子被別人搶走的滋味。正因爲這樣，蕭遠山才有留下來不走的理由——他要尋找自己的兒子，雖然兒子就在少林寺附近，但蕭遠山卻就是不知道；也正因爲如此，後來當他知道自己兒子的下落之際，第一反應，是對這些養育自己的兒子的人，包括喬三槐夫婦和玄苦大師非但不感激、反而滿懷仇恨，總覺得是這些人「搶去」了自己的兒子、剝奪了自己的父子關係、使得自己幾十年都找不到兒子的下落，這才在氣憤之下動手殺人——否則，就根本找不到蕭遠山這些年根本就不去找兒子說明真相的理由。

另外還不妨設計，蕭遠山除了要找兒子留在中原之外，中間也曾想到要回到遼國、回到契丹人中間去生活。但，要回到遼國，要回到自己的軍隊中，就要面對這樣一個難題，那就是如何說出自己這一段時間的經歷？如何說自己的夫人的遭遇？若照實說，那就牽涉到漢人的陷害，從而會引起大規模的復仇。而這一點，正是他的師父所諄諄告誡，不可如此的，蕭遠山過去也是這樣做的，如今又怎能改變？——在雁門關外的留言中，蕭遠山就曾對自己殺了許多漢人的事情表示了懊悔，因而，按照這樣的邏輯，蕭遠山不大可能興師動眾地要報仇。如此，他只好回到中原，回到少林寺，一方面尋找自己的兒子，另一方面繼續查找漢人對他發動襲擊的原因和真相。

蕭峰與段譽和虛竹不同。他不是從宮廷走向民間，也不是從寺廟走向俗世，而是從江湖走向廟堂，從個人的報仇雪恨走向對天下蒼生的悲憫同情。這需要一個過程，也需要某些養料。父母的遭遇固然可以是他仇恨的源泉，但父母親人的爲人和理想也同樣可以成爲他精神昇華的動力。若有這方面的必要線索的提示，蕭峰的形象會更加豐滿，蕭峰的故事也會更加感人。

武俠品賞六部曲 之5

修訂金庸（上）

金庸小說新版評析

金庸想的和你大不同

作者：陳墨
發行人：陳曉林
出版所：風雲時代出版股份有限公司
地址：10576台北市民生東路五段178號7樓之3
電話：(02) 2756-0949
傳真：(02) 2765-3799
執行主編：朱墨菲
美術設計：許惠芳
行銷企劃：林安莉
業務總監：張瑋鳳

初版日期：2019年12月紀念版初版一刷
版權授權：陳墨
ISBN：978-986-352-755-8
風雲書網：http://www.eastbooks.com.tw
官方部落格：http://eastbooks.pixnet.net/blog
Facebook：http://www.facebook.com/h7560949
E-mail：h7560949@ms15.hinet.net
劃撥帳號：12043291
戶名：風雲時代出版股份有限公司
風雲發行所：33373桃園市龜山區公西村2鄰復興街304巷96號
電話：(03) 318-1378
傳真：(03) 318-1378
法律顧問：永然法律事務所 李永然律師
北辰著作權事務所 蕭雄淋律師
行政院新聞局局版台業字第3595號 營利事業統一編號22759935

國家圖書館出版品預行編目資料

修訂金庸（上）金庸小說新版評析：金庸想的和你大不同／陳墨 著. -- 臺北市：風雲時代，2019.10- 冊；公分

ISBN 978-986-352-755-8（上冊：平裝）

1.金庸 2.武俠小說 3.文學評論

857.9 108013710